惨憺たる光

ペク・スリン
カン・バンファ訳

惨憺たる光＊目次

The WORK is published under the support of Literature Translation Institute of Korea(LTI Korea).

Cover photo by Maksym Kaharlytskyi on Unsplash

ストロベリー・フィールド

私たちの内側はどうしてこんなにも、一寸先も見えない闇なのだろう。まるで誰も住む者のいない、がらんどうの木の洞《うろ》のように。

思えば私はずっと昔から、あの出来事の因果関係を突き止めようと努力してきたように思う。でも本当にそうだろうか。ふと今、そんな気がしただけではないか。もしかすると。ツアーバスの窓越しに、一つ、二つと雨粒が落ち始めた。街が少しずつ濡れそぼっていく。街を形づくる線と面が徐々にかすんでいく。説明できない理由でわっと泣き出す人の顔の筋肉のように、一瞬で崩れ、壊れていく境界線。かつては奴隷貿易と海洋貿易の中心地として栄えたというイギリス第二の港町は、今は経済的に没落し、いたるところに貧困の生臭いにおいが漂っている。衰退した風景は、どの港町も似たようなものだ。疲弊した顔。墨一色の海、潮風で色あせ水垢のついた建物。私は半日ほどのあいだリヴァプール市内を歩きながら、自分が育った街に思いを馳せていた。ビートルズのツアーバスに乗ることを決めたのは、にわかに空が崩れたためだ。歩き回るには不向きな空で、どこかに入ろうとしたとき、ツアーバスに乗る人々の群れが目に留まった。リヴァプールでの日程は短く、どのみちリヴァプール見学だけが旅行の目的なら、ツアーバスに乗るのも悪くなさそうだった。

バスが停まる。リヴァプール訛りの強いガイドが、窓の外を指しながら言う。ここがジョン・レノンが母方のおばと一緒に住んでいた家です。他の地方の人が聞けば貧しい街の出であることがすぐにばれ、軽蔑されるとジュードが言っていた、あの訛り。人々が雨に濡れた建物に向かって一斉にカメラを向ける。夕方にはまだ間があるのに、陽が出ていないためか、すでに明かりの点いた家もある。人が住んでいるので、公衆マナーを守って静かに写真撮影だけしてきましょう、とガイドが言った。観光客が順にバスを降り、私だけがバスに残っている。バスの中で、誰の目にも留まるまいとでもいうようにきゅっと肩をすぼめて座り、ガラス窓に鼻先をあてて外を見る。ジョン・レノンが暮らし、今はオノ・ヨーコが買い取ったと噂されるその建物に、ぽつぽつと灯る明かり。中にいる誰かのシルエットがふっと見えたり見えなかったり、カーテンに隠れたり隠れなかったりする窓越しの明かり。私は本当に、あの出来事の因果関係を確かめるためにこの街へ来たのだろうか。何事も、論理で結び付けられる兆しや気配を見つけようとしていた十九世紀の推理小説に出てくる、偏屈な主人公のように。それはすでにずっと昔のことで、いつまでも恋々《れんれん》とする必要はないとわかっていながらも、長い留学生活の末に帰国の日が目前に迫ってくると、私は一度、リヴァプールを見てみたいと思った。真っ暗な観客席からステージを見つめる人のように。つまり、暗い通りに裸足で立ち、煌々と明かりの漏れる他人のガラス窓をただひたすらのぞきみる人のように生きていたあのころをはっきりさせるために。

聞いたところによると、ジュードはリヴァプールの生まれだった。彼はイングランド北西部を流れるマージ川沿いの街に高校まで暮らし、両親はその街の大部分の人たちのように貧しく、彼の生き方についてさほど関心を持たなかった。リヴァプールで最も知られたクラブの一つ、キャヴァーン・クラブのウェイトレスだったジュードの母は、彼が十二のときに死んだ。でも、いつだったかジュードが話してくれた彼の人生によると、自分の青少年期が不幸だったのは母を早くに亡くしたせいではなく、父があまりに長生きしたからだという。記憶が確かか定かではないが、彼がそんな話を聞かせてくれたのは、おそらく私がロンドンに来て四カ月ぐらい経ったときのことで、そのとき私たちは酔いを醒ますため、オックスフォード駅近くに設けられた小さな緑地のベンチに腰掛けていた。久しぶりの晴れた夜だったが、星はほとんど見えなかった。酔いのせいだろうか、それとも、外灯の明かりぐらいではびくともしない厚い闇のせいだろうか。何だか、どこか重力のないところにジュードとふたりきり、宙に浮かんでいるような気分だった。でも、ジュードの隣には泥酔したユラが眠りこけていて、酔っていてもその事実に変わりはなかった。

ジュードの父親をこんなふうに説明するのは不適切かもしれないが、私が聞いた限り、若いころの彼はバンドのベーシスト、その後はアルコール依存症患者だった。彼は戦争で爆撃を受けたリヴァプールに生まれ、精神に異常をきたした退役軍人たちを見ながら育った。ジュードの父親が音楽に心酔するようになったのは、幸か不幸か米空軍基地がリヴァプールにあったためだとジュードは言った。おかげでその街の子どもたちは、早くからアメリカンカルチャーの影響を受けた。(ジュードがスニーカーのひもを結び直しながら何気なくそう言ったとき、私は、え、本当に? と目を丸くして尋ねた。私の父親も韓国第二の貿易港で生まれ、米軍のくれるチョコレートを食べて育ったからだ。) 当時は、ラジオをつければ決まってロックンロールが流れてきた。港湾労働者だったジュードの父親は、いくらもない小遣いを貯めてエレキギターを買った。ジュードの父親はそのころ、リヴァプールの同年代の若者たちと同じようにバンドを結成し、街を巡りながら演奏した。そこそこに音楽の素質もあり、ルックスも悪くなかった。彼の不幸は、ひとえに彼がジョン・レノンでもポール・マッカートニーでもなかったということに尽きる。もちろん、彼はジョージ・ハリスンやリンゴ・スターでもなかった。

　ビートルズが結成され、彼らがハンブルクへ発ち、ヨーロッパを制覇してアメリカでトップの座に着いたのちも、ジュードの父親はあいかわらずリヴァプールの安クラブを転々としながら何とか食いつないでいた。ジュードの父親は不幸だったし、そんな夫の酒癖に死ぬまで耐えねばならなかったジュードの母親はなおさら不幸だった。ジュードの父親は酒に酔うと、自分が中学生のころ、当時高校生だったジョージ・ハリスンの代わりにザ・クオリーメンに入るところだったという逸話をくり返した。彼はビートルズの前身といえるそのバンドのギタリストになるところだったが、よりによってオーディションの日に肋膜炎にかかり、結局そのポジションをジョージ・ハリスンに奪われたのだそうだ。どこまでが真実かわからないが、ジュードはそんな類の話を耳にたこができるほど聞いて育った。ジュードの口数はますます減る一方だった。リヴァプールの人なら誰もが聞いて育ったはずのビートルズの歌をずいぶんのちまでまともに聞いたことがなく、ギターに触れたこともなかった。高校時代、すでに身長が百九十センチを超えていたジュードは誰の目にも留まりそうなのに、誰の目にも留まることのない存在だった。何かを特別欲しがることも、空しい夢を追いかけることもないまま成長したのは、父親の影響だとジュードは言った。彼は自分の人生が不幸になるしかなかったわけを突き止めることに青少年期を費やし、父親とは違った人生を送ると決心した。ジュードが続く経済不況で衰退していくリヴァプールを出たのは、十八歳のとき。彼がユラに出会ったのは、それから十年後のことだ。

ジュードと私の出会いについて話すには、まずユラとの出会いから話さねばならない。ユラと知り合ったのは、イギリスの生活に必死で慣れようとしていた私がくじけそうになっていた、その年の春のことだった。連日降り続いた雨がやみ、私は韓国から送られてきた、夏服の入った大きな荷物を郵便局で受け取って家に戻るところだった。何かの用でうちの近所に来ていたユラは、私が郵便局から出てくるころ、ちょうど用事を終えて家路に就いたところで、視野をふさぐほど大きな箱を手に途方に暮れている東洋人の女の子を黙って見過ごすことができなかった。それは私がイギリスに滞在して以来、初めて受けた親切だった。ユラは私の住むニューケントロードの家まで一緒に荷物を運んでくれた。感謝を示したかったが、どうやって気持ちを伝えればいいのかわからないほど、当時の私は対人関係にうとかった。韓国人でしょう？　それまで私たちは互いに韓国人に違いないと思いながらも、明らかに韓国語風イントネーションの英語で会話していた。ジュースでもいかがですか？　ひどくつたない口振りでやっと投げかけた私のことばに、ユラが笑った。ユラは渡されたオレンジジュースを、その場で一気に飲み干した。ユラは髪の一部をおしゃれに編みこみ、紺色の短いワンピースに小さな帽子をかぶっていた。ユラを見送りに建物の玄関まで下りたとき、ユラは帰り際に振り向いて、留学？　と訊き、そのうちご飯でも食べましょ、留学生活の始めのころって寂しいでしょ、と言った。そして私たちは翌週本当に再会し、ご飯を食べた。三度目にはジュードも一緒だった。つまりユラは私にとって、イギリスでできた初めての友人で、ジュードはふたり目の友人というわけだ。

私がジュードとユラと知り合ったとき、彼らはすでに恋人同士だった。ジュードに初めて会った日、私は約束時間より少し早く着いて、カフェの窓際に席を取った。ロンドンに着いたばかりのころで、道に迷ってはいけないと早めに出たのだが、特に迷うこともなかった。ガラス戸が開いて店内に冷ややかな空気が入ってくるたび、私は顔を上げてそちらを窺った。そのたびに、何度も、外れた。約束の時間はまだ五分過ぎたばかり。向かっているのかと急かすには早過ぎたため、私は来る途中で買った、西ベルリン生まれの女性作家による二冊目の短編集を開いた。また誰かがドアを開けて入ってきたらしく、冷たい風が右頬に吹き付けた。私は寒気を感じながら顔を上げた。入ってきたのは背の高い白人の男だった。本に視線を戻そうとして、その男の後ろからカフェに入ってくるユラを見つけた。嬉しくなって手を上げ、ユラを呼ぼうとしたとき、ユラが前にいた男の腕を親しげにつかんだ。男はユラのほうを振り向くと、かすかに微笑んだ。その瞬間、私とユラの目が合った。私は、ユラが腕を組んでいる男がジュードだと察し、彼らに向かって笑みを浮かべながら腰を上げた。なぜか、自分の笑顔が不自然に見えはしないかと心配になった。もしも私の笑顔が少しでもぎこちないとしたら、それは彼らの背負う陽射しがあまりにまぶしくて目をしかめるしかなかったからだろうと、私は思った。

「ひとりで暮らしてみたいんだって。理解できる？　いきなりひとりで暮らしてみたくなった彼の気持ち」

ユラが私を見ながら訊いた。ユラの瞳は黒く、絶望に満ちていた。

「ほかに女ができたとか？」

私は勇気を出してそう質問した。ユラが首を振った。

「違うらしいの。それは本当に」

ユラの眼差しが不安げに揺れた。ユラはジュードのことばを信じたいようだった。

「ひょっとしたら、魔が差したかもしれないわね。待ってみたら？」

私はユラに向かって言った。ジュードは二度と戻ってこないだろうと、心の内では思いながら。

ユラが涙の浮かぶ目でうなだれた。

「人の心って、一体どうなってるんだろう」


そうね。

正直なところ、私がロンドンでの留学生活に適応できたのは、すべてユラのおかげだと言ってもいい。ユラとジュードは、エレファント&キャッスルにあるわが家からずいぶん離れたところに住んでいたが、私が課題のために食事を摂れないでいると手作りのプルコギやラザニアを持ってきてくれたり、することのない週末には映画館に連れ出してくれたりした。韓国料理が恋しくなったらトテナム・コート・ロードに行けばいいと教えてくれたのもユラだった。時折お誘いの連絡をすると、私の観る演劇はどれも退屈で仕方ないとぼやきながら付いてきてくれたのも、あの大きな街でユラとジュードだけだった。

彼らはロンドン郊外に家を借りていた。三階建ての共同住宅で、部屋とリビングとキッチンが別になっている、いずれにせよ家と呼べる家だった。そのためだろうか。ユラも私も同じ留学生なのに、彼女の暮らしはどこか安定して見えた。ユラは自宅に招待するのが好きだったため、ひとりぼっちの週末にはユラの家で一日過ごしてからエレファント&キャッスルに戻ることも多かった。彼女とジュードは時々、陽射しの降り注ぐ窓辺のカーペットに寝転び、互いに体のどこかを相手に引っ掛けて居眠りした。そんな彼らから幾分離れたソファに座って、私は課題をしたり本を読んだりした。彼らはそのころ、授業のために読んでいた古代哲学者の本に登場する最初の人間のように、まるで初めから一つであったかのように平和に見えた。そんな彼らの狭間にいる時間は、溶かしたばかりのシュガーシロップのように温かく甘ったるかったが、私は時に奇妙な苦痛を感じた。その苦痛の原因はわからなかったが、痛みだけはやけに生々しいのだった。痛みを忘れるために、私はしばらく胸に手を置いて宙を見つめながら、時が経つのを待たねばならなかった。

彼らは幸せそうに見えた。少なくとも私が覚えている限りはいつも。そのため、連絡もなしにユラがうちにやって来て、放心したように玄関を叩いたとき、私はそれがジュードに関わることだとは思いもしなかった。パーカーを引っ掛けただけのユラは、ドアの前でぶるぶる震えていた。外は物寂しい雨。ユラの傘から雨水がぽとぽと落ちた。傘を差してきたはずなのに、ユラの服と頭はびっしょり濡れていた。

「早く入って」

私は急いでユラを家に入れた。魂の抜けたようなユラの顔に、ひどく不安になった。ユラは並大抵のことでは心配を露わにしない人だった。ささいなことに不安の種を見つけ、先回りして心配したり早々から怯えるのは、いつも私のほうだった。彼女はそんな私を励ます側だったし、結果のわからないことで苛々するよりは、何事もどうにかなると考えるタイプだった。だから私は、取り乱したユラの姿から、何か深刻なことがあったのだと察した。お茶でも淹れようとやかんに水を注ぐほんの一瞬、頭の中にあらゆる種類の不吉な出来事がよぎった。けれどその数多《あまた》の出来事の中に、ジュードに関するものは一つもなかった。

私が初めてジュードに会ったその日、私たちはパブに席を移して簡単な夕食を摂った。私の向かいにユラ、ジュードはその隣に座った。ジュードは席に着くなり、ベージュ色のマフラーを外してかばんにしまった。メニューを配り、椅子をユラのほうへぴったり寄せた。彼の行動はまるで、三人がずっとこんなふうだったかのように自然だった。私たちはロンドンプライドを三つ頼んだ。ジュードが何かジョークを言ったのか、ウェイターが笑った。ユラはその日私に、ロンドンの生活に役立ちそうな情報、たとえば割安な食料品店の位置や、地下鉄の学生用切符を手に入れる方法なんかをすべて教えるつもりで来た人のように、とめどなく話し続けた。私たちが韓国語で会話していたため、ジュードは何一つ聞き取れないくせに、あたかも聞き取れているかのように相槌を打っていた。ジュードの目は赤い髪とコントラストを成すグレーで、笑っているときにくらべ、無表情のときはどこか空虚な印象を与えた。眼鏡はかけておらず、西洋人にしては鼻が小さい。ユラは休まず話し続けた。音楽はうるさく、人々が大声でわめき、私に向けられたジュードの視線を感じた。私は自分がどんな表情をしているのか気になり始めた。顔が火照る気がしたが、それは間違いなくアルコールのせいだった。音楽はうるさすぎ、気が気ではなかった。私がジュードのほうを振り返ると、ジュードはそのたびに何気なく視線をそらした。ジュードがユラにして見せるふざけた表情は、彼の眼差しとは不釣合いに映った。音楽はあまりにうるさく、酔いが回り、彼のことなどまったく知らないのに、私は彼がひとりのとき、どんな顔をしているかわかるような気がした。

さらに時が経った。油っこいイギリス料理のせいでずいぶん太ったというユラが、ジュードに寄り掛かりながら声を上げて笑った。ユラはジュードとの出会いを、酔っ払って英語を交えながらくり返し語った。ジュードはすでに知り尽くしている話に興味がないのか、うつろな顔で音楽に聴き入っていた。わずかにうなだれて。私は、リズムに合わせて習慣のようにテーブルを叩くジュードの指を見た。彼の指は楽器を扱う人のそれのように長く、中指の節が出っ張っていた。私は彼の頬には、頬骨のせいで青みがかった影ができていた。赤い髪がリズムに合わせて舞った。私は彼の視線を意識したのか、彼が顔を上げた。私たちの目が一瞬交わった。壁にもたせかけていた体を起こして、あたかも何か言いたげに、彼がこちらへすっと顔を近付けた。彼の息が私の顔に届く。ジュードが私に笑いかけたのだと思った。ほんの刹那、周囲の騒音がかき消えた。酔ったユラがジュードのほうへ倒れた。ユラと私は何一つ似ていない。外見も、性格も、育った家庭環境も。ユラ、ユラ、ジュードがユラの名前を呼ぶ。ユラを呼ぶ低い声が、同心円を描きながら私のほうへ広がってきた。私はそれまで、他人のものを欲しがったことは一度もなかった。

「ジュードに会ってみてくれない？　あなたたち、仲良かったじゃない」

どれだけ泣いたのだろう。やっと涙を呑み込んで、ユラが言った。見間違いそうにむくんだ顔で。

「会って、どうして急に別れたくなったのか訊いてみてよ」

私は窓の外へ顔を向けた。暗いガラス窓にかすかに映る彼女と私の姿をちらりと見た。彼女と私のあいだに存在する一定の距離を。ガスレンジにのせたやかんが、湯が沸いたことを知らせるけたたましい音を立て始めた。私は急いでキッチンに行き、火を止めた。暗がりで幻のように輝いていた青い炎が、一瞬にして消えた。ジュード。熱いやかんを見下ろしながら、その名を胸の内でそっと呼んだ。ユラは依然、暗がりの中にうずくまり震えていた。か弱い小鳥のように。本当に、こうなることを望んだわけじゃない。口に出しては言えないことばを、心の中でつぶやいた。

ユラが私とジュードをロンドンに残して、ひとり韓国に一時帰国したのは、私のロンドン生活が二年目に入った年の冬だった。当時ユラが帰国するしかなかったのは、立て続けに就職に失敗したからだ。ユラは卒業後、ロンドンで仕事を見つけようと奮闘していたが、イギリスの経済事情は日増しに悪化していた。ろくな仕事に就けず臨時職で食いつないでいたのはジュードも同じだったが、ユラは外国人だった。就業ビザをもらえなければイギリスにい続けることはできない。私は内心、ユラが韓国に帰れば、ふたりの関係は自然消滅するものと思っていた。だから、結婚の計画について聞いたときは少なからず驚いた。ユラはそれが、ジュードと一緒にいられるベストな方法だと言った。

「結婚もして、いつか大金持ちになって、ウィンブルドンにお城みたいな家を建てて住めたらなあ」

そう言うユラは緊張しているように見えたが、同時に幸せそうにも見えた。

「おめでとう」

でも実際、私は何を祝うべきなのかわからず、泣きたい気分だった。

「お母さんが反対しそうで心配」

「ちゃんと説得すれば大丈夫じゃない？」

私は、ユラの母親はかんかんになって怒るはずだ、頭を抱えて寝込むはずだ、激しく反対するはずだと思った。ユラの母親は、嫁に行けない娘を持った母親の気持ちがわかるか、三十まではいい、三十三を過ぎたら男がまともな仕事に就いてさえいればいい、三十五を過ぎたらバツイチでもいい、四十を過ぎたら外国人でもいい、四十五を過ぎたら男なら黒人でもいいと思うのが親心だ、などと冗談にもならないようなことを言い放つ人だという。ユラの母親はきっと反対するに違いない。

「娘の愛する人だもの、心から説得すれば伝わるんじゃない？」

ユラはありがとう、と私の手を握った。ユラの手はいつものように、私の一週間分の食費に匹敵するハンドクリームを塗っているおかげで、しっとりと温かかった。私はユラが、両親の反対にくじけるに決まっていると確信していた。私の知るユラは、何かを得るために戦ったことのない子だった。戦う必要がないと思って生きてきたというほうがよりふさわしいだろうか。それはジュードも同じだった。たちまちついていけない授業や、きりのない課題や、終えられそうにない論文を心配するのは私だけだった。どうにもならないことはどうにもならない。彼らはいつもそう口にした。どうにもならないことはどうにもならないと受け入れる人たちの前で、受け入れられずやきもきするのは、いつでも恥ずかしくちょっぴり惨めだった。

ユラが韓国にいたひと月のあいだ、ユラがいないため、私はジュードにほとんど会えず、ジュードに会いたかった。私は毎日図書館に出かけ、日が暮れるまで専攻書籍の文章を解釈して過ごした。残りの時間は学校前にある寿司チェーン店でアルバイトをした。食欲のない日は売れ残りのサーモン寿司を持ち帰り夕飯代わりにした。わさびの入っていない寿司は味気なかった。ひとりで夕食を摂っていると、窓は閉まっているのに、家の前の二車線道路を走るオートバイや車の音が部屋の中まで聞こえてきた。郵便受けには広告が入っていることもあったが、大抵は空っぽだった。

夜になるとユラが国際電話をかけてきて、結婚のことで両親と散々言い争ったと涙ながらに語ることもしばしばだった。受話器越しにユラの涙声を聞いていると胸が痛み、ユラにやさしくしてあげたかった。でもユラが「ジュードは私の運命の人だもの」と言うと、どうしようもなく腹が立った。ユラとの電話を終えたあとは、壁にもたれてしばらく暗がりの中にうずくまっていた。ユラが電話をかけてくる時間は大抵、韓国時間で明け方の五時や六時。私はユラとは違い、絶えずアルバイトをしなければ家賃を払えなかった。そんな私に気をつかい、ユラがわざわざ早朝に起き出して電話をかけてくることは、聞かずともわかった。ユラはそういう娘《こ》で、ありがたかったけれど、正直に言えばありがたくなく、ありがたくなく、ありがたくなかった。ユラの私に対するすべてが好意だとわかっていたけれど、ありがたいとも思ったけれど、同時に我慢ならなかった。私はユラと対等になりたかったし、けんかをしたかったし、競い合いたかった。ジュードの唇に私の唇をあててみたかったし、それはやわらかく、ちょっぴりかさかさし、とにかくそれまで自分が経験したつまらない男たちの唇とは異なり、甘酸っぱい味がしそうだった。けれどユラはいつも万事に感謝していて、競争なんてする必要がないと言い、ユラのそばにいると自分が情けない人間に思えた。私は暗がりに座り込んで、向かいの家の明るい窓をにらんだ。明かりが目に沁みるまで。

ユラが韓国に戻っているあいだ、ジュードに会ったのは一度きりだ。それもユラが電話をかけてきて、ジュードを助けてやってくれと差し迫った声で頼んできたから。

「火事になったの」

ユラがぶっつけに言った。

「家が火事になったって言うの」

私は状況を確かめてみると伝え、電話を切った。調べてみると、確かに火事は起きていたのだが、それはジュードの住む家ではなく、彼らの隣の家が燃えたのだった。隣といっても同じフロアで壁続きだったため、もしも火の手がもう少し拡がっていたら危ないところだった。幸か不幸か、隣人は暖炉に火を点けたまま留守にしていたため、死傷者はなかったそうだ。

「焦げ臭いにおいと煙がすごかったよ」

私がジュードに連絡したとき、ジュードは淡々とそう言った。火は拡がらなかったが、煙と化学物質が燃えるときのひどいにおいが建物全体にこびり付いて、しばらくは住めそうにないとも言った。保険などの煩雑な問題を巡って是非を問うために、警察が建物の周りに規制線を張ったとも。

「そこでなんだけど、ユラの荷物をちょっと預かってくれないかな?」

ユラの荷物のうち高価なものだけを大きなスーツケースに詰めて、ジュードがうちに運んできたのは夜九時ごろのことだった。

「ちょっと寄ってく?」

わが家はワンルームだったが、こんなふうにでもユラを助けられることが嬉しかった。ジュードがスーツケースを引いて家の敷居をまたいだ。パーン——窓の外で大きなクラクションの音がした。ジュードと家でふたりきりになるのは初めてだった。ジュードは火事のせいで放心状態だった。

「何か飲む？」

ジュードは、ビールがあればくれと言った。ソファがなかったので、私はベッドに、ジュードは椅子に腰掛けた。ジュードはビールを飲み、私も一緒に飲み、私たちはたぶん、もう少し飲んだ。

「しばらく過ごすあてはあるの？」

「たぶん友だちの家かな」

リヴァプールに戻るつもりはないと言う。ジュードはリヴァプールについて語るとき、捨てられた幼子のような顔になった。

「私も港町で育ったの」

私が言った。私が育った街もいっときは栄え、衰退し、米軍が練り歩いていた。ジュードが私を見た。ジュードとふたりきりで暗い部屋にいるのは本当に初めてで、私たちは酒を飲み、ジュードは共犯のような目つきでまじまじと私を見つめた。ユラより先に私がジュードに会っていたら。正直、ジュードはやせっぽちで、安易に安住するタイプで、私の好みではまったくなかった。けれどジュードからは、火事のためか知らないにおいが漂っていた。それが煙のにおいなのか灰のにおいなのか何なのかわからなかったが、私は息をするたび、火の玉でも呑み込んだようにお腹が熱くなった。

「泊まっていく？」

ジュードが笑った。粉々に砕けそうな暗がりの中で。ユラの荷物が入ったスーツケースは、玄関脇に置かれたままだった。


ユラとジュードは結局、結婚できなかった。両親の反対もひどかったが、理由はそれだけではない。私の予想は外れ、ユラは母親が寝込んでも、ロンドンに戻ってノービザで滞在できる三カ月のあいだ、ジュードのそばで求職活動を続けた。彼らは煙のにおいが染み付いた家では暮らせないと、急いで新しい家に引っ越した。ユラに招待されて、黄色いバラの鉢を手土産に訪ねたこともある。その家は以前の家より小さかったが、窓だけはばかに大きかった。ユラは仕事を見つけられないでいた。私が新しい家に遊びに行った日、ユラは何かに追われているような顔で、一緒に韓国に移り住んで結婚の許しをもらおうとジュードを説得しているところだと言った。

「いい考えね。韓国なら、ジュードは英語講師でもできるだろうし」

ジュードはキッチンで、泡の付いた皿を布巾で拭いていた。次にユラに会ったとき、ジュードの出国準備が着々と進んでいると聞かされた。ジュードと私が、その後ふたりきりで会ったことはなかった。

「どうしてこうなっちゃったのかな」

出国前に最後に会ったとき、ユラは私に言った。私は最初、そのことばの意味にすぐに気付けなかった。

「ジュードと私」

ユラはすでに、荷物をすべて郵便で送っていた。

「正直に言ってくれない？　あのとき私が結婚を迫らなかったら、一緒に韓国に行こうってせがまなかったら、そしたらジュードの気持ちは変わらないままだったかな？」

「縁がなかっただけじゃない？」

私はそう言いながら、視線をそらせた。ユラが、私のことばに同意するように頷いた。


私は長いあいだ、その出来事の因果関係について考えてみようとした。ジュードが去っていった理由が想像もつかないという事実が、ユラを長いあいだ苦しめたのを知っていた。そしてそれは、私の場合も同じだった。ひょっとしたら私が決別の原因になったのかもしれないという事実から、私はしばらく悪夢に苛まれた。「泊まっていく？」その夜、私はそれを韓国語で言い、だからジュードが聞き取れたはずもないのに。

私は彼らに別れてほしかったが、本当に別れてほしかったわけではない。

ジュードはある日曜の朝、出し抜けに別れを告げた。ユラはその日、いつものように遅くに起き出し、寝巻き姿でトーストを焼き、お茶を淹れた。賞味期限が切れていたため、お茶は何の香りもしなかった。霧が立ち込め、真っ昼間なのにカーペットの模様が見えないほど薄暗かったと、ユラが言っていた気がする。

「明かりを点けてくれない？」

部屋から出てきたジュードに、ユラが言った。ジュードは明かりを点け、トーストをかじってお茶を飲むユラのそばに、冷蔵庫にもたれたまましばらく突っ立っていた。ユラが食べ終え、ジュードのほうを見るまで。そしてこう言った。

「僕はこれから、ひとりで暮らしてみたい」

何のことだか理解できないでいるユラに、こうも言った。つらくてたまらないような、歪んだ顔で。

「君が嫌いになったんじゃない。説明できないけど、ただ、これからはひとりで生きなきゃならないってことに気付いたんだ」


バスは今、ザ・クオリーメンが初めて公演した教会を過ぎ、どこかの郊外へひた走っている。白髪のガイドが笑い話をしたのか、車内がどっと沸いた。雨に濡れた乗客たちの服からは、水のにおいがしている。水のにおい。私は窓をつたう雨水を見ながら、その時代に刻み付けられた水のにおいを思い出した。クローゼットを開けても、本を開いても水のにおい。その時代、なんて言うと、今は死滅したことばが使われていた古代のいつかみたいに遠く感じる。けれどそれほど遠くはないある時代、私たちは雨が降っても霧が出ても、ともかくいつでも雲り湿っていたロンドンの通りをともに歩いた。一緒に映画を観たり飲んだりすることが多かったけれど、時にはルーファス・シーウェルやクリスティン・スコット・トーマスといった俳優が出演する「オールド・タイムズ」のような類の演劇を、私のために観にいきもした。そのあとは決まって雨が降り、私は劇場から出て雨に濡れるのが好きだった。ロンドンのいいところは、しょっちゅう雨が降ってたちまちすべてがかすむことだったし、私は、車や外灯の強烈な明かりがかすみ、街の輪郭がかすみ、ジュードのまつげに雨粒がぶら下がるのが好きだった。私たちは傘を差したり差さなかったりしながら通りを歩いた。その風景の中から、まずジュードが抜け、次にはユラが。私はもともとそうだったかのように、ひとり残された。ジュードに抱いていた感情、毎日のように私をそわそわさせ、息を詰まらせ、惨めにさせた感情もまた跡形もなく消え去り、私の日常は空気の抜けた色鮮やかなゴムボールのようにしぼんだ。ひとりぼっちで一緒に歩いた道を歩き、ひとりぼっちでとりとめのない夢から目覚めた。彼らが別れたのち、私はしばらくジュードに会えなかった。

ジュードに再会したのは、ユラがロンドンを去ってから数カ月後のことだ。水曜の午後だったように思う。アルバイトのない日で、まっすぐ家に帰ろうかどうしようか悩んでいたはずだ。久々の快晴の中を少し歩こうかと思ったがやめ、ディストリクト線に乗って家に向かう途中、嘘のようにジュードと鉢合わせした。ジュードはドアのほうへもたれて、背丈のある体を屈めるようにして立っていた。挨拶をすべきかどうか迷っているあいだに、彼が顔を上げた。ジュードは私に気付き、以前のように嬉しそうに笑ってから、笑っていいのか泣いていいのかわからないという表情になった。そこがどこかも知らないまま、次の駅で降りた。

私たちは無言だった。ジュードの髪は短くなっていた。ストライプのマフラーを巻き、一張羅のように毎日着ていた茶色いフェイクレザーのジャンパーにジーパン姿だった。私たちは、いつの間にか色とりどりに染まった並木の続くテムズ川沿いを歩いた。ジュードの歩幅は広かった。私とジュードのあいだには、終始半歩ほどの距離があった。自分は無意識のうちに、ユラの場所を空けておこうとしているのかもしれないと思った。

ジュードがユラに別れを告げ、荷物をまとめて出て行ったあと、私は、ジュードとこんなふうに出くわす場面を何度も想像した。ジュードに偶然出くわしたら、ユラに突然別れを告げた理由を尋ねようと思っていた。それは私が口を出すことではないかもしれず、実際にジュードが何か答えたとしてそれに耐えられる自信もなかったが、ユラと別れた理由を知りたかったし、ひょっとすれば、いや、間違いなく、私はユラとよりを戻せと説得するつもりだった。でも、私たちは本当に鉢合わせし、初めてふたりきりで歩いていたが、半歩ぐらいの間隔を置いて離れていた。人の心って、一体どうなってるんだろう。

川はずっとずっとどこかへつながっていて、私たちはしばらく、ずっとずっと黙っていた。別れ際、大きな木の前でふと立ち止まったジュードが、私にこう言うまで。

「夢を見たんだ」

「夢?」

私も足を止めて、ジュードを見た。どこか空虚に見えた、ジュードのグレーの瞳。

「うん。家が火事になる夢だった。夢の中では実際とは違って、ユラと僕が家でお互いに自分の用事をしてるんだ。僕は壊れた掃除機を直していて、ユラはたぶん、何でもないことですねて部屋にいた。どこからか何かが燃えるにおいがして、煙が家の中に入ってくる。何かにおわない？ユラが驚いて部屋から出てきて、待ってろ、ちょっと見て来るからって、僕が靴を履いて外へ出て行く。外へ出た僕はすぐに引き返してくる。火事だ、すぐに出よう。ユラと僕は慌てる。僕はギターを持ち、ユラは右往左往した末に部屋に入って、ビザが貼られたパスポートを手に飛び出してくる」

そこまで言って、ジュードはことばを切った。彼の話の続きは、少しも予測がつかなかった。川辺に人影はまばらで、辺りは潮止まりの海のように静まり返っていた。彼方の遊覧船だけが、タワーブリッジに向かってゆっくり進んでいた。

「夢の中で、僕たちは目いっぱい走る。丘みたいなところを。もう火の手が及ばないと思えるまで休まずに。振り返っちゃダメだ。誰かが僕を引っ張る。だけど僕は一度だけ、一度だけ振り返りたいんだ。燃えている僕の家を。上へ上へと燃え盛る炎を。青空へ昇っていく黒い煙を」

ジュードが話を切った。彼の表情をなかなか読み取れなかった。

「それで、振り返ったの？」

彼は少しのあいだ黙ってから、頷いた。

「家が炎に包まれていて、青空にすさまじい煙が昇っていた。ユラは怖がって僕の前で泣き出した」

ジュードが低い声で言った。

「なのに、僕はそれが美しくて、あんまり美しくて、目が離せなかった」

火が燃え移ったかのように、木の葉が風を受け、めいめいの彩度の赤色で揺れた。とりとめもなく拡がる炎のように、か弱い存在をひと呑みにする炎のように。

「どう説明すればいいかわからない、ジュン」

私は驚いて彼を見上げた。彼の声が、泣くのを我慢しているように震えていたから。ジュードは私に言った。はっと目を開いた瞬間彼の目に入ってきた、黄ばんだ壁や、角がひどくすり減った事物を想わせながらひとところに絡み合っていた洗濯物などについて。そして付け加えた。

「ジュン、君に話したことがあるだろ。ぼくは生涯、父親みたいにならないようにベストを尽くしてきたって。僕は本当に、父親みたいに無責任な人間になりたくなかった。僕は本当に、ユラを愛していた。でも、どう説明していいかわからない。ある朝目覚めたとき、ふとひとりで生きなきゃって思っただけなんだ」


ツアーバスはビートルズの足跡をたどってリヴァプールのあちこちを巡り、今度はストロベリー・フィールドに向かっている。あたかも、彼らが残した痕跡を探して形づくれば、ある一つの実体を立証できるかのように。ストロベリー・フィールドが近付くと、ガイドは、ビートルズの傑作とされるこの名曲「ストロベリー・フィールズ・フォーエヴァー」をジョン・レノンが作曲したのは、ビートルズが大衆音楽史に空前絶後の記録を打ち立て世界的なバンドの座を占めたのちの一九六六年だという説明を始めた。一九六六年といえば、ビートルズがアメリカをも制覇し、彼らが夢見ていた富と名声を手に入れたあとであり、同時に、ジュードの父親が酒を飲み始めたころだ。ガイドによれば、ジョン・レノンが「ストロベリー・フィールズ・フォーエヴァー」という曲についてインスピレーションを得たのは、逆にいえば彼らがとてつもない成功を収めたからだと言う。彼らが世界的なバンドになっていなかったら、そして演奏を中断しても気付く人がいないぐらいファンが悲鳴を上げていなかったら、彼らがワールドツアーをしていなかったら、そしてフィリピンで大統領を無視するという誤解を受けるようなことがなかったり、北米ツアー中にキリスト教徒に抗議されることがなかったら、彼らはライブ公演の中止を決めることも、郷愁を感じることも、子どものころ遊んでいた救世軍の孤児院を追憶する名曲が生まれることもなかっただろうと。

バスがまた停まり、大多数がアメリカ人と思われる中年夫婦や姉妹や、遠い昔に高校の同級生だったとおぼしき観光客たちが、一斉にバスを降りる。ジョン・レノンが駆け回っていたという赤い鉄扉の向こうを、観光客たちがその前で写真を撮る姿を、私は今度もバスに残り、雨に濡れたガラス窓から見つめる。昨日のものと同じではない雨粒たち。車内にはガイドがかけたビートルズの歌が流れている。ガイドが近付いてきて、「写真を撮らないの？」と訊く。「最後に行くのが、ビートルズが初めて公演したキャヴァーン・クラブよ」キャヴァーン・クラブ。ジュードの父親がそこで演奏し、ジュードの母親がウェイトレスとして働いていたとき、彼らは自分たちが交わす視線が、のちに地球の反対側で生まれた東洋の女にどんな影響を与えるか想像もできなかっただろう。

いつか授業のために、ハロルド・ピンターが一九六〇年ごろに書いた短文を読んだことがある。その中でピンターは、「自身の過去の経験や、現在の行動、あるいは熱望に関していかなる説得力ある論拠や情報も与えることができず、自身の動機についての包括的な分析も提示できない舞台上の人物は驚くことに、そのすべてが可能な人物と同様に、正当かつ注目されるに値する」と語っている。私は当初、構造を誤って理解したせいで解釈にてこずったその文章を、時折思い返す。そして、周期が定まらない満ち潮と引き潮のように、そのころの私を襲っていた感情の実態が何だったのか、私には決して説明できないだろうと思う。それは、ジュードが人生を捧げて理解しようとした父親と自身の関係のように、ユラが知りたがったジュードが心変わりした理由のように、ついにわからないままだろう。*Nothing is real, and nothing to get hung about.* 雨脚が強まり、外にいた人々が悲鳴を上げてバスに駆け込んでくる。バスの天井を叩く大きな雨音に誰かがボリュームを上げたのか、もう少し大きくなった歌を人々が口ずさみ始める。私も、ジュードがいつかそうしたように、リズムに合わせて指を動かしながら小さな声で歌った。*Farewell, Jude.* 私たちの内側はどうしてこんなにも、一寸先も見えない闇なのだろう。まるで誰も住む者のいない、がらんどうの木の洞《うろ》のように。

時差

夜空の星のように無数の都市を横断しながら、写真の中に留めたかった刹那は何だったのだろう。

彼が発っていくらもしないうちに、一通の国際郵便が届いた。彼女は夫の机に置かれた、マホガニーの柄が付いたペーパーナイフで、封筒の片端をまっすぐに割いた。中には昨夏、江原道《カンウォンド》の咸白山《ハムベクサン》で撮ったという夜空の写真が一枚入っていた。墨絵のようにゆるやかな尾根、その上に広がる空はイカ漁船の明かりで白く輝き、高度が上がるにつれ徐々に色濃くなっている。流星のように降り注ぐ星の光は、青緑色の空を斜め下へ横切っている。それはいつか彼が見せてくれた、オーロラの写真を連想させた。写真の裏面には、これは流星雨でなく、長時間撮影で星の軌跡を撮ったものだというメモがあった。本当に動いたのは、星ではなく地球だろうけど。彼は短い手紙の終わりにこう書いていた。あのとき君は、宇宙の先には何があるのかって訊いたね。宇宙が終わる日には、ブラックホールが宇宙を呑み込んだあと、ブラックホールさえも呑み込まれて消えてしまうそうだ。だからすべてが消滅した宇宙の先にはもう何もなくて、どんな変化も起こらないだろう。そしたら間違いなく、時間の意味もなくなるはずだ。すると時間は、一定の方向に流れなくなるだろう。いくつかの暗号めいた文章からなる手紙は、多少の余白を挟んで、すべて大文字で書かれた次のような文章で締めくくられていた。HAVE A GOOD LIFE.

　彼女は彼を知ってから、時々北極について想像した。色合いの等しい氷と藍色の空を、果てしなく拡がる永遠の寂寞《せきばく》を。そしてカメラのビューファインダーに目をあてて空を見つめながら、彼が感じただろう孤独を。彼は多くの日々を、氷の上をひたすら歩いては、また歩いたと言う。そのとき彼は、氷の上で何を思ったのだろう。HAVE A GOOD LIFE. 彼女は送られてきた写真を化粧台の鏡の前に立てかけた。斜めになった夜空に、数億年前にきらめいたはずの星の光が、今ようやく降り注いでいた。

彼女は昨年の夏、初めて彼に会った。人を待たせるのを異常に嫌う彼女は十五分前に待ち合わせ場所に着いたのだが、彼はカフェの前に立つ彼女をいち早く見つけて静かに微笑んだ。笑うと目が三日月の形にたわみ、目元に三本のしわがくっきりと浮かんだ。彼女は自分が笑ったときも同じ目になることをよく知っていた。見覚えがあるせいでかえって余計に見慣れない気がする彼の顔を見返しながら、彼女もぎこちなく微笑んで見せた。彼らが初めて会ったのは、学生街の地下鉄駅近くにある大型フランチャイズのカフェの前だった。その人混みの中から、彼らはぎこちない顔でお互いを見分けた。

母親が初めて彼の話を持ち出したのは、ソウル市内がひと目で見渡せるホテルで食事を終え、家に戻ったときだった。その日彼女は、夫の勝訴を祝うために実家の両親とホテルで食事をした。夫が両親を招待したのだった。彼女の両親は、おかげでとても機嫌がよかった。レストランには広東料理のエキスパートとして知られるシェフがいて、広東料理はもちろん四川や北京、上海料理に至るまで中国の四大珍味を味わえることで評判の店だった。父は水井坊《スイジンファン》を何杯も飲んだ。酒の得意でない母はたった一杯で顔を赤くし、笑い上戸になった。終始和やかな雰囲気だったため、母が深刻な声で電話してきたとき、彼女はびっくりした。母は彼に会ってほしいと言う。予想だにしなかった彼の存在に、彼女はしばらくことばを失った。会って何するの？　彼女がやっとそう言うと、反応を気にして緊張していた母は少し安堵した声で、一日ぐらい観光をさせて、ご飯も食べさせてやってほしいと答えた。正直に言えば、訊きたいことは山ほどあったが、母の頼りなげな話しぶりはこれ以上深く訊かないでくれと訴えていた。ずっと昔、母の希望どおりに生きると決めた彼女は、母が言う番号を黙ってメモし、電話を切った。紙には「チェ・ジョンフン」という名前とEメールアドレスがあった。

彼女は夫が寝付くのを待ってから化粧台の前に座り、アイクリームと肌再生クリームを丹念に塗りこんだ。夫はいつものように、車関連の雑誌を眺めながら眠りに落ちた。彼女はパソコンを立ち上げ、彼にEメールを送った。彼はまるで彼女のメールだけを一日中待っていたかのように、すぐさま返事をよこした。彼女は彼が泊まっているというゲストハウスからほど近い、フランチャイズのカフェで会う約束をし、パソコンの電源を切った。メール上での彼は英語に長けていて、彼女は少しほっとした。

翌日、彼女の夫はいつもと変わらない様子で朝刊を読み、朝食を食べ、出勤の支度をした。いつもと違う点があったとすれば、彼に連絡したのかと母からショートメールが届いたこと、心配は要らないと返事を返したことぐらいだ。母はその返事に安堵した。夫はいつもどおり急いで出勤した。彼女はテーブルからはみ出した椅子を元の場所にぴたりと収めた。

彼は口数の少ないほうだった。もしかしたら、居心地が悪かったのかもしれない。あるいは、単純に人見知りか。彼は彼女より背が低く、髪はかなりショートで、耳たぶには小さなピアスをはめていた。ジーンズにTシャツ姿の彼は、笑うと思いのほか少年のように見えた。三十七歳だと母から聞いていなかったら、自分より年下だと思っただろう。けれど、無表情のときの彼は間違いなく三十七歳に見えた。そのためか、彼女はちょっと及び腰になった。七歳も上の見知らぬ外国人男性、それもこの世に存在していることさえ知らなかったいとこと突然一日をともに過ごす状況になれば、誰でも自分のように途方に暮れるに違いないと彼女は思った。

彼らは一緒に、地下鉄で鐘路《チョンノ》へ向かった。この都市を初めて訪れる外国人なら誰しも足を運ぶ通りを見せてあげなくてはというのが、彼女の考えだった。平日だからか、通りは比較的空いていた。さびれた様子の路地では、老人たちが早くから調味料だらけのチゲを挟み、大声で何か論じ合っている。彼は筆や扇子といった粗雑な土産物より、トラックで売っているマクワウリのようなものに興味津々だった。雑穀を扱う古びた商店の前で長いあいだ足を止め、色鮮やかな豆を触ってみたりした。ごま油を絞っているのか、店の前まで香ばしい香りが漂ってくる。何のにおい？　彼が訊いた。ごま油をつくってるみたい、と答えながら、香ばしい、という形容詞は英語になさそうだと彼女は思った。よくは知らないが、おそらくオランダ語にもそんな単語はないだろう。これ、このくらいだけ買おうかな？　緑色の豆を一つかみする彼の手を見て、店の主人は、何だって男がこんなにきれいな手をしてるんだい、と言った。本当に、彼の指は華奢で長かった。

苦労を知らない手に違いないと彼女は思った。彼女のおばの手を思い浮かべた。何に使おうというのか、彼は色とりどりの豆を一つかみずつ買った。袋を振ると、色とりどりの豆がぶつかり合いながらチャラチャラと音を立てた。その音に耳を傾けながら、彼がまた笑った。


　彼はオランダから来たと言う。オランダはチューリップが有名よね？　と訊くと、彼は頷いた。あ、風車も。彼女のことばに彼が笑った。彼らにはこれといった共通の話題がなかった。おばについては、彼も彼女も口にしなかった。涼を求めて入ったカフェで、彼らは気まずさに耐えるために水の入ったコップを動かし、携帯電話をいじりながら、しきりに笑った。彼はパッピンス（韓国風カキ氷）を不思議そうに見た。混ぜるのがちょっと何だけど、おいしいわよ。彼女のことばに、あ、本当だ、と彼が答えた。エアコンの風が効きすぎの店内は、若者たちでごった返していた。外国人は見当たらない。少なくとも外見上は、彼も他人の目には外国人に見えないだろうと彼女は思った。スプーンで混ぜた箇所にそって、あずき色に染みた氷が解け落ちた。氷の粗い粒が消えてなくなった。甘い。彼が言った。

　どこに行きたい？

　彼はかばんから青い表紙のガイドブックを取り出した。ロンリープラネット。青い基調に、ある古建築の色鮮やかな丹青《タンチョン》（青、赤、黄、白、黒の五方色を基本に建築物に施す韓国の伝統的な彩色）が大きく映し出された表紙は、まだ真新しかった。本を読んだようには見えなかったが、南山《ナムサン》タワーが載ったページだけは角が折られていた。彼は、ソウルで一番やりたいことは夜景を見ることだと言った。そうはいっても、夜景を見るには夜まで待たなきゃ。それまでどう過ごそうかとガイドブックをめくっていた彼女の目が、水産市場の写真の上ではたと留まった。夫の仕事のためにしょっちゅう顔を合わせる駐在員の奥様方は、みな水産市場を面白がった。ひょっとすると、無意識のうちにおばを連想していたのだろうか。彼女がしばしおばを思い浮かべていたとき、オランダに行ったことある？　と彼が訊いた。

ううん。オランダはどう？

彼がちょっと考えて答えた。

小さくて、静かだよ。

韓国はどう？

彼が答えた。

韓国はまだわからないけど、ソウルは、大きくて騒々しい感じかな。

そして付け加えた。

すごく暑いし。

彼が笑った。彼女も笑った。

彼の住む街の名はロッテルダムだった。彼は携帯電話を取り出して、地図の中から自分の住む街を探して見せてくれた。携帯に保存されている写真もいくつか見せてくれたのだが、そこには青灰色の屋根の、林立するレンガ造りの建物と、灰色の運河が映っていた。そして彼の家族。写真の中の白人の男女、トラ模様のネコとひとりの東洋人の女を、彼女は見た。何でもいいから言いたかったが、何を言えばいいのかわからず、彼女はしばしためらった。彼らはとても幸せそうに見えた。

ご両親、やさしそうね。

彼女のことばに、彼が大きく頷いた。彼らはパッピンスを残さず食べ終え、水を一杯飲み、カフェを出た。彼女は地図を見ながら、水産市場までの動線を確認した。そのあいだ、彼はカメラで通りを撮っていた。大きなカメラを構える彼を、人々がちらちら見ながら通り過ぎていった。


実のところ、彼女はおばをよく知らなかった。おばの家はあまりに遠かった。早くに地元を離れ、彼女が生まれる前から首都圏に居を構えていた彼女の家族や、母のほかのきょうだいとは違って、おばは南西端に位置する地元に残った。親戚が集う席におばが呼ばれないこともしばしばだった。おばに会うのは多くて年に一、二度、盆正月ぐらいだったが、彼女にとっておばは子どものころから、たんに色黒で小柄な人、という印象しか与えない人だった。自分のほうが上なのに、おばはまるで妹のような態度で母に従った。中卒のおばにくらべて、彼女の母は博士号まで取っていたためか、それとも、小心で臆病なおばとは正反対に、母に決断力と推進力があったためかはわからない。けれどはっきりしているのは、大なり小なりおばに何かあるたび、それを片付けてやるのは決まって母だという事実だった。養殖業に携わるおじのおかげで、盆正月には彼女の家族のもとに活きのいい海産物が届いた。おじはおばよりさらに口数が少なく、ひどい訛りがあり、仕事中毒だった。おばとおじのあいだには、彼女と同い年の息子がひとりいた。まだとても幼かったころに誰かのお葬式で、大人の真似をして弔問客にお辞儀をして怒られたことを除けば、何かをともにした記憶はない。彼は中高時代に様々なトラブルを起こし、高校を卒業するとすぐに宅配の仕事を始めた。トラックで都市から都市へと走りまわる彼が、いつか彼女の荷物もどこかの誰かに届けたかもしれないが、ともかく、彼女は成人した彼と顔を合わせたことはなかった。

　水産市場には生臭いにおいが立ち込めていた。彼らは床の水たまりをよけて大股で歩いた。ヒールの高い靴のせいで、彼女は水たまりをよけながらしばしばよろめいた。彼はこれまで一緒に訪れたところ、見たものの中で、水産市場が一番気に入ったに違いなかった。彼はユムシ《ケブル》が男性器に似ていると笑い、その韓国名が犬のふぐりから来ていると聞いて爆笑した。自国では見たことのない魚を物珍しそうに眺めた。露台に並んで横たわる魚の背が青く輝いている。海色ではなく、古びた銭湯の割れたタイルを思わせる、どこか痛ましくうら悲しい青だった。彼女はにぎやかな水産市場の中を歩きながら、怒ったように厳《いか》つい彼の口調は、オランダ語特有のイントネーションのせいかもしれないと思った。遠慮する彼をあえて引っ張ってゆき、市場内の料理屋に入った。ユムシとホヤ、ナマコを少しずつ注文し、焼酎《ソジュ》を頼んだ。顔をしかめて手を振る彼に無理やり刺身を食べさせ、焼酎を注いだ。昼酒に顔が赤くなった。彼女が彼に訊いた。ところで、オランダでの名前は何？　彼は笑い、アルファベットを順に言った。

　V、I、N、C、E、N、T。

　ああ、ヴィンセント！

　ヴィンセントという名に、かつて自ら耳を切ったという孤独な画家の顔が浮かんだ。

ヴァン・ゴッホ、ヴィンセント・ヴァン・ゴッホ?

彼女はしきりに、わけもなく笑いたかった。

あなたも絵を?

彼は写真を撮ると答えた。

何の?

うん……夜空を。

彼は、オーロラを撮るために北極を訪れたときの話を始めた。初めてそこへ着いたときに彼を驚かせた、完璧な静けさについて。足元で雪が砕ける音と海鳥の羽ばたき以外は何も聞こえない、完璧な沈黙の瞬間について。彼が出会ったある男の人生について。そしてその男が、体重を量るために耳にタグを付けなければならなかった北極グマについて。

昼酒で顔が火照り、彼女は壁にまっすぐもたれかかって彼を見つめた。その見覚えのないようで、見覚えのある顔を。よく知らない男とふたりきりで酒を飲むのは、結婚後初めてのことだ。

韓国にはどうして?

酔いに任せて、彼女が尋ねた。


私たちはひとりの人間について、どれだけ知っているだろう。彼女はヴィンセントを見ながら思った。おばに三十七歳にもなる、二つの目と二つの足、数十兆個の細胞からなる秘密があるなどとは想像もつかなかった。彼女の母はヴィンセント、いや、ジョンフン(ヴィンセントの韓国名)について話しながら声を潜めた。おじさんも知らない、お父さんも知らないことよ。姉さんはそのとき、たった二十二歳だった。二十二。若いころは誰だって過ちを犯すものでしょ。母は低い声できっぱりと言った。突然、彼女の心臓が何かに追われる獣のように、ドッドッドッドッと早鐘を打った。受話器の向こうにいる母が見えるはずもなかったが、彼女はまるで母と顔を突き合わせているような気がした。母の目は過去十年以上も火種が消えたままの部屋のように、冷え冷えと暗かった。人は誰しも秘密を持っている。誰にも言えず、誰にもばれてはならない秘密。彼女にはよくわかっていた。

彼らは南山に上って夜景を見てから別れた。彼女には母の代わりに、彼に伝えるべきことがあった。実際、母が彼に会ってくれと頼んだのは、それを伝えるためだった。彼女がためらっているうちに、彼らは地下鉄の入り口に来ていた。別れ際、彼が言った。

江原道に行って、土曜日にソウルに戻るんだ。そのときまた会えるかな？

土曜日にもう一度会うのなら、母の伝言を今伝える必要はなくなる。急いで伝えなくてもいいのだと思うと、彼女の心はふっと軽くなった。彼らは土曜日に再会することにして別れた。彼は江原道に行き、彼女はソウルに残った。ソウルに残って夫のために野菜ジュースをつくり、食事の支度をし、ヨガのクラスに通った。夫はおしなべてやさしかったが、いつも忙しかった。夫はそのころ、有名なケチャップ会社の誇大広告の是非に関して、検察の調査に備えていた。彼らの新居は主に外国人駐在員が住む地域にあり、彼女は毎週火曜日には駐在員の奥様方に韓国料理を教えるボランティアをしていた。水曜日、彼女は市内の書店に寄って英語の原書コーナーを見て回るうちに、偶然ゴッホの伝記を発見した。裏表紙には、伝記文学の新境地を拓いたと謳われるカリフォルニア州立大学の英文科教授が書いた本だとある。表紙を飾る絵は、数年前に夫とニューヨーク近代美術館で実際に見た作品の複写だった。彼女は英文科を卒業し、結婚直前まで法律事務所で翻訳を担当していたが、退職してからはなかなか英文を読む機会はなかった。彼女は英文の小説を二冊と、英語版のゴッホの伝記を買った。木曜日と金曜日には近所のカフェに出かけて、コーヒーを片手にゴッホの伝記を読み、時折気に入った文章を見つけるとアンダーラインを引いた。彼女は芸術に関して無知だったが、たとえば「芸術よ、我々を救っておくれ。お前の限りない祝福なしに、我々が苦しみに耐え抜くことはできない」といった文章に、あるいは「ゴッホは万事は変わるものだという不滅の法則を知っていた」といった文章に、そして「愛するテオ、夜も更けた。お前はここにいないのだな」といった文章に。

彼らは市外バスターミナルで再会することにした。市内で高架道路の撤去工事があり、彼女は思いがけず少しだけ遅刻した。彼女は右の下唇をしきりに噛んだ。彼は自分の胴回りよりも嵩《かさ》のあるリュックを足元に置き、待合室の柱にもたれて立っていた。おびただしい人の群れの中から、今度も彼は彼女をひと目で見分けた。彼女は上の歯で噛んでいた下唇を放した。彼から旅人のにおいがした。ここに属さない人のにおい。彼は前回会ったとき、今回の長旅のために、勤めていた高校に休暇届を出したと言っていた。計画通りなら、日本に数日滞在した彼は、韓国で十日過ごし、中国に行ったあと、ネパールに渡ると言う。ヒマラヤ山脈の雪景色と夜空を写真に収めたいのだと。彼にとって韓国は経由地以外の何ものでもないと。彼女は、一日一緒に過ごしたために少しは見慣れた彼の顔が、初めて会ったときより焼けたと思った。再会したりお別れしている人々の合間を抜けながら、今日特別に行きたいところはあるかと訊いた。彼はしばらく悩んだあと、もう一度ソウルの夜景が見たいと言った。

彼女は当時勤めていた法律事務所で夫に会った。彼はそこに所属する弁護士で、彼らはしばしばエレベーターで顔を合わせた。彼女が彼と結婚すると言ったとき、彼女の両親は大喜びし、親戚と友人一同に彼らの結婚を自慢した。結婚式はホテルで盛大に行われた。両親を喜ばすことを生きる理由としていた彼女は、その瞬間、この世のどの新婦よりも幸せだった。母と父はともに現役の大学教授だったため、式場は祝い客でごった返した。彼女が学生時代にトップを獲ったり、名門大学に入学したり、いい職場に就職したとき、周囲の人々は、そこらの息子より何倍もいい娘だと彼女を誉めそやした。式の当日までに五キロ減量した彼女は普段よりずっと美しく、弁護士の夫は厚底の靴のためにすらりとして見えた。ほとんどの祝い客は写真撮影をする彼女の家族を見つめながら、どうしてこれほど多くの幸運がこの家族にだけ舞い込むのだろうと、嫉妬の入り交じった疑問を抱いた。

彼らは63ビルにやってきた。南山タワーには一度上ったから、市内が見渡せる63ビルがいいだろう、と思いついたところまでは良かったが、夜景を見るにはまだ早すぎた。近くに国会もあるし、放送局もあるわよ。慌てた彼女があれこれアイデアを出すと、彼は大丈夫、展望台にでも上がってみようと言った。彼らはエレベーターでビルの最上階に上った。晴天で、市内が一望できた。ふぞろいな高さのビルのせいで、さほどきれいな風景とも言えない。彼女は、昔両親と暮らした川沿いのマンションを目で探した。すでに築四十年以上になるマンションで、彼女はそこに小学校六年生まで暮らした。そのころ近所で一番背の高い建物だったが、今では周囲のより高い建物に囲まれて頼りなく見えた。ソウルは断然、夜のほうがいいわね。南山からの景色のほうがよかったでしょ？　彼は足元を流れる川や小さな自動車を、飽きもせずにじっと眺めていた。彼女は、前回南山タワーに上ったときも、彼がずいぶん長いあいだ街を見下ろしていたことを思い出した。彼は家々に明かりの灯った街の夜をしばらく見つめていた。その日、彼の顔は淡々として、穏やかに見えた。きれいだ、と彼が言った。祝祭の始まりを待つように、期待に満ちた眼差し。

ヨーロッパの夜とは、やっぱり違う？

その夜、初めての彼女の質問に彼は頷いた。

僕が住んでるところでは、普通、こんなに遅くまでそこらじゅうに明かりを灯しておくようなことはしないよ。

午後の陽射しを受けた街は見劣りした。彼女は彼につられて窓の外を見下ろすうち、川沿いに林立する緑を見つけた。桜の木だった。

春になると、あそこに桜が咲き乱れるのよ。

彼女が言った。チェリーブロッサム。時が経てば花が咲き、散る。そしてさらに多くの時が経つと、乾いた枝からまたも芽吹く。生きていく上で必要なのは、ただそんなものだけなのかもしれない。時の流れが許し与える善《やさ》しい治癒。でもどんなに時が流れても、ついに消えないものもある。それでも人は、時を生き抜いていくのだろう。希望を捨てられずに。彼女はガラスの向こうを見ながら言い添えた。あの木からは白い花びらが雪のように舞い落ちるの。いつかあなたも見られますように。

彼らは展望台のベンチに座って、陽が沈むのを待つことにした。彼は口数の少ないほうだったため、ふたりのあいだにはたびたび沈黙が流れた。日没まではまだ時間がある。彼女は性格上、沈黙が流れると、一緒にいる人が気まずく思うのではないかと心配になるのだった。

どうして星の写真を撮ることに興味を持ち始めたの?

彼女は必死に話の種を探した。

天文学を学んだんだ。

彼の返事は短かった。

韓国は初めてなんでしょう、ここの星も撮りがいがある?

彼女の質問に彼が答えた。

実際は二度目だけどね。

彼は冗談めかして言いながら、左手の人差し指で前を一度、親指で後ろを一度指して、往復を意味するようなしぐさをした。初め彼のことばの意味がわからなかった彼女は、間もなくなぜ二度目なのかに気付いてたじろいだ。彼女がどぎまぎした表情を隠せないでいると、彼もまたたじろいだ。気まずい沈黙。彼女はまたも無理やり話題をひねりだした。

夜空の星を見てると、時々怖くならない？

彼は黙っていた。

私は時々、宇宙のことを考えると怖くなるわ。宇宙は膨らみ続けてるっていうけど、その先には一体何があるのかなって。

彼女はしきりに無駄口を利いた。彼は口をつぐんだままだ。彼女はおろおろした。一体なぜよく知りもしない人と63ビルのてっぺんに座ってこんなことをしていなくちゃならないのかと、恨めしい気持ちになった。もう帰ろう。彼女は何度も胸の内でそうくり返した。もう行こう。彼女はどうしたらこの気まずさを解消できるのかわからなかった。下唇を嚙みたい衝動を抑えながら奥歯を嚙みしめた。ふと、彼が口を開いた。

なんだか猫の気持ちがわかる気がするよ。

彼がオランダで飼っている三匹の猫の話だった。一匹は黒、一匹は白、もう一匹は茶色に白の縞が入った猫で、それぞれニュートン、アインシュタイン、ボルツマンと呼んでいたと言う。太りすぎてお腹の肉を引きずっていたという老猫たちは、いつの日も窓辺に座って隣の家に明かりが灯るのを見守っていた。

隣の家に明かりが灯るのを待ってるって、どうしてわかるの？

彼女が訊くと、彼は肩をすくめながら、実際のところは僕もわからないと答えた。ともかく夜遅くに家の前のコーナーを曲がると、彼は決まって、三階の自宅の窓辺に座って向かいの家を見下ろしている、三匹のよく肥えた猫を見つけるのだった。彼が旅に出る直前まで住んでいた家は十六平方メートルしかなく、とても狭かったけれど、メゾネット式になっていた。肥えた猫たちの毛が終始舞い、昔のガールフレンドが忘れていったブラジャーがどこかに押し込まれているのだろう彼の家。

その猫たちはどうなったの？

彼女が訊いた。

一匹が年老いて死んだら、もう一匹もあとを追うように死んだよ。

彼が何気ない口調で言った。

もう一匹は？

彼が答えた。

ボルツマンは両親の家に預けてきたさ。

ところで、ニュートンとアインシュタインはわかるけど、ボルツマンって誰？

彼女が訊いた。ガラス窓の向こうで、ビルの明かりがパッと、一斉に灯った。

時間はすでに遅く、夫が遅くなるというメールを寄こしたため、彼女は彼と63ビル内のレストランで軽い夕食を摂った。あのとき買った豆はどうしたの？　彼女の質問に、彼は大きなかばんから色とりどりの豆が入ったビニール袋を取り出して見せてくれた。彼が袋を振ると、チャラチャラと音がした。別れの時間はどんどん迫ってくる。彼女は今度こそ前回伝えられなかったことを言わなければと焦った。どう切り出していいのかわからず、何度も尻込みした。彼は携帯電話を取り出して、保存されている写真を見せてくれた。オーロラの写真や、マックホルツ彗星の写真を。食事を終えてからも、彼女は彼に言うべきことを、ついに伝えられなかった。

彼らは63ビルを出るまでに、土産物屋で細々とした土産物を見て回った。彼は棚の上のスノーボールを見ながら、昔読んだ、オランダで養子となった作家が書いた『時差』というタイトルの自伝小説について語った。それは、スノーボールの中のプラスチックの家からこぼれ出る明かりに焦がれてスノーボールを盗む、養子の子の話だった。あらすじだけ聞くとずいぶん悲しい小説のようだと彼女は思ったが、彼はただの退屈で陳腐な小説だとすぐに話を切り上げた。土産物屋を出るころから、彼女は衝動に勝てず右の下唇を噛んだ。彼女は頭の中でことばを選びながら、63ビルを出た。ビルの外は、けたたましい騒音と人出が通りを埋め尽くしていた。

何かしら？

カップルや家族が手をつないで、みな一方向に向かって先を急いでいる。交通整理の警察官が耳障りなホイッスルを吹きながら車両を誘導していた。何があるんですか？　彼女は通りすがりの人をつかまえて尋ねた。腕をつかまれた高校生は、もうすぐ漢江《ハンガン》沿いで花火大会が始まるのだと大声で教えてくれた。バスも地下鉄も近くの駅には停まらないと。彼女の心臓が少しずつ早鐘を打ち始めた。彼女は人混みが好きではなかった。いっそ63ビルに引き返して、イベントが終わるのを待つほうがいいかもしれないと思った。ヴィンセントは浮かれた顔で、花火を見に行こうと彼女の腕を引っ張った。あ！　彼女は嫌だと言おうとした。人混みは大嫌いだった。しかし彼はためらいもなくずんずん進み、いつの間にか人波の中に入っていた。彼の後ろ姿はたくさんの人の中に紛れ、波間にのぞいては沈む浮きのように、見えては隠れた。人波の中で溺死しそうな彼の後ろ姿を見ながら、彼女は本能的に、慌てて彼のあとを追った。彼女の行く手をふさいで歩く人々の合間に体をねじ込んだ。

人々の体が

彼女の体を

押しのけて通り過ぎた。

肩がぶつかる。

浮きのような彼の頭が、

人々の汗のにおい。

浮かんでは、

頬を掠める他人の服の感触。

沈み、

ぶつかってくる逞しい肉体。

また浮かんだ。

すると彼女の体に、ずっと昔に忘れてしまったとばかり思っていた感覚が蘇った。十七年前のことだった。小学校の卒業式があった日、友人たちと訪れた遊園地。その日も、人々は、こんなふうに彼女の体にぶつかっては通り過ぎていった。手を突っ張って跳ね返しても、人々は彼女の体を押しのけ、押しのけ、また押しのけた。彼女は、猛獣に追われるか弱い獣のようにあえぐ心臓の鼓動を聞いた。辺りを見回しても、人波の中に誰も見つけることができなかった。大声で叫んだと思ったが、声は出ていなかった。彼は確かに切符係のそばにいると言った。ほんの少しのあいだ、彼女が友人たちと乗り物に乗ってくるあいだだけ、切符係のそばに座って彼女を待てばよかった。彼女は何度も彼に念押しし、彼はわかったと頷いた。彼女を待っていた友人たちが、大きな声で急き立てた。早く来ないと先に行っちゃうよ。彼女の弟は背が足りず、乗り物に乗れなかった。一度だけ。しかし彼女が乗り物から降りてきたとき、彼はもうそこにいなかった。

彼が人混みを縫って先へ進む。彼女は彼のリュックに顔を埋めるようにして彼のあとを追った。彼らは人波をかきわけて、やっとのことで土手の一番高いところに上った。空は黒く、土手は人の頭で埋め尽くされていた。すごい。彼が言った。花火はあっちから上がるみたいだ。彼は川のほうへ体をねじった。黒く光る水が西に向かって流れていた。向こう岸には数棟の古いマンションと、赤い電光板の付いた高層ビルがいくつかそびえている。花火が上がるのを待つ人々の賑わい。彼女は今にも弾けそうな心臓を落ち着かせるため、大きく息を吸い込んだ。脚の力が抜けた。両親は、何が忙しくて彼を彼女と遊園地に送り出さねばならなかったのかと互いを責めたが、彼女を責めることは一度もなかった。母は大泣きし、常軌を逸した人のようにあちこちをさすらったが、時が経つと何事もなかったかのように日常を生き抜いた。彼女のお弁当をこしらえ、塾まで車で送り、デパートで服を買ってくれた。母は彼女のために生き抜かねばならなかった。彼らは二度と彼について口にしなかった。何も変わらず、すべてがそのままだったが、ただの一つもそのままのものはなく、すべては変わっていた。

彼女はようやく息を整えながら、リュックを足元に置いて川を眺めている彼の横顔を見た。どう伝えればいいだろう。生母が彼に会うのを望んでいないことを。

彼の足元に置かれたリュックは、道に迷った少年のようにうずくまっていた。彼はこのリュックを背負い、世界中を巡りながらカメラで星を撮るのだと言った。そんな彼にとって、韓国はたんに長い旅路の中の寄り道に過ぎないと、彼は前回はっきりと口にした。けれど彼女は依然、母の伝言をどう伝えていいかわからなかった。

あれを見て。

突然彼が叫んだ。

彼女は彼が指差すほうを見た。そこには「再開発反対」という垂れ幕に隠れた、昔彼女が暮らしたマンションを含む三棟の建物が立っていた。

君にも見える？　あの建物、傾いてる。

彼女は彼の言うことがわからなかった。

傾いてる？

うん、横に傾いてるだろ。

彼は向こう岸の建物が間違いなく傾いていると言う。彼女の目には、向こう岸のいかなる建物も傾いているようには見えなかった。彼は体を三十度ほど横に倒した。

こうして見てやっと、まっすぐ建ってるように見えるよ。

彼の体がLの字に曲がった。真面目な顔で体を曲げている彼の姿に、思わずくすりと笑いがこぼれた。

こうしてみなよ。そしたらまっすぐに見えるから。

彼のことばに、彼女も彼にならって、仕方ないといったふうに体を横に曲げた。三棟の建物が今にも倒れそうに、斜めに横たわった。はたから見れば滑稽に映るだろう。彼女は思った。おばにそっくりのヴィンセント。彼の目鼻立ちはおばに似ており、私の目は母に似ているから、はたから見れば、私たちはひょっとするときょうだいのように見えるかもしれない。思いやり深く、仲のよいきょうだい。一度も離れたことがなく、傷つけ合ったこともない、互いに申し訳なさや罪悪感など抱いたことのないきょうだい。彼が身を起こした。彼女も身を起こした。

彼女には会えないんだね？

彼が笑いながら言った。

うん。

彼女が頷いた。

お兄《オッパ》ちゃん。

彼女の隣に立って遠いところを見つめていた彼は、どういう意味かと問うような目で彼女を見た。彼と彼女の視線がほんの一瞬、ぶつかった。彼女は手を伸ばした。彼女の指先と今にも触れんばかりのところに彼の指先があった。ドン、という音とともに、濃紺の空に花火が上がった。人々は歓声を上げ、色鮮やかな花火が流星雨のようにこぼれ落ちた。時々、彼女はその日のことを夢に見た。彼は泣いていて、彼女について行くと駄々をこねた。ここでじっと待っていると笑いながら約束した記憶の中の彼とは異なり、夢の中の彼は彼女に置いていかないで、連れて行って駄々をこねながら泣く。彼女は友人たちが呼ぶ声に焦り、一度だけ、という思いで彼の手を振り払う。彼の手が宙に弧を描きながら落ち、お姉ちゃん！　という泣き声が耳をつんざき、彼女は一度だけ、という思いで耳をふさいで友人のもとへ走る。確かに夢だったが、本当にあれは夢だったのだろうか。彼女は空高く上がる花火を見ながら、彼が言ったように、きらめく花火の合間に、向こう岸のマンションがゆっくりと崩れ落ちる姿を想像した。彼が世界中を巡りながら、いくつもの国境を越えながら、夜空の星のように無数の都市を横断しながら、写真の中に留めたかった刹那とは何だったのだろう。数日後には彼が再び飛行機で偏西風に逆らい、大陸へ飛んでいくことを彼女は知っている。そして彼が横切るのは、緯度や経度だけではないのだろうと思った。彼が地球の自転の向きどおりに徐々に東へ飛んでここへやって来たとき、一時間ずつ早く昇る太陽に向かって飛んだとき、彼が逆らってきたのが緯度と経度だけではなかったように。彼が自分の胴回りよりも大きなリュックを背負い、数億年も遅れて地球に届く星の輝きを追って世界中をさすらうとき、そしてその中で、もっぱら通りすがりにここへ飛んできたとき、彼が生きてきた三十七年がゆっくりと時間の流れに逆らい、反対に流れたかもしれないと思った。彼女はかばんの中に色とりどりの豆を一つかみずつ持って歩く彼の心の中を、永遠に推し量れないことを知っていた。自分の耳を切り落として娼婦に渡した男の気持ちを測り知るすべがないように。彼女にできるのは、ただ飛行機の中でしだいに小さくなっただろう彼の姿を思い浮かべることだけだ。歳月に逆らって親指ほどに小さくなり、種よりも小さくなっただろう彼の姿を。励むべき闘いの多いことよ、耐えるべき苦しみの多いことよ、捧げるべき祈りの多いことよ、さすればついには平和が訪れるだろう。* 得体の知れない何かが崩れ落ちるように、またも轟音とともに見事な花火が一つ、空高く上がった。コバルト色の空に、花火が油絵の具の鮮やかな筆さばきのように長く尾を引いて落ち、やがて消えた。彼と彼女の顔が、花火の明かりで鮮やかに染まった。願い事をしなきゃ、彼女が言った。願い事？　彼が訊いた。彼女は到底思い出せない願い事をするために目を閉じた。星の輝く夜だった。

＊ヴァン・ゴッホが七十九通目の手紙に同封してテオに送った英語の説教の中の歌の一部。ヴィンセント・ヴァン・ゴッホ『ゴッホの手紙』（チョン・ジングク訳、ペンギンクラシックコリア、二〇一一）

夏の正午

私はその明かりが怖くてぎゅっと目を閉じた。そのころ、闇より怖いのは光だったから。

女はスクリーンに映し出された写真の中で、やや離れたところに腰掛け、首を四十五度ぐらい回して横を見つめている。ものすごい美人ではないが、一緒に座っている男が見劣りするせいで、女は割に美しく見えた。三十代のようだけれど、四十代かもしれない。正直、私はいまだに西洋人の歳を外見だけでは判断できない。モノクロ写真の中で輝く瞳だけが、女がまだ花盛りの年齢であることを想わせるばかりで。そういえば、女の書いた本の中にもそんなタイトルのものがあった。読んではいないが、『花盛り』だか『真っ盛り』だか、そんなタイトルに訳された本を世界文学全集のコーナーで見たことがある。

女は、数カ月前に偶然観たドキュメンタリー映画にほんの少し登場した。「世紀の恋人」というタイトルのドキュメンタリーで、ショパンとジョルジュ・サンドや、ロダンとカミーユ・クローデルといった歴史上の有名な恋人たちの人生を追うという内容だった。市内にあるミニシアターが経営難で店をたたむことになり、閉館日まで毎日、毎時間に上映していた映画の一つだった。資料写真と声優のナレーションを軸に構成されたドキュメンタリーの中で、女の肉声を聞けたのはたった一度。年老いた女は、最も嬉しかった瞬間を尋ねるフレーム越しのインタビュアーに答えたのだが、とびきり印象的だったその答えは次のようなことばで始まった。「あの時代、パリの通りは占領軍によって封鎖されていたも同然だったわ。ある日のこと、演劇が終わると、レリスは残っていた人たちにパーティーを続けようって言ったの。街は巨大な監獄と化していたけど、私たちは暗がりの中で夜通し酒を飲み語り合ったわ。懐かしいわね。その後、私たちはレリスの家で、しばしばシュルレアリストたちに会った。あるときサルトルがクノーに、シュルレアリスム運動で得たものは何かって尋ねると、クノーはこう答えたの。『青春を持ったことがあるという感じだ』。私は彼が羨ましかった」そのときまで、私は彼らが語らっている場所に気付かなかった。スクリーンに浮かんだ字幕を見て初めて、彼らの座っている場所がわかった。そこはパリ観光地の大通り沿いにあるカフェで、私はずっと昔にそのカフェに行ったことがあるのを思い出した。画面はすでに切り替わっていたが、私の心はクローズアップされた女の背後に見える、二十世紀に撮られたに違いないそのカフェの前にいつまでも留まっていた。すると、長い歴史を備えたものを前にしばしばそうなるように、すっかり忘れていた過去の一季節が、意外な場所で名前を呼ばれた幼子のように、たじろいだ眼差しのまま引っ張り出された。

初めて私をここに連れてきたのはタカヒロだった。当時、私は十九歳、彼は二十九歳だった。十九の私と二十九の彼がカウンター脇の席でどんな話をしたのかはよく思い出せない。テーブルに置かれた彼のシガレットケースに、金属ライターに反射した光が描いていた模様と、私のカップにこびりついたまだ幼さの残る口紅の跡は、今も記憶に鮮やかなのに。そしてその日、カフェの中がひどく閑散としていたことも覚えている。テラス席は観光客で混み合っていたが、店内はほぼ空っぽだった。私たちが店内に席を取ったのは、日に焼けるのを嫌って私が店内にこだわった可能性が大きい。彼はエスプレッソを飲んでいたのだが、そのころの私にはそういったものがやけに格好良く映った。彼の好きな苦いコーヒー、苦いたばこ、苦いお酒といった、今思えば何でもないものが。十九歳の私の夏は、何から何までタカヒロの思い出に集約されるのだった。

タカヒロは兄の友人だった。私は当時、パリに留学中の兄の家で夏休みを過ごしていた。一種の幽閉期間だったのだが、それにしては甘ったるい時間だった。私の幽閉が決まったのは、入学した最初の学期に学校から警告を受けたためだ。私は課題も提出しなければ講義にも出ず、毎日のように父とけんかしていた。母は父と私のいさかいに疲れ、夏休みのあいだ、私を兄のもとへ送ることにしたのだった。私が昔から、年の離れた兄のいうことをよく聞いたからだ。大金をはたいて世界の広さを見せてやるのだから、戻ったら性根を入れ替えて頑張れということばとともに、母は兄宛ての各種惣菜を詰めた十八キロのスーツケースに、住所が書かれたタグを付けた。知ったことではないが、兄には私の精神を叩きなおしてくれと頼んだに違いない。ヨーロッパまでの空の旅は長く、私は面白くもない映画を観ては眠りこけた。空港には兄が迎えに来た。四方から聞き取れないことばが聞こえてきたが、見知らぬ国にやってきた気はせず、そのことのほうが意外に思えた。私たちは空港バスに乗って市内に入った。映画でしか見たことのない石造建築物やこざっぱりと手入れされた街路樹は美しかったが、思っていたほどうきうきすることもなかったため、私は何だか悲しくなった。ただ、夜九時を過ぎても日が沈まず、ソウルの七時のように青いままの空だけは不思議に感じた記憶がある。夜だけど夜じゃない時間。異国だけど異国じゃない街。私たちだけど私たちじゃない日々。

冬休みのあいだ、ロンドンで開かれる学会に発表者として参加すると言う夫に、わざわざ同伴を申し出たのは、それにかこつけてもう一度パリに行ってみたかったからだ。そんな口実でもないことには、ヨーロッパはひょいと訪れるにはお金のかかりすぎる旅先だった。確信のないとき、人は往々にして偶然の中にある啓示の痕跡を探そうとするものだ。私もまた、暇つぶしに入った古びたミニシアターで、タカヒロに連れていかれたカフェに遭遇したことをある種のサインと感じ、喜んで身を委ねたくなった。そうでなければ、ロンドンで開かれる学会に夫が参加することになった時分に、兄が数年ぶりにタカヒロの話を持ち出す理由もない。そのすべてがタカヒロに会いに行けという、たとえ私にはその実在を窺い知ることはできなくとも、時に謙虚な気持ちにさせてくれるある存在から送られた暗示なのだと信じたかった。タカヒロに会ったとして、彼が私のことを覚えているかは未知数だが、何も変わらないとわかっていても、もう一度ぐらい彼に会ってみたかった。

学会が開かれる三日間をロンドンで過ごし、四日間の日程でパリにやってきた。ロンドンからパリに移るあいだ、私たちはささいなことでけんかした。この先ともに過ごす四日間のプランを立てようというのに、夫が何につけても無関心だったからだ。彼が世界各地から集まった十九世紀英米文学専攻者たちと、脱殖民主義だ精神分析学だ云々と十九世紀の小説における中国人の再現方式なんたらを論じる発表をしているとき、私はロンドン市内をひとりで見て歩かねばならなかった。ひとり旅も悪くなかったが、一緒のほうがいい。私はパリで過ごすのを楽しみにしていた。ところが彼は出国直前まで発表文を作成し、各種論文を審査し、学校行政に必要な雑務に追われていたため、とても疲れていると言う。非常勤講師はいつ首になるかわからないから馬車馬のように働かなきゃならないというのが彼の口癖だった。彼は結局、誰もついてこいと言ってないと言い放つと、ホテルに着くまで押し黙っていた。私たちは、エレベーターのない古びたホテルの四階まで大きなスーツケースを運ぶのを助け合いながら、味気なく和解した。お前、パリで会わなきゃならない友だちがいるって言ってたじゃないか。先に会っててくれよ。あとで合流するから。結局、彼はホテルでもう少し休むことにし、私はひとり市内へくり出した。十年ぶりのパリは、何も変わっていないように見えたが、どこかしっくりこなかった。私はホテルでもらった地下鉄の路線図を目で追いながら、記憶をたどった。当時兄が住んでいた家の近くの駅名が目に入ったが、わざわざそこに行きたいとは思わなかった。タカヒロと歩いた場所に行ってみたくても、それがどこなのか、初めはなかなか思い出せなかった。彼と一緒に行ったはずのあのカフェ、ドキュメンタリーで観たあのカフェを、私はガイドブックの中に見つけた。そして、そこへ行ったからといってタカヒロに再会できる可能性はないことを知りつつも、愛しているということばを外国人の恋人の母国語で初めて学んだ人のように、見知らぬことばで書かれた地下鉄の駅名をゆっくりと発音してみた。

十九世紀に建てられたというから、古びているのは昨日今日の話ではないのに、カフェは十年前の私の記憶とどこか違っていた。寒い日にもかかわらず、緑のひさしが付いたテラスは、以前の記憶にも増して多くの観光客で混み合っている。何かのイベントがあるのか、道をふさがれた通りは混雑していて、カフェを見つけるのはひと苦労だった。私は昔のように店の奥に入り、タカヒロと座った席を見つけた。陽射しのあふれる外にくらべて店内は多少暗く、私にはかえってそれが良かった。けれど席について辺りを見回した途端、不思議に悲しくなった。なぜかははっきりしない。記憶の中そのままのアイボリーの壁と天然木のカウンター、金メッキの施されたシャンデリアといったものたち。数え切れないほどの芸術家が出入りしたという理由で私をときめかせたカフェは、どこかお粗末なセットのような雰囲気を漂わせている。ずっと昔、タカヒロと初めてここに来たとき、私は時間の単調さに癒された。窓の外は永遠かと思われる昼日中、騒音はぴたりとやみ、店内のあらゆる動きは十九世紀から二十世紀へ移り変わる最中のようにゆったりしていた。茶色いテーブルと赤紫色の椅子に季節ごとに積もったのだろう埃でさえも、じっと静かに佇んでいた。一定のリズムでテーブルを叩いていた白い指。それがタカヒロの癖だったことに、私はあとになって気付いた。エアコンのない室内は暑かったはずだが、不思議にもあの日を思い浮かべると、彼と私のあいだに冷やりとした風が吹いていたような気がする。

カフェのドアが開き、近所のデパートのロゴが入った大きな買い物袋をいくつも腕にかけたアメリカ人たちが入ってきた。彼らはにぎやかに笑いながら、ウェイターに大声で話しかけた。観光客の相手に疲れた様子のウェイターが私に近付き、英語のメニューを渡した。私はエスプレッソを頼んだ。兄は、タカヒロに会うつもりならオペラ座のほうへ行ってみろと言った。私は時計を見た。時間はまだある。タカヒロに会いに行くのか、行かないのか。まだ心が決まっていなかった。

タカヒロとは兄の家で初めて会った。理由ははっきり思い出せないが、その日の兄はとても忙しかった。ついに兄の監視から逃れられると思い、私は浮かれていた。兄が私の「子守り」を呼んでいると言ったとき、いつも以上に腹が立ったのはそのせいだ。私は兄に、子ども扱いするな、私ももう大人だと声を張り上げた。兄は、大人なら大人らしく行動しろ、人生の目標も責任感もないくせに何が大人だと小ばかにした。タカヒロは、兄と私がありとあらゆる呪いのことばを浴びせ合っているところへチャイムを鳴らした。ぱっと見にも日本人らしい外見の彼は、髪の毛と眉毛が不自然なほど黒かった。ひげを剃ったのだろう、あごには青い剃り跡が残っていた。兄は私には聞き取れない外国語で、フランス語だったのだろうが、タカヒロに向かって何か言った。タカヒロがこちらを見て笑い、そのせいで私はますます苛立ったが、ひとえに兄のそばを離れるためにタカヒロのあとに続いた。彼の背は私より少しだけ高かったが、華奢な体格のせいで私よりずっと小さく感じられた。私もさほど太ってはいないのに、並んで歩くと肥って見えそうだと若干気になったことも覚えている。もうたくさんだと逃げ出したい気持ちしかなく、ひとり先を歩く私のあとを、タカヒロは黙って付いてきた。路地から路地へ、自分がどこへ向かっているのかもわからないまま歩いた。歩き続けて脚が痛くなってきたころ、立ち止まって後ろを振り向くと、タカヒロはあいかわらずそこにいた。明日にでも韓国に帰りたいんだけど、どうしたらいい？　それが私がタカヒロに言い放った最初のことばだった。タカヒロは、駄々をこねる子どもを見るような眼差しで私を見て、笑った。いつから彼のことを好きになったのかははっきりしない。このときでなかったことは確かだけれど。

以後、私たちはしょっちゅう会うようになった。兄と一緒のこともあれば、ふたりきりで会うこともあった。兄は、私のように気難しい人間の面倒をよくも見られるものだとタカヒロを褒めた。タカヒロの前で子ども扱いされるたび、私は腹が立った。そのたびにタカヒロは、俺たち仲良しだもんな、と言い、私はそのことばが好きだった。彼の英語はつたない上、フランス語に影響されて驚くほど乱れていたが、私は彼のことばをすべて聞き取れた。タカヒロと過ごした日々の風景はおよそこういったものだ。彼は口数が少なく人見知りするたちで、実は私もそういう性格だったため、私たちは互いに距離を置いたまま、黙って歩き続けた。彼はパリが、どこへでも歩いて行ける街だから好きなのだと言った。東京は広すぎる。彼が言うと、ソウルもそう、と私が相槌を打つという具合で会話は続いた。彼は時々六区にあるアートシアターに私を連れてゆき、たとえばストーリーなどなく、飛行機が離陸準備をする様子を多角度から見せるといった無声映画を観せてくれた。映画を観終わると、東京はうるさすぎる、と彼が言い、ソウルもそう、と私がリフレインのように付け足した。

今もそうだが、あのころのソウルは私には大きすぎ、複雑すぎた。大学で会った子たちはみな、もともとそんな暮らしに馴染んでいたかのように、あまりにあっけなく新生活に適応していった。大学生活は、兄から伝え聞いて想像していた夢心地なものとはほど遠く、私はなかなか馴染めなかった。父にはそのころ、毎日のように教師になれと言われていた。教師になどなりたくなかった。学校の授業は退屈で、顔を合わせる先輩たちはなお退屈だった。当時交流のあった先輩のうち、今も連絡をとりあう人はゼロに等しい。

パリで過ごした二カ月のあいだ、兄はほぼ毎日学校の図書館に出かけた。いつも私を連れていこうとしたが、私は行きたくなかった。一方、タカヒロは図書館には近寄ろうともせず、公園にぼんやり腰掛けていたり、朝から晩まで映画館に居すわって画面酔いするまでくだらない映画を観ることに時間を費やした。私はタカヒロといるほうが、兄といるより楽だった。タカヒロは私の周りの人たちのように何事にもベストを尽くしたりせず、人生がどれほど価値あるものかについて私に吹き込もうともしなかった。兄が勉強しているあいだ、私はタカヒロに付いて廻った。今も昔も、人だらけの観光地にはさほど興味がない。ある日私たちは、観光客が市内を一望しながら写真を撮るために訪れるサクレ・クール寺院に行く代わりに、その裏にある墓地を訪れた。タカヒロも私も特段話すこともなく、墓地に降り注ぐ陽射しを眺めていた。変な気分、私たちが今座っているところに、死んだ人が埋まってるなんて。辺りが神々しくきらめいている気がした。私は生まれて初めて墓地に来ていた。世界はあまりに静かで穏やかだった。突然涙があふれた。タカヒロは何も訊かなかった。ただ私の肩をそっと抱き、二、三度、ぎゅっと手に力をこめた。私の肩の骨に触れていた、彼の指の骨の感触。その指が、細くても女のものとは異なり、手の甲に筋が浮いているのを知っていた。私はその後も何日か、体に残るその指の骨の感触を感じていた。少しだけ力のこもっていた親指と、どこかぎこちなく触れて離れた残りの指。

互いについて多くを語らなかったが、会う回数が増えるにつれ、私は彼のことを知るようになった。タカヒロは茨城出身で、父、母、兄、タカヒロの四人家族だった。父親は私立大学の教授で、一九六〇年代には安保闘争にも参加したが、今はひたすらジャズに心酔しているという。タカヒロは自分の兄について話すのを最もためらっていたが、結局、数年前におかしな宗教にはまったもののなんとか抜け出し、今は小さな会社の派遣社員として働いていると教えてくれた。バブル時代に大そうなローンを組んで株式に投資したものの、株価が暴落して手に負えなくなり精神的にまいってしまったようだと語るタカヒロの顔は、意外にも淡々として見えた。タカヒロに無理につらい話をさせてしまったようで申し訳なく思ったが、一方では、彼が内々の話をしてくれたことが嬉しかった。私も勇気を出して、誰にも言えなかったことを話してあげたかった。外国語だと、母国語では言いにくいこともずっと容易く打ち明けられるという事実に、そのころの私は気付いていなかった。

ウェイターは不親切で無愛想だった。かんかん照りの空はどこへやら、窓の外は灰色に曇っている。時が経つにつれ、ここが記憶の中のカフェとは違いすぎることに気付いた。あのときも、ここは同じように騒がしく落ち着かなかった。私はその日、タカヒロの真似をして初めてエスプレッソを飲んだ。握り拳よりも小さなカップに注がれた、真っ黒い液体。カフェに紛れ込んでいた夏の空気。タカヒロが着ていたTシャツは古く、今にも擦り切れそうだった。擦り切れそうだったTシャツ。今にも消えてしまいそうだったタカヒロ。タカヒロはどうして汗をかかないの？

そう訊くと、ちっとも可笑しい質問ではないのに、彼はそれが世界で一番面白いことばであるかのように笑った。

日本人観光客が入ってきたのか、いつの間にか日本語が聞こえ始めた。英語と、日本語と、ともするとポルトガル語に、モンゴル語までが一緒くたになって飛び交うカフェ。

一度、タカヒロに尋ねたことがある。タカヒロはいつ日本に帰るの？　自分の帰国が近付いてくるのを残念に思い始めたころのことだ。当時、フランスはひどく遠く感じたが、日本ならなんとなく近い気がした。日本には帰らないよ。タカヒロが答える。どうして？　私が訊く。日本には未来がない。彼は、数年前に起きた地下鉄サリン事件について話す。ラッシュアワーに合わせて計五車両の地下鉄車内にサリンガスを散布し、人々を無差別に大量殺傷しようとした事件。テロ犯たちは尖った傘の先で黄色い液体の入ったビニール袋をぽんと突き、その結果十二人が死亡、数千人が被害に遭った。危機管理システムは総じて無力だった、とタカヒロは付け加えた。じゃあ、ここには未来があるの？　私が訊く。それはわからないよ。どこにも未来がないなら、自分の国で暮らしたほうがましじゃない？　一生異邦人として生きるのは寂しいし。私のことばに、短い沈黙を挟んでから彼が言う。自分の国で異邦人として生きるほうがよっぽど寂しいよ。

とてもよくわかる。家族に理解してもらえないこともそうだから。実は兄に再会するまでは、兄なら私の気持ちを理解してくれるかもしれないと期待していた。何をしても下へ、下へと落ちていくような心許なさ。でもそれは空しい期待だった。兄は自分の住む部屋に私を座らせた。

二十区にある小さなワンルームは、近くに消防署があり、時折、警光灯の明かりが室内にちらついた。兄は、この三年間で自分が知る留学生のほとんどが中途帰国した、と話の口火を切った。すべてが変わったと聞いているとも言った（一九九七年のアジア通貨危機により韓国経済は破綻の危機に陥った）。お前はそこで暮らしながら、肌で感じるものはなかったのか。兄が訊いた。偉そうに言ってるけど、あんただって公務員の両親のすねをかじって留学してるんじゃない、と言い返したかったが、喉元までこみ上げるそのことばをぐっとこらえた。今思えば、兄も不安だったのだろう。以前とは何もかもが違うのに、帰国して就職などできるのだろうか、といった心配。もしかすると、私だけでも安定した職に就けそうだという確信があれば、両親への負い目も軽くなりそうだとひそかに考えていたのかもしれない。兄もまた高々二十七歳だったのだ。でもそのとき、私は十九歳だった。兄は、ちゃんと考えて頑張らなきゃ、と言った。お前のこの先生きる世界は、俺たちのときとは違う、とも言った。頑張れば競争で生き残れるはずだ。兄は何も知らなかった。本当にそう信じているようだった。「成せば成る」と。今思えば、兄は本気だったのだろう。兄はそれまで、頑張っても無駄な世の中をまだ経験していなかったのだから。私は、兄が私のために中古で買ってくれたマットレスに横たわって考えた。兄さんは何もわかってない。兄に打ち明けたかったことばは、おくびにも出せなかった。私の気持ちをわかってくれるのはタカヒロだけ。タカヒロならそんなふうに言わないはず。消防車の赤いランプが、暗い壁をさっと揺らして通り過ぎた。私はその明かりが怖くてぎゅっと目を閉じた。そのころ、闇より怖いのは光だったから。

そして間もなく、あの出来事があった。
ずっと忘れよう忘れようとしていたこと。
あの日、先を急いでいた私の足音。
がむしゃらに押し続けた呼び鈴。
兄さん、兄さん、タカヒロが、変なの。

窓の向こうが突然騒がしくなった。たくさんの人々がカフェの前を行き交う。カフェの中にいた観光客が、私と同じ驚いた目で窓の外をうかがった。ウェイターだけは動揺した様子もなく、各々のポジションでつくねんと立っている。何かしら？　そばを通りがかったウェイターに英語で尋ねた。ウェイターは英語で説明できないのか、フランス語の単語を何度かくり返したあと、謝りながら去っていった。向かいのテーブルに座っていた観光客が、デモですって、と英語で教えてくれた。立ち上がって外をのぞくと、本当にデモ隊が道路を行進していた。
私は自分の椅子に戻った。時計を見た。夫との約束まではまだ余裕がある。夫とはオデオン近隣のビストロで食事をすることになっていた。今からでもタカヒロに会いに行けば、オデオンでの約束に間に合うはずだ。まだ早いのに突然ほの暗さが増し、私は少し慌てた。夏とは大違いの昼の長さ。辺りはもうずいぶん薄暗い。目の細かいレースカーテンの合間から差し込んでいた長細い台形の光は、すでに短くなっている。私はバッグからマフラーを取り出して首に巻いた。冷やりとしたものが押し寄せる。意識してぴんと背筋を伸ばした。にわかに寒気を感じ、コーヒーをもう一杯頼もうか迷った。それぞれのテーブルで、人々が何か食べては飲み、騒いでは笑っている。私はウェイターに向かって手を挙げた。

そのことがあった数日前、私たちはモンパルナス駅で待ち合わせた。いくつもの地下鉄路線が交差する混雑した場所で、私は彼と行き違うのではないかと心持ち緊張していた。その日私は、一枚だけ持ってきていたワンピースを着た。メイクもした。タカヒロは私のことを好きなのかもしれないと思った。いくら兄と親しいからといって、好意がなければその妹とこんなにしょっちゅう会うはずがない。私たちは約束通り、駅舎内の香水店の前で落ち合った。お化粧してる。タカヒロが笑った。胸の内を見透かされたような気がして、少し恥ずかしかった。かわいいね。耳まで火照るのがばれそうで、私は先に立って歩いた。タカヒロは駅舎内の大型書店に寄って本を選んだ。読むことさえできないことばで書かれた本からにおい立つ紙のにおいを、私は嗅いだ。タカヒロが、好きな作家はいるかと訊いた。ふたりとも太宰治が好きだと、その日知った。そして記憶が確かなら、私たちは近くの共同墓地でランチを食べた。多くの芸術家が眠るという墓地だった。私たちはボードレールの墓の前でサンドウィッチとチェリーを食べた。青灰色の墓たち。青々とした木の葉。真っ赤なチェリーがガラス玉のように光った。タカヒロの故郷は海辺の町で、その土地の人は波に逆らうように話すため抑揚が強いのだと言う。どうりで、タカヒロの話し方って釜山《プサン》の人みたい。私が笑った。それでも、そこで暮らしてたころが一番幸せだったな。タカヒロが言った。まだ第二次性徴が現れる前だったと。誰にでも、あのときが一番って時期があるだろ？　サアッと風が吹いた。太陽が頭の真上にあり、短くなった私たちの影が揺れた。タカヒロが言った。日本人にとっては、それが日露戦争のころらしい。その時期を背景にした時代劇はものすごい人気だよ。私は、その戦争がきっかけとなって韓国が主権を失ったことをあえて口にしなかった。君はいつが一番幸せだった？　タカヒロの質問に、私は、今、ともあえて言わなかった。

その次の約束の日、タカヒロは待ち合わせ場所に現れなかった。私は一時間、サン・トゥスタッシュ教会の前で待っていた。当時私は携帯電話を持っていなかった。公衆電話でタカヒロの家に電話をかけたが、タカヒロは出なかった。おかしいと思い、家まで行って呼び鈴を押してみたが、反応はない。不吉な予感に襲われた。何の兆しもなかったのに。けれどあの冬、あの出来事があったときも、私は何の兆しも感じなかった。学校までの道がひときわ寒かった気もするが、それもあと付けの記憶に過ぎないかもしれない。にわかに鼓動が激しくなった。私は何も知らないまま、家へ急いだ。地下鉄に乗り、走って、走り続けて。兄が驚いた顔で玄関を開けた。どうした？　兄が外へ飛び出していった。その夜、兄が言った。タカヒロが自殺を図ったと。初めてではない。恋愛問題だと。ひょっとして、タカヒロのこと好きなのか？　兄が深刻な声で訊く。兄の深刻な声に、ううん、私は嘘をつく。好きにならないほうがいい。タカヒロが無事だとわかっても、体からすっかり血の気が引いたように全身が震えた。タカヒロがどんな方法で自殺を図ったのか、兄に尋ねなかった。私は帰国の日が来るまで家に閉じこもっていた。兄が買ってくれた中古のマットレスに横たわって、兄が勉強したり、時折心配そうな顔で私を振り返る姿を、ただじっと見ていた。

年老いた女が、若かりしころの写真のようにやや離れたテーブルに座っている姿を、映画はずいぶん長いあいだ写し出していた。観客は私を含めてたった三人。そうよね、真っ昼間に誰がこんな映画館に、と私は思ったのだっけ。それはともかく、三人の観客は孤独な恒星のように散らばっていたけれど、女がまっすぐカメラを見て語っていたため、私は私たち四人がカフェで語り合っているかのような錯覚を覚えた。女の話は続く。「一番嬉しかった瞬間についてだったわね？　さあ、一つだけ挙げることなんてできるかしら。ああ、あの日のことは覚えてる。一九四四年の八月十六日だったと思うわ」女は一旦話をやめ、水をひと口飲んだ。「当時、パリは電気も止まり、地下鉄も止まり、食料品も底をついてたわ。ドイツ軍が退却する際にパリを爆破するっていう噂が幽霊のように漂ってた。八月十八日、いえ十九日だったかしら。サンミッシェル通りを通りがかったとき、ドイツ軍を乗せたトラックが北へ逃げていくのを見たの。もしかしたらすべてが明日には終わるかもしれないという期待で、その晩は眠れなかったわ。ところが翌日も、ナチの旗は依然風にひらめいていた。ドイツ軍はサンジェルマン通りに向かって行進していたし。もうすぐ戦争が終わると言われていたけど、その日だったかしら翌日だったかしら、上院から出てきたドイツ軍の装甲車が通りに向かって機関銃を乱射したの。食料品を求めて通りに出なきゃならなかったのを覚えてる。どれほど恐ろしかったか」女はそう言って薄く笑った。「それから数日後のことよ。道端に集まった群衆の歓声が町中に響いたのは。あんなに大きな歓声を聞いたのは、あとにも先にもあのときだけ。屋根の上から撃たれて倒れた人々もいたけど、何ものもあの日の熱気を止めることはできなかったわ。私とサルトルは一日中、三色旗がはためくパリ市内を歩き回った。翌日の午後、ド・ゴールがシャンゼリゼを行進した。そのとき私は、パリは解放された、ついに未来が、希望が私たちのものになったと思ったの」夢見るような女の顔のクローズアップ。「アルジェリア戦争が起こるなんて想像もしてなかったころね」

帰国の前日、タカヒロにお別れの挨拶をするため、勇気を出して出かけた。兄は、タカヒロに会うのなら三人で会えばどうかと言った。私はふたりで会いたいと答えた。私の返事があまりに決然としていたのか、兄はいつになく私の意見に従ってくれた。私たちはタカヒロの家と兄の家の中間ほどにある、バスティーユの近くで落ち合った。たった二週間でタカヒロの顔はあまりにやつれていて、正視できなかった。私たちはバスティーユ近くの小さな港に沿って歩いた。日光浴をしたり、数人で輪になってワインを飲む人々を、私たちは黙って通り過ぎた。家のように飾られた無数の船、けれど家でも船でもないものが川堤につながれたまま、水にたゆたっていた。

タカヒロ、好きな人がいるの？　その人が受け入れてくれないの？

私ははたと足を止め、自分のつま先を見下ろしながら冗談めかして言った。私なら受け入れるのに、と言う代わりに、彼女は私よりきれい？　と尋ねた。私は自分のつま先から始まる、滑稽なほど短い私とタカヒロの影を見た。この影もだんだん伸びて、やがて消えるんだろう。タカヒロは黙りこくっていた。

　私たちを包む静寂が、十九歳の私には重すぎた。二度とタカヒロに会えないかもしれないとわかっていた。彼との最後の時間だと思ったとたん、喉が熱くなった。タカヒロ。これが彼との永遠の別れなら、絶対に伝えたいことがある。いや、実のところそれは、ことばで表すことも伝えることもできないものだった。誰にも伝えられなかった、言うなればある感覚のようなもの。けれど、あまつさえ英語もたどたどしいのに、そのあまりに抽象的な感覚をうまく伝えられるか自信がなかった。だから私は、大学祭で構内はうるさかった、と言えなかった。キャンパスの至るところに設けられた照明で、辺りはまぶしいほど明るかった、とも。私はそのとき、文学部の建物の最上階にある自習室で、ついたてのある机に座っていた。昔デモで一部が燃えたのだと、先輩が新入生オリエンテーションの日に説明してくれた建物。試験期間中は空席が見当たらないほど狭い空間だったが、みなは大学祭の熱気に浮かれていて、自習室は空っぽだった。外の騒ぎが嘘のように、自習室は静かでちっぽけだった。その年の春、私はみなが自習室にこもっているときには外へ逃げ、みなが外にいるときには自習室に隠れるという奇妙な日々を送っていた。

　私はぼんやり机の前に座ってた、そう言いたかったけれど、私は黙ってタカヒロの前に立っているばかりだった。私たちは炸裂する太陽を頭に載せて立っていた。私たちのあいだには吹き抜ける風一つなかった。自習室で感じていた不意の衝動について話したかったのではない。ともすれば、そういったものについては私よりタカヒロのほうがよく知っているはずだったから。私は自習室を横切って、窓を開けた。久しく開けられたことがないのか、大きな窓枠からいやな金属音がした。埃の塊が舞った。外から聞こえる音楽と笑い声、まれに叫び声。なぜあのころは、時を選ばずわめき散らす人が必ずいたのだろう。丘の上にある文学部の五階建ての建物はすごく高かったの、と私はタカヒロに言わなかった。筆箱から消しゴムを取り出して外に投げてみたの、とも。消しゴムが放物線を描きながら下へ、下へ、落ちていった。本当のところ、死にたかったわけではない。私はただJを理解したかっただけなのだと、タカヒロに言い訳がましく言いたくなかった。私は窓枠に這い上がった。窓枠に座って聞いた歌声。広場から聞こえてきた歌声。ただ腰を上げればいいのだった。Jは腰を上げただけだったはずだ。あの子の体はマンションの十五階から下へと真っ逆さまに落ちた。体が木っ端みじんになったという噂は聞いたが、実際に見ることはできなかった。Jが心底行きたがったが点数が足りなかったという学校に私は入学した。Jと私は同級生だった。マンション駐車場のアスファルトに白いチョークで描かれていたJのかたち。Jの体があんなにも小さかったことさえ知らなかった。

じっと窓枠に座ってたの。私はタカヒロに説明したかった。じっと窓枠に座って見ていた風景について。丘の上にある文学部の建物の最上階。窓枠に腰掛けて見下ろすと、キャンパスの広場のほうではあちこちに取り付けた照明のせいで、人工の明かりが煌々と輝いていた。まぶしくてすぐに目をそらした。足元には黒々とした闇。私はもう少し頭を下げた。決して死にたかったわけではない。ただ闇のほうが馴染み深かっただけ。手首にぐっと力を込めた。自分の知る語彙の中にこの闇を描写できる形容詞が充分でないという、突飛な考えが浮かんだ。闇は青色のような気もしたし、墨色のような気もしたが、実際はどちらでもなかった。両方とも違ったが、そんなことは誰にも関係なかった。でも、あのね。その闇の中で何かぼんやりと光るのが見えたの、と私はタカヒロに言わなかった。私が見たのは学校の裏山に咲き乱れるユキヤナギだということを、あとになって知った。でもそのときは、それが何か知るすべがなかった。何一つ見えない闇の中で、かすかな光の群れがちろちろと風に揺れた。変でしょ、でもどこにも光なんてなかったの。私はそのとき見たおぼろげな光について話したかったのだろうか。落ちそうで落ちずに宙を舞っていた花びらや、生ぬるい春風に運ばれてきた花の香りについて？　ともかくも私は足元の、危うげな闇の中で砂糖の粉をまいたようにゆらめいていた光の束を長いあいだ見つめていた。甘い春の夜の空気が肺いっぱいに入ってきた。窓枠をつかむ手首がひどく痛かった。お尻にあたる窓枠の縁は冷たく固かった。

それでも、死なないで。

私はタカヒロの腕を、あらん限りの力でつかんだ。私のことばに、タカヒロがその日初めて笑った。タカヒロが私の頭をくしゃっと撫でた。

窓の向こうを、突然雨が降り始めた。カフェの中はいっそう暗くなった。ひと群れの人々が雨を避けてカフェに入ってきた。ウェイターが彼らに注文を訊いた。彼らはみなスローガンの書かれたプラカードを持っていた。ウェイターは露骨に顔をしかめた。デモ隊の一部は入り口のそばに立ち、一部は席についた。彼らの体からポト、ポト、と水が滴った。何のデモなんですか？その中のひとりの男と目が合い、私は英語で尋ねた。彼はアラブ人のような顔つきだったが、自分はフランス人で裁断師をやっているときごこちない英語で言った。彼は、南半球のある国で工場が崩壊し多くの繊維労働者が死んだことを知っているかと、つっかえつっかえの英語で私に訊いた。彼はさらに何か説明しようとしたがあきらめ、死んだ、という単語ばかりを何度もくり返した。おぼつかない発音のせいで、死んだ、という英語の形容詞が何か得体の知れないものに感じられた。私は、ずっと昔、私の国にも繊維労働者がたくさんいたと言った。彼らも死んだの。なぜ急にそんなことばが飛び出したのかわからず、私はたじろいだ。彼と私の眼差しがほんの一瞬、絡まった。茶褐色の重々しい眼差し。

　夏の終わりとともに私は帰国し、自分の中で何かが変わったような気がした。何が変わったのかははっきりしない。授業に出始め、課題を提出したため、両親はご満悦だった。復学生（男子学生の多くは大学在学中に兵役を務める）と新入生の恋愛は新入生には何の得にもならないという先輩方の助言をうっかり忘れ、復学生と何の得にもならない恋愛を一年あまりした。時間はそんなふうに流れた。同期のほとんどは就職に備え、卒業後そのほとんどがまったく望まない職場にかろうじて就職した。後輩たちはさらに厳しい環境の中で就職したが、大抵が契約延長に至らず失職したと風の噂に聞きもした。けれどそんな噂は、国民年金は老後を保証してくれないというそら恐ろしい噂に埋もれてすぐに忘れられた。そのせいか、年金保険の代わりに結婚を選んだ友人が初めはけなされ、のちには羨望の対象となった。私は任用試験に小数点差で落ちてばかりいた。結局、正規の教師になる代わりに、兄に紹介された男性と結婚した。夫は比較的若くして教授になったが、彼もまた定年雇用からあぶれたため、私は友人たちの羨望を半分だけ受けた。なぜ十九世紀がいいのかと尋ねるたびに、夫は大きな蒸気機関車について話したが、私にとってはわかるようなわからないような答えだった。

日常はものすごいスピードで流れ、私はパリから戻って以来、その夏の記憶を取り出したことがなかった。二度を除いて。一度は数年前、新聞でサリン事件の最後の手配者が捕まったという記事を見かけたとき。日本の警察が午前九時十五分ごろ、東京の漫画喫茶で最後の指名手配者だったタカハシカツヤを逮捕したという報道だった。この事件に関してはタカヒロを思い浮かべる理由になるが、もう一つに関してはなぜタカヒロを思い出したのか、私にもよくわからない。それは帰国の翌年、九月十一日のことだ。その年の、九月十一日。ニュースでは、ニューヨークのど真ん中の高層ビルに飛行機が突き刺さる場面がくり返し流された。ものすごい轟音とともに火の手が上がった。黒雲のような煙がビルの上に立ち昇った。嘘のようにビルが崩れ落ちる光景が、四角い画面の中で何度も何度もくり返された。初めてそのニュースを目にしたとき、私はゆったりとソファに腰掛けていた。人々の悲鳴が聞こえ、消防士が駆けつける姿が揺れる画面の中に何度も映り、私は体を起こしてソファに座りなおした。濃い灰色の雲と炎の上がるビルのてっぺんから、何か黒い物体がひらりと落ちた。それが人だと気付くのに長い時間は要らなかった。一つ、二つと、花びらのように落下する人々と青い空。黒い煙が津波のごとく、街を呑み込むように覆った。人々の悲鳴が聞こえた。私は思わず、タカヒロ、とつぶやいていた。タカヒロに会ったのはニューヨークでもなく、その瞬間彼の名前を呼ぶ理由は一つもなかったのに、一体なぜかはわからないが、思わず。

幸い雨はしだいに収まった。プラカードを持った人々がひとり、ふたりと再び外へ出て行く。前に座っていたアラブ系フランス人も、私に挨拶して外へ出た。ウェイターが近付いてきて、交代時間だから先に会計を済ませてほしいと事務的な口調で言った。私が差し出した紙幣を受け取りおつりをくれながら、どこから来たのかと訊く。私が答えると、南から？　北から？　と飽きするような質問を投げてきた。四、五人の新しい観光客が、韓国にも店舗を持つブランドの買い物袋を手に入ってきた。彼らがどの国の人なのかはわからない。私は薄汚れた小銭をテーブルに置いたまま、冷たくなったコーヒーを飲み干した。黒い液体とともに、底に残っていたコーヒーのかすが食道をつたって下りた。

カフェのドアを開ける。雨上がりの夕方の空気はすがすがしかった。地下鉄駅のあるほうを見やりながら襟を正していると、さきほどのアラブ系フランス人がカフェの入り口から私に手招きをした。

フランスにはどうして？

友だちに会いに。

これから会いにいくところ？

オデオンまで歩いていくのに、時間は充分だった。夫はいつものように、私より少し早めに店に着いていているだろう。私たちは料理を頼み、ワインを一杯飲むだろう。そして彼は私に訊く。友だちには会ったの？　私は答える。ううん。彼はおそらく重ねて訊くだろう。疲れ切った顔で。どうして？　私はなんと答えるべきか。時間が経ちすぎたから、と言えばそれらしい答えになるだろうか。兄はタカヒロが、オペラ座近くの日本食屋が集まる地域で小さな日本食品店を営んでいると知人から聞いたという。ひょっとしたら営んでいるのでなく、店員として働いているのかもしれないとも。どちらでもかまわなかった。とにかく、彼は生きていた。私も生きていた。思えば私はすでに、あのころの兄やタカヒロの歳を越えている。それで充分、私は小さくつぶやいた。でも、本当にそう？　口の中が苦かった。背後でカフェの看板に明かりが灯った。そのとたん、カフェの赤紫色のソファに座っていたタカヒロと私の姿が、幻のように目の前に浮かんだ。誰かに背中を押される悪夢をしょっちゅう見る。指先でテーブルに落書きしながら、私たちのどちらかが言った。いや、誰かの背中を押す悪夢だと言ったのだったろうか。冷たい金属ライターの上に揺らめいていた光の欠片たち。ピンクの口紅の跡がにじんでいた白いコーヒーカップ。私たちの脇を、死に装束を着たデモの一行が、弔問に並ぶ人のように列をなして通り過ぎた。そのうちのひとりが持つ写真の中には、崩壊したビルに閉じ込められて死んだ者の顔があった。死者は二十代のように見えたが、十代かもしれない。陽が沈んだね、アラブ系フランス人が言った。本当。夕闇に包まれた通りを見ながら、私は口の中に残るコーヒーの異物感を忘れないように、もう一度唇を舐めた。

＊この作品を書くにあたり、シモーヌ・ド・ボーヴォワール『娘時代／女ざかり』（イ・ヘユン訳、東西文化社二〇一〇）を参考にした。

初恋

先輩の浅黒い手に、白くてもろい雪が静かに、そして永遠のごとくゆっくりと舞い落ちた。

アルバイトをする気はないかと訊かれた。私にはお金の代わりに時間があった。やる、と答えると、ショートメールで日にちと場所が送られてきた。ダイアリーを開き、その日を探して、空欄に時間と場所をボールペンでぐっ、ぐっ、と書き込む。ダイアリーには、何か記入されている四角より空白の四角のほうが多い。

アルバイトをすることになったのは、四月七日金曜日。

私は久々に早起きして出かける準備をした。バスの運転手が選局したラジオから、気象キャスターの明るくすがすがしい声が聞こえてくる。週末はお出かけ日和が続くでしょう。桜は今が一番の見頃です。お花見に行きたいな、と、ふと思った。言うなれば、春真っ盛り。

ショートメールの内容どおりに、地価の最も高い市内に位置するNデパートの正面玄関に着いたのは十時十分前。遅刻しないよう急いだかいがあった。片手に携帯電話を握ったまま正面玄関をくぐる。ガラスの回転ドアを押して中へ入るとすぐに、私と似たり寄ったりの格好でロビーの片隅に立っているふたりが目に入った。

「うわあ、これってどれくらいぶり?」

さあて、どれくらいぶりなんだろう。

玄関を入ったところの片隅に並んで立っていたのは、ヨンとタムだ。

「結局、こんなとこで集まるのねえ」

私たちは嬉しさに笑った。大学を卒業して以来、三人がそろったのは初めてだった。

誰か迎えにきてくれるよね？　うん、たぶん。

アルバイトをしないかと一斉送信メールを送ったのはヨンだ。ヨンが以前勤めていた会社の先輩がNデパートに転職したのだが、急にアルバイトが入用になったという。彼がどんな仕事をしているかは正確にわからないが、とにかく正社員であることは間違いなかった。

迎えに来てくれるのがその人？　たぶんそう。

私たちは壁にもたれて待った。私の知る限り、ヨンの元先輩であるキムチーフは、ヨンが片想いしていた人でもある。常に自信にあふれた太っ腹な性格で女性社員の人気を一手に集めているという話を、耳にたこができるほど聞かされていたこともあり、どんな感じの人なのか内心気になっていた。私たち三人は迎えが来るのを待ちながら、デパートの中を見回した。店内はいい香りがし、明るかった。一階のほとんどを占める化粧品売り場は、どの店も客を誘惑する色彩に満ちている。カウンターに置かれた大小の鏡に光が反射し、四方に散っている。元気だった？　うん、元気元気。そっちは？　回転ドアをすり抜けて、軽快な足取りで客が入ってきた。なんとなく気後れし、私たちは頭を垂れた。十時が過ぎ、十時十分が過ぎ、十時十五分になっても、迎えは来なかった。

「ここじゃないのかな」

「合ってるよね？」

ヨンが携帯電話を取り出して、ショートメールを確認した。そこにはやはり「ロビー」とある。

「電話してみよっか？」

ヨンが言った。

チーフ、ロビーにいます。

小心者らしく、私たちはショートメールを送った。

オッケー。担当者が向かうよ。ちょっと待ってて。

時刻は十時二十分を過ぎた。デパートに入ってくる客たちは、私たちを横目で一瞥して通り過ぎていく。私たちは壁にもたれたまま、互いの近況を語り合った。

「アルバイトの子？」

しゅっとした靴にきゅっとネクタイを締めた男が目の前にやってきたのは十時三十二分。私たちは頷いた。

「事務所専用エレベーターがあるほうのロビーで待つでしょ、普通は」

男が不満げな口調で言った。私たちは彼のあとについて外へ移動し、隣のビルの社員用エレベーターに乗り込んだ。私たちはいまもって、自分たちがどんな仕事をするのか知らなかった。


実を言えば、私がアルバイトをすることに決めたのは、J先輩のためだ。むしゃくしゃした気持ちを抱えた、夜更けの散歩からの帰り道。携帯電話が震えた。先学期の教務委員会の決定を受けて学科の統廃合に関する問題が台頭し、学科事務室からは昼夜を分かたず連絡が来た。大手企業が学校を買収すると同時に、人文社会系列の一部の学科を統廃合する大々的な学制改編案が進められるという噂が広まり、キャンパスのあちこちに壁新聞が貼られた。むしゃくしゃしていたのは、私のような院生も学部生も同じだった。

けれどその晩、外灯の下で携帯を取り出した私の目に飛び込んできたのは、J先輩の名前だった。先輩の名前が液晶画面に浮かぶときはいつもそうしていたように、私はおのずと足を止め、道端に突っ立ってメールを確認した。気温差が激しくずいぶん肌寒い夜だったが、人気のない歩道の真ん中に立ち尽くして先輩と会う約束を取り交わし終わると、顔が火照って家までの道のりは寒さも感じなかった。

J先輩と連絡を取り合ったのは本当に久しぶりだった。私が交換学生として滞在していたロシアから戻ったとき、先輩はすでに修士課程を終え大学をあとにしていた。留学を控えているという近況を、数年前に別の先輩から伝え聞いたことはある。先輩と私はもう、気軽に電話をかけ合うような間柄ではないのだった。私がロシアにいた一年間は頻繁に連絡を交わしていたが、その後は時折連絡を交わすようになり、やがてJ先輩に彼女ができると、たまに連絡を取るだけになった。先輩と最後に通話したのは「先生の日（五月十五日。師を敬い感謝の気持ちを伝える）」だったろうか、とにかく、先輩後輩たちが大学近くのビール屋に大集合して学科のイベントを盛り上げた夜だった。先輩が私に電話したのでも、私が先輩に電話したのでもない。打ち上げに参加したJ先輩の同期が、突然私に電話を渡してきた。院に進もうかと思ってます。騒がしい店内で先輩の声がよく聞こえず、私は受話器を耳にあてたままテーブルに上半身を伏せた。偉いな、あいかわらず。店内の騒音は水の外から聞こえてくるかのように遠のき、先輩のそのひと言が耳元ではっきりと響いた。私は自分が本当に偉い人になったかのように満ち足りた気分だった。頑張れよ。本当に、何でも頑張れそうだった。先輩との連絡はそれが最後だった。いつだったか、先輩の父親がガン闘病の果てに亡くなったという消息を耳にはしたが、私がそれを聞いたのは葬儀が終わってずいぶん経ってからのことで、メールを送るにも遅すぎた。

J先輩の声は変わらなかった。結婚は？　いえ。先輩は？　俺もまだ。先輩は、付き合っていた彼女と最近別れたと言った。久しぶりに、会おうか。どんなふうになってるか、見てみたいし。先輩がうちの近所まで来ると言う。約束は来週木曜日。ちゃんとした服を一枚新調したいと思ったのは、ふわふわした気分で帰宅し、顔を洗っていたときだ。先輩に会うまでにあごの吹き出物が消えてくれたらという思いはおのずと、先輩に会う日に何を着て行けばいいかという心配につながった。最後に服を買ったのがいつなのかも思い出せない。三年ぶりに再会する先輩の前に、きれいなどころか、毛玉だらけで流行遅れの服を着て現れたくはない。急なアルバイトを募集しているというヨンの連絡をもらったのは、どこからかお金が降ってこないかと思いながら、インターネットのショッピングサイトで春の新商品をチェックしていた日から数日後のことだ。一日いっぱい働いて、日当八万ウォン。八万ウォンあれば、春のワンピース一着分の足しにはなりそうだった。ヨンの一斉送信メールに応答したのは、休学中の私と、少し前まで通っていた職場で再契約に失敗したタムのふたりだった。

私たちの仕事はアクリル板をきれいにすることだった。男に従って上がってきたデパート最上階の大会議室には、たくさんのアクリル板が積み重なっていた。ＶＩＰ客に発送する招待状とやらに入れるもので、Ａ４用紙の半分の半分ぐらいの、長くて透明なアクリル板。

「傷が付かないように丁寧に、きれいに拭いてください」

男は簡単な説明を残して消えた。私たちはそこに準備されていたもの、大会議室の床に置かれたアルコール瓶や噴霧器、ガーゼ布巾を見た。大会議室の一面を覆うガラス窓から、春の光が降り注いでいた。

陽射しを受けてきらきら光るアクリル板。

みなが戸惑う中、ヨンがまず自分の席を決めて座った。私とタムもおずおずと、ヨンに続いてガーゼ布巾を手に取った。私はというと、何をどうすればいいのかわからなかった。隣を見ると、それはヨンもタムも同じようだ。けれど、磨かなければならないアクリル板は山積みで、時間はない。私はアクリル板をガーゼでこすった。会議室は広く静かで、液体を注ぐ音が大きく響く。レザーチェアもこれまた重く、椅子を引っ張るたびにやかましい音を立てた。ソウル暮らしが長くなるにつれてこのデパートに出入りする回数も増えたが、会議室に入ったのは初めてだ。

「こうして三人でいると、何だか昔のこと思い出すね」

タムの言う「昔」がいつを指すのか、私にはわかった。私もまた、同じ「昔」を思い出していたから。

紡績過程を経ないウール素材のテーラードジャケット、フランス産シルクのボウタイ、細やかな仕上げが際立つトートバックとボストンバック、子牛の革で作られたヒールパンプスなどがきらびやかに光輝きながら客を誘うカウンター。百貨店というその名のとおり、百の財貨が集まる場所だった。棒立ちになっていた私の脇をつついたのは、一浪したせいで私とタムより一つ年上のヨンだった。

「怖気付いてるのがばれないようにね」

そういうヨンも不安げだった。私たちは精いっぱい胸を張って堂々と歩いた。デパートのブランド名品館ぐらい、朝食後の散歩がてらに毎日立ち寄る人のように。あふれ返る品物の中で、私たちのお目当てはただ一つ。茶色い革にロゴの入ったブランドバッグ。新入生オリエンテーションの期間に何人かの女の子がそのバッグを手に現れたときには、私はまだその真価を知らなかった。それが高価なブランド品だということぐらいは知っていたが、自分で買える値段でもない上、いかにも高級品という感じが私の趣味にはそぐわなかった。ところが、ブランドバッグを持ち歩く子と持ち歩かない子の割合は、学期の頭には半々ぐらいだったのに、中間テストのころになると様子が変わってきた。学期の四分の三が過ぎたころには、うちの科の新入生のうち、ブランドバッグを持っていないのは私たち三人だけだった。あれ、すっごく高いんだよね？　わけがわからなかった。唯一わかっていたのは、形や大きさは少しずつ違っても、同じロゴの付いたバッグで固く結ばれた彼らの輪から、私たち三人が静かにはじき出されつつあるという事実だった。このまま隅に追いやられてしまえばにっちもさっちもいかなくなる、という危機感を最も敏感にキャッチしたのはヨンだった。中学生のころ、流行りの日本製ペンを筆箱いっぱいに詰め込んで学校に行かなければ勉強が進まないことを悟ったヨンは、ある日学生食堂でハヤシライスを食べていた手を止め、自分たちもバッグを買うべきじゃないかと決然と言い放った。ブランドバッグを一つ持てば、あたかもサケの群れのように、私たちを置き去りにして流れる川を遡れると確信しているかのような顔で。あまりに決然としたヨンの口調に、私とタムは頷いた。

さて、その結果は？　あの日ブランド名品館を歩く私たちを見かけた人がいたなら、その誰かは私たちを、サケはおろか、悠々と泳ぐ川魚たちの合間にふいに落っこちてきた三匹のイイダコのようだと記憶するに違いない。私たちは意識してなるべく自然に歩こうと努めたが、その結果、一つひとつのしぐさがぎこちなくなるのだった。通帳には夏休みにアルバイトして貯めたお金が入っていた。実家の両親から送られてくる生活費では足りないときのために貯金していたものだ。こんな大金をバッグ一つに使ってもいいものだろうか。バカね、と言われそうで口には出せなかったが、心臓はバクバクしていた。先頭を切って歩いていたヨンが足を止めた。ヨンの視線の先に、私たちが探していたバッグが陳列されていた。同期の子たちの肩に掛かってるときはそれほどとは思わなかったが、ガラスの壁越しに並ぶバッグの存在は何というか、圧倒的だった。上品なライトの下、流れるような蠱惑的なライン、高級そうな革のストラップと金色のロゴプレート。売り場にあるすべてのものがきらきら輝いている。白手袋をはめた店員がこちらにちらりと視線を向けた。彼らは陳列棚に並ぶバッグのように折り目正しく、その顔は無表情だった。気後れする必要など全くないと知りつつも、腰が引けた。店員は、私たちがこういう場所に頻繁に出入りする存在ではないことをひと目で見透かしたに違いない。

「いいから入ってみようよ」

意地になった私が、タムとヨンの手を引っ張った。ところが、ヨンは凍ったようにその場に立ち尽くしていた。拳をぎゅっと握りしめて。あのときヨンは何を思っていたのだろう。驚いたことに、ヨンが今にも泣き出しそうな顔をしていたため、私は何も言えずにヨンのそばに立っていた。ガラスの陳列棚の外側に。誰かが私たちの脇を通って売り場に入っていった。店員たちが笑顔でお辞儀した。

「おなか減った。ごはんでも食べよっか」

隣に立っていたタムが指先でついと眼鏡を上げながら言った。三カ月分の家賃より高いそのバッグを、私たちはついに買うことができなかった。


アクリル板を磨く作業は退屈で、何より肩が痛かった。傷付けないようおそるおそる拭いているせいで、汚れはなかなか消えてくれない。磨くアクリル板の数は決まっていた。タムはちょっと磨いてはすぐに立ち上がり、ストレッチをする。全部磨き終わらなきゃ家に帰れないのに。磨いても磨いても、アクリル板の数は減る気がしない。そういえば、タムはもともと我慢強くなかったっけ。以前タムが公務員試験の勉強をしていたとき、受かるのは難しそうだと思っていたのは私だけではない。だから、タムが連続で試験に落ちた末に私立高校の契約職員に納まったと聞いたときには、誰も驚かなかった。

「でもさ、ＶＩＰって一体何人いるのかな。この量、すごくない？」

ヨンがアクリル板を陽にかざしながら言った。もともと小顔で目鼻立ちもはっきりしているが、陽射しを背にしたヨンは広告モデルのようにかわいく見えた。ヨンも私やタム同様、作業のしやすいラフな服に古びたスニーカーというでたちだったが、髪は早起きしてセットしたのかカールがかかり、メイクも手間をかけたのか肌つやがいい。片想いの相手にきれいに見られたい気持ちは私にもよくわかる。Ｊ先輩の記憶の中で、私はどんな姿をしているのだろう。この数年で横っ腹に付いたぜい肉に気付かれたらどうしようと心配になる。

「ところでさあ」

黙ってアクリル板を拭くのが退屈で、私たちは興味もない芸能人のゴシップや、卒業生の誰それが結婚したとか失恋したとかいう類の、自分たちとは一切関わりのない話を一つひとつ持ち出して話のネタにしていた。

「あの話、聞いた？」

今度はタムが口火を切った。磨かなければならないアクリル板はまだまだあり、作業は単純で同じことのくり返しだった。

「なんの話？」

「Ｋ先輩のこと」

大学で同じ科の先輩と交際し、先輩たちの動向に通じていたタムは、これまで聞き及ばなかった近況を教えてくれた。そのほとんどは、ある先輩の年収がいくらで、誰それは結婚にいくら使った、また別の誰それは結婚に際して新居を準備できず振られた云々という話だった。

私はアクリル板にアルコールを拭きつけた。

「あ、これ、もうないみたい」

「ほら、これ」

噴霧器にアルコールを注ぐ。

「一年生のときは、まさか私たちがこうしてデパートのてっぺんに座って、アクリル板を磨いてるなんて想像もしなかったなあ」

大して面白くもない私のことばに、タムとヨンがプーッと吹き出した。久々に会う友人たちと輪になってつまらない話をしているからか、それともJ先輩と会う約束をしたからか、まるで昔に戻ったような気がした。すると、円になって座る私たちの真ん中に、一本の大きな木がゆっくりと枝を伸ばし始めた。根元がどっしりした、白い花がぎっしり咲きほこる桜の木。かぐわしい木の影が差すあちらのほうに先輩たちが座っている。そのどこかにJ先輩も。ロシア語の勉強会にこと寄せて真っ昼間から白酒《パイチュウ》をあおっていた四月のある日のように。

「そういえばうちの科、なくなるって聞いたけど本当?」

生い茂る枝と花房の枝垂《しだ》れる大木の下で、タムとヨンが興味津々の顔で私を見つめている。ガラス窓から降り注ぐ陽光に目がくらんだ。

こう言うと、J先輩は濡れ衣だと言うかもしれないが、私の大学院進学に一番大きな影響を与えたのはおそらくJ先輩だったと、私は常々思ってきた。J先輩とは同じ科の先輩後輩として出会った。今思えば六歳の年の差など大したものではないが、新入生のころの六歳差はとてつもなく大きかった。J先輩は私が入学したときにはすでに四年生だったため（大学在学中に休学して約二年の兵役を終えるため、四年生の時点で六歳差となる）、学科の伝統として受け継がれていた、新入生対象の基礎ロシア語勉強会には参加しなくてもよかった。勉強会の中心は、もとより二年生と三年生だったから。なのに、私たちが勉強会のために初めてスタディルームのドアを開けたとき、換気が悪くかび臭さが漂うその部屋に、備え付けの家具のようにひとり座っていたのはJ先輩だった。チェック柄のシャツを第一ボタンまで留め、流行遅れのケミカルウォッシュジーンズを穿いて座っていたJ先輩。先輩は週に一度スタディルームに私たちを集めて、ズドラーストヴイチェ、ラートヴストゥレーチィといった文章を教えていた。先輩が新入生対象の基礎ロシア語勉強会に積極的だったのは、後輩とロシア文学を原書で読みたいという壮大な夢があったからだ。

　けれど、先輩の夢がいかに虚しいものかが明らかになるまでにそう長くはかからなかった。そもそもが、ロシア語やロシア文学が好きで入ってきたというより、成績の都合でロシア語ロシア文学科に流れてきた子が大多数だった。そのため、レールモントフが書いた十九世紀の詩やロシア語の語彙論的特徴を教える教授を前にして、ほとんどの学生はＴＯＥＩＣの過去問の単語を覚えたり、漢字能力検定試験の勉強をしていた。教授たちもあきらめた原書の読解をやろうというJ先輩の情熱は無謀に見えた。当初二十人ほどいたメンバーは減り続け、一学期が終わるころには十人を下回った。その中には私もいた。ロシア語に特別入れ込んでいたわけではない。自分で蒔いた種は自分で刈れ、という両親の教えどおりに生きてきた十九年間の習性を捨て切れなかった結果とでもいおうか。

　確か、ブランドバッグを買おうという私たちの試みが見事に失敗してひと月ほど経ったころだったと思う。ヨンもタムも私も、その件についてはまるで約束でもしたかのように二度と口にしなかった。けれど、秋雨の降る空模様のように、そのころの私は憂鬱だった。なぜあんなに憂鬱だったのかはわからないが、それがバッグを買う買えないという軽薄な問題のせいでないことだけは間違いない。この世に越えられない敷居が存在することに気付いたせいでもない。青白い蛍光灯の明かりの下、近付けないガラスの壁の向こうを見つめてぎゅっと拳を握ったまま、泣き出しそうな顔で立っていたヨンとタムと私を思い浮かべるたびに感じたあの不思議な感情は、私の生きるこの世界が、実は決して越えられない敷居のこちら側に過ぎないのかもしれないという劣等感でもない。けれども、新入生がどっと詰め掛けて聴いた必修講義のあと、がらんとした講義室にひとりで座っていたり、帰り道、全員が同じ方向を向いて信号が変わるのを待つ横断歩道の前に立っていると、ふと、自分の存在の密度というものがいかに希薄なものかと思うのだった。私はやっと二十歳を通り過ぎているところで、生きていく日のほうが生きてきた日々よりずっと多いのに、それは本当にくたびれることだった。

「何かあったの？」

　私が浮かない表情をしていたのか、勉強会を終えて後片付けをしているとき、J先輩に声をかけられた。いつの間にかほかの子たちは姿を消し、スタディルームにはJ先輩と私のふたりしかいなかった。

「いえ」

私は紙コップに山盛りになった吸殻をごみ箱に捨て、空き缶を平らにつぶしていった。

「どうして露文科に入ったの？」

散らかった机を一緒に片付けていたＪ先輩が、ふと言った。正直なところ、私もまた自分の成績で行ける学科のうち、まだましと思われたのが露文科だったからという理由でしかなかった。

「『アンナ・カレーニナ』が好きで」

先輩をがっかりさせたくなかった。案の定、私の返事にＪ先輩の目が輝いた。

「へえ。日帝時代に最も多く読まれた外国の作家が誰か知ってる？　トルストイだよ」

先輩と私は後片付けを終え、スタディルームの明かりを消し、文学部の狭い廊下を外まで一緒に歩いた。窓の外から、激しい雨音が聞こえた。私は傘を持っておらず、私たちは先輩の傘に一緒に入って正門まで歩いた。雨が降ろうが雪が降ろうがＪ先輩が毎日のように穿いていたジーンズのすそが、雨に濡れて色濃くなっていく。

「先輩はどうして露文科を選んだんですか？」

ふたり分の頭がやっと隠れるくらいの傘を共有するあいだだけでも、会話を続けなければならなかった。

「初めてプーシキンを読んだとき、存在に光が差したような気がしたんだ」

Ｊ先輩は誰も日常で使わない、文学の本でしか見かけなさそうなこそばゆい文語体の表現を、平気な顔で使うのだった。先輩の声はその華奢な体に似合わず、声優のように響きのある低音だった。そのせいか、J先輩が平気で使うそれらの表現はどこか劇的に聞こえ、先輩の度外れの真剣さとその口調を、私はちょっぴり滑稽だと思っていた。でも、先輩の息遣いが感じられるほど近くにいたためか、規則的な間隔で傘の上に落ちてくる雨音のためか、それとも、私のほうへ傘を傾けているせいで先輩の肩がだんだん濡れていくためか、その日の先輩のことばは一つも可笑しくなかった。

「機会があれば、プーシキンも読んでみるといいよ」

J先輩は私のことを、ロシア文学が大好きでこの学科を選んだ数少ない後輩だと思ったようだ。先輩の表情はいつにも増して明るかった。私たちは方向の分かれる薬局前の路地で別れた。先輩は私に傘を握らせ、頭の上にかばんをかざして雨の中へ飛び出した。先輩の足取りに従って、地面に溜まった雨水が四方に散った。翌日、スタディルームの机の上には、先輩の字で私の名前が書かれた茶封筒が置かれていた。そこに入っていたのは、プーシキンの『エフゲーニイ・オネーギン』だった。

そういうわけで『エフゲーニイ・オネーギン』は私が初めて読んだロシア小説になった。プーシキンの文章は美しく、オネーギンとタチヤーナの実らぬ恋は切なかったが、私がプーシキンの価値を知ったのはそれからずいぶん後のことだ。それより先に興味を引かれたのは、先輩のほうだった。野暮ったい服装の先輩がおしゃれに見え始めたとか、顔が急にハンサムに見えたわけではない。けれど、返さねばならないのに返せないまま、ひとり暮らしの狭苦しい部屋のトイレに何日も開いて置かれていた、先輩の安っぽいジャンプ傘を見るたび、なぜか私の心は傘のようにふわりと膨らんだ。私はJ先輩に会いたくなるたび、「わが春の日は去ってしまったというのか？／それは本当に戻ってこないのか？／私は本当にもうすぐ三十歳になるというのか？」とか「幸福はほとんど可能と思われ、／ほとんどこの手につかめそうだったのに！」（アレクサンドル・セルゲーヴィチ・プーシキン『オネーギン』。ホ・スンチョル、イ・ビョンフン訳、ソル出版社、一九九九）といった文章を、意味もわからないままノートに書き写した。そうすれば先輩をすっかり理解できる日が来るとでもいうように。先輩もそんな私に気付いていただろうか。きっと気付いていていたはず。当時私が先輩を好きになったことを知る人はいなかったし、先輩はかけ離れた存在で、告白するなどという器用なことは私にはできなかったが、先輩だけは知っていたはずだ。先輩は、わずかな気配にも反応する老いたキリンのように、静かで繊細な人だったから。

ランチタイムに私たちをデパートの食堂街にある中華料理屋に連れていったのは、最初に私たちを大会議室に通した男だった。本来はヨンに仕事を頼んだキムチーフが昼食をおごってくれる予定だったのだが、会議があって来られず、代わりに後任の自分が送り出されたと言う。ヨンは多少がっかりした様子だった。私たちは黙って後任のあとに続き、店に入った。彼のアイロンがけされたシャツと、きっちり結ばれたネクタイに目が行った。私はなんだか気後れした。メニューにある料理はかなり値が張った。ヨンとタムは悩んだ末にチャジャン麺を、私はチャンポンを頼んだ。結局、チャジャン麺二つに、チャンポン一つ。

ヨンは社会人経験があるだけに、がっかりした様子など見せず、後任と気さくに会話した。タムも無難に会話に加わった。私だけが黙ったまま、チャンポンのイガイの殻を箸でつついていた。社会人経験の有無がこんなところで出るのか。タムとヨンは短期契約ではあっても、卒業後とにかく一度は職についているから、私とは立場が違う。後任はＶＩＰに送る招待状の件がこじれて困った立場に置かれており、アクリル板をきれいに磨いてくれることがどれほど大切かを語った。作業プロセスをよく知らない、他の部署から来た新しい常務のせいで、あいだに挟まれて四苦八苦していると言う。

「いやほんと、うまくいかないものです」

後任が深くため息をついた。

そう。うまくいかないものだ。

大学院進学も簡単には決まらなかった。卒業を控えた冬、旧正月の連休に実家でトックを食べていたとき、院に進みたいという私のことばに、父は匙を置いた。どういうことだ。父は普段、大きな声を出す人ではない。ただでさえ若者の失業がニュースになっているのに、大学院だと。まったく父の言うとおりで、私もまた同じ問題で悩んでいたから、その日食べたトックは胃にもたれ、夜通し私を苦しめた。ロシア文学ができないなら死んでやるというほどの情熱はなかったが、母が非難がましく言ったように、社会に飛び込むのが怖くて猶予期間が欲しかったわけでは決してない。両親を説き伏せてなんとか院に進んだときは、一年後に学科の統廃合説が出回るなんて夢にも思っていなかった。夜更けまで研究室で辞書を片手に原書を読んだあと、先輩たちと文学部の校舎の前に座り込んで「競争反対」や「集中投資反対」といった壁新聞を書いて家路につく夜は、なぜかJ先輩と歩いた初夏の夜の路地を思い出すのだった。

それはつまり、私を家まで送ってくれる先輩と一緒に歩いた暗い路地。私が二年生になり、先輩が修士課程の一学期目に入ったとき、先輩は基礎ロシア語の勉強会に参加していた私と数人の同期を引き連れて、ロシア小説の読書会を開いていた。院生になってしまった先輩は忙しく、会は途切れ途切れではあったものの、私たちは金曜日の遅い時間に集まってゴーゴリやツルゲーネフといった作家の小説を翻訳版で読んだ。時折、会のあとにみんなで飲むこともあった。それが終わると、先輩は私を家まで送ってくれるのだった。その日もそんな金曜の夜だった。もう遅い時間だったが、いかにも大学前の金曜の夜らしく、新入生とおぼしき学生たちが泥酔状態で道端に座り込み何か叫んでいた。先輩と並んで歩いていた私は、肘でも触れはしまいかという緊張のあまり肩が痛かった。けれど、放射状に続く路地を歩きながら、闇に身を包んだ木々を見上げ、私はその道が永遠に終わらないでほしいとひそかに願っていた。J先輩は普段口数が少なく、先輩について知るチャンスはあまりなかった。南方の小都市で生まれ育ったとか、長男が無駄に勉強を続けることを両親は好ましく思っていないことなどを、肩を並べて歩く夜道で知った。家までの道のりで聞いた先輩のひと言ふた言から、彼がどんな人間なのか推し量ること、彼のこれまでの人生を思い浮かべることが、私は嫌ではなかった。

「でも、先輩は先輩が好きなことをしてるから、ステキです」

私はそう言ったのだったか。お酒の勢いだったろうか。そう言っておいて顔が火照り、息ができなかったのだったか。

「ともかく、僕たちが読んだ小説にもあっただろ。我々に自由を与えてくれるのは、意志だって」

先輩は淡々とした口調で、でも何ものにも侵しえない堅固な表情で、そう言った。その日、先輩を玄関の前で見送って部屋に入った私は、私たちが読んだ小説を開いて、先輩が言った部分にアンダーラインを引いた。すべてが初めてのことで、心臓が耳の中で脈打つようで、居ても立ってもいられなかった。私は先輩の後ろ姿をもう一度見ようと窓を開けた。暗がりの中で、私の部屋の窓を見上げていた先輩が、ゆっくりと踵を返していた。

私たちは食事を終えると、すぐにまた大会議室に戻った。本来は早めに食事を終えて、ワンピースの下見がてらデパートを見て回るつもりだったが、後任が仕事の進み具合を見たいと言ったのだ。会議室のドアを開けると、きついアルコールのにおいがした。窓を開けようとしてみたが、駄目だった。

「自殺防止のために、窓は開かなくなってるんです」

あとから入ってきた後任が言った。デパートの最上階から身投げとは。アクリル板を磨く作業が退屈すぎて飛び降りる人でもいるんだろうか。私たちは大会議室の壁際におとなしく並び、後任は厳しい表情で私たちが磨いたアクリル板を指でつまみ、陽にかざして調べた。

「もう少しスピードアップしてください」

彼が事務的な口調で言った。

「それと、もう少しきれいに」

ちぇっ。

後任が出ていくと、私たちは地べたに円座を組んだ。アルコール成分が漂う空気のせいで、息をするたびに意識がもうろうとしてくる。ドアを開けとく？　でも、私たちの話し声が全部社員に聞こえちゃうよ。結局、アルコールを肺いっぱいに吸い込むほうがましだということで合意した。タムがいくつも磨かないうちに携帯電話を取り出し、メールを打ち始めた。

いつ家に帰るつもりなんだか。

「あんたさっき、ひとりだけチャンポンにしたよね」

床に座って再びアクリル板を磨いていると、ヨンが私のほうに向き直って言った。

「だめよ、そういうの」

ヨンは深刻な表情だ。

「まだ学生だから知らないみたいだけど、それじゃだめ。みんながチャジャン麺を頼んだら、一緒にチャジャン麺を頼むの。じゃなきゃ社会生活なんてできないわよ」

タムもヨンに同意するように、少し離れたところで携帯をいじりながら頷いた。

「あと、話すことがなくても会話に加わらなきゃ。韓国社会、狭いのよ。知り合いの知り合いは、どっかでつながってるんだから。自分がその人とどう関わることになるかわからないでしょ」

社会生活をうまく送れてるから、あんたたちもここでバイトしてんの、ということばが喉元まで込み上げてきたが、ぐっとこらえた。

「コーヒー飲む？　買ってくるよ」

メールを送り終えたのか、タムがこちらに向かってきながら言った。

「そうする？」

ヨンが私を見た。私はコーヒーを飲みたくなかったし、いつ家に帰るつもりなのかと思ったが、頷いた。

「私、アメリカーノ」

「私も」

ヨンとタムが私を見つめた。私はキャラメルマキアートが飲みたかった。

「私もアメリカーノ」

それって苦いじゃん、ちぇっ。


大きな窓の向こうで陽が沈み始めた。日よけ加工されているため、空は実際より暗く見えた。羊雲が薄紫色に染まり、大小のビルの向こうをゆっくりと流れていく。ヨンが待つチーフはどうやら、私たちに会いに来る気はないらしい。飲み物を持って社員用エレベーターに乗ることはできないという規則のせいで、コーヒーを手に階段を上らされたタムの顔には、ありありと疲れが見て取れた。ヨンのアイメイクがにじみ、目の下が黒くなっている。私は手を広げてみた。アルコールのせいでしわしわになった指先は、自分のものじゃないみたいだ。同じ動作を続けるせいで肩が痛くなり、アクリル板を床に置いて背伸びをした。でも頑張らなきゃ。冴えない学部生の姿ではなく、少しは女らしい姿をJ先輩に見せるチャンスだと思えば、肩の痛みも耐えられた。床に座っているせいか、空がはるか高くに見える。雲がいっそう濃いピンクに染まっていく。時の流れにつれて色を変える雲を最後に観察したのはいつのことだろう。時間は決まっていて、雲を見つめるかアクリル板を磨くか、私たちは二つに一つしかできない。詰まるところすべては「選択」の問題。学長はそう言っていた。

私たちは今どこへ向かっているのでしょう？　昨冬のあいだ中、本館の前に吊られていた横断幕にはそんな文字が書かれていた。学生自治会の中で、その語尾を「いるのでしょう？」にするか「いるんでしょう？」にするかでしばしもめたという話を人づてに聞いていた。流れを変えるのに語尾なんかがどれだけ影響するものかという人もいただろうが、「いるのでしょう？」と「いるんでしょう？」の違いについて彼らは無頓着ではなかった。学生たちの立てこもりが続く中、人文・社会学部のいくつかの学科だけを対象としていた統廃合の話は、ここにきて映画学科と映像学科、テキスタイルデザイン学科と工芸学科の統廃合計画にまで広がりを見せていた。立てこもりはどのみちすぐに収束するはずで、大事なのは就職率と効率性だった。

何か言われるのが面倒で、旧正月の連休はあえて実家に帰らなかった。電話で父に明けましておめでとうと言うと、案の定父に、最近ニュースに出てるのはお前のとこの学校かと訊かれた。院なんて辞めて就職でもしろ、とも言われた。就職するにしても今じゃない、そう言って電話を切った。統廃合の対象となった学科の教授から、就職現況を調査して資料をまとめろという指示が出された。私は暖房の効かない学科事務室で、卒業生の名簿順に先輩たちに電話をかけた。電話に出た卒業生のうちの何人かは就職していて、何人かは就職できていなかった。調査にかこつけてJ先輩の声を聞きたいと思ったが、先輩は電話に出なかった。留学費用のために、今も塾のアルバイトをしているのだろうか。ロシア政府から奨学金をもらうこともできると言っていたから、生活費さえ稼げていれば、すでに以前から希望していたモスクワに発ったのかもしれないと、私はぼんやりと推測した。今ごろ、モスクワ大学のキャンパス内にある白樺や林檎の木には、たくさんの雪が積もっているだろう。荷物を手に事務室を出ると、冷たく乾いた風が吹いてきた。私は体をすくめて、向かい風に逆らって歩いた。本館前の大木のあいだにかかっていた横断幕が、けたたましい音を立てて危うげにはためいた。私は暗がりの中で叫び声を上げる横断幕を見た。いや、本館前に植えられた桜の木を見たのだろうか。それとも、桜の木を見下ろしていたJ先輩と私を？

J先輩は忙しく、参加人数も少なかったため、読書会が最後の回から半年近く開かれていなかった冬。でも、先輩は主に文学部校舎の研究室にいたため、先輩に会いたくなると、私は露文科の研究室がある四階をうろつくのだった。初雪が降ったその日も、私は四階の廊下を左から右へ、右から左へと十回以上往復していた。雪の珍しい地方に生まれ、ソウルに来て一番嬉しかったのはしょっちゅう雪が見られることだと言っていたJ先輩のことばを、私は記憶していた。J先輩とはなかなか出くわさず、雪がやみそうで気持ちは焦り、何か言い訳をつくってメールでも送ってみようかと浮かない気持ちで考え込んでいると、どこかへ出かけていたのか、肩に雪をのせて階段を上ってきたJ先輩が、私を見つけて静かに笑った。

私たちは自販機で買った甘ったるいコーヒーを手に文学部の玄関に立ち、丘の手前の本館前に立つ桜の上に音もなく舞い落ちる雪を見下ろしていた。先輩と並んで初雪を見ようとどれだけ長いあいだ廊下をうろついていたか、先輩は永遠に知ることはないだろう。ともあれ、舞い落ちる雪は美しかった。腕を伸ばすと、雪は手の平に止まり、音もなく消えていった。

きれい。

先輩も私に倣って、手の平を差し出した。先輩の浅黒い手に、白くてもろい雪が静かに、そして永遠のごとくゆっくりと舞い落ちた。

「桜みたいだな」

先輩が低く囁いた。先輩の田舎には雙溪寺《サンゲサ》という寺があって、その近くの道にはおよそ四キロに渡って桜が植えられていると言う。

「その桜の道を一緒に歩いたふたりは、一生を添い遂げるんだってさ」

先輩がいたずらっぽい表情で言った。先輩、先輩はどうして私にそんなことを言うの、私は、かかとを上げて母親に頭を撫でてくれとねだる子どものように、先輩に尋ねたくて仕方なかった。墨色に似た暗がりの中でやっと形だけが認められる、本館前の桜の真っ黒い枝の上に、ぼたん雪が積もる音が聞こえてくるようだった。先輩はずっと何か言いたげだった。私はうつむいて先輩の靴の先ばかり見ていた。どれくらいの時間が経ったんだろう？　先輩は結局、ふっと笑いながら私の頭を撫でた。先輩の手から放たれるかすかなたばこのにおい。私が交換学生に選ばれロシアに行く準備をしているところでなければ、何か変わっていただろうか。明かりも点けずに部屋の片隅にうずくまり、時の経つのも忘れて先輩と電話していた夜を思い出すと、私は時折、思うのだった。先輩も知っていたはず。あの日先輩の前に立って、跡形もなく溶けて消える四月の雪に降られながら、四キロの道を先輩とどこまでも歩く日が来ればいいと私がひそかに祈っていたことを。


「そうだ、ふたりとも、J先輩の話聞いた?」

またも作業に飽きたのか、タムが口を開いた。

「ひょっとして、あんたんとこにも訪ねてきた?」

「え、じゃあそっちにも?」

ヨンとタムが交える質問の中に登場する名前から、私は思わず顔を背けた。ヨンとタムはそんな私のことなど露知らず、退屈そうな顔でアクリル板にアルコールを拭きつけた。

窓の外に、何か白いものが舞い落ちた。雪? そんなはずない。じゃあ、あれは花びら? あんなふうに次から次へと舞い落ちていくのは?

当初の予想より一時間ほど遅れて、私たちは作業を終えた。確認に来たのは今度もキムチーフではなく、後任だった。私たちは社員用エレベーターで一階へ下りた。すでに閉店した店内は暗く、数時間前まで輝いていた商品は白い布に覆われている。ヨンとタムは地下鉄で帰ると言う。私は明かりの消えたデパートの正面玄関前でふたりと別れた。通りをひとりで歩きたかった。どの店も明かりに満ちた通りは、どこへやらせわしげに歩いていく人々で埋め尽くされている。まぶしい店を背に立つ客引きが、観光客に向かって外国語で何やら叫んだ。J先輩に似たスーツ姿の男が酔いつぶれて、歩道ブロックの上に座りこんでいる。私は、ビジネスバッグを抱きしめたまま電信柱にもたれて眠りこける男を、しばし立ち止まって見つめた。髪の薄い男の顔はあどけなかった。落ち着かない眼差しでしきりに額の汗を拭いていたというJ先輩。タムが言うには、先輩が一度も口にしないコーヒーがテーブルの上ですっかり冷めていたのだったか。

夜の通りを歩き通して家に戻ると、防音の弱い外壁を伝って、この夜更けにどこかの家で洗濯機を回す音が聞こえてきた。気のせいか、体中からアルコールのにおいがする。私は上着を脱いで、洗濯かごに投げ入れた。机の上の携帯電話が振動した。それは学科事務室からのお知らせメールだろうが、約束を忘れていないか確認するJ先輩からのメールかもしれない。私はメールを確認する代わりに引き出しを開けて、着替えの下着を出した。引き出しからは乾いたきのこのにおいがした。変なにおい、と胸の内でつぶやくなり、ふとある考えがひらめいて、本棚の二段目から『初恋』を取り出した。本を開くと、ページのあいだに、かつてはふわりとかぐわしかった白い花びらが今にも砕けそうにかさかさの姿で挟まっていた。次のページをめくると、ずっと以前、私が青色のペンでアンダーラインを引いた文章が目に留まった。「心無い人の口から聞いたのだ、死んだという知らせを。そして私もまた、心無い人の顔と同じ表情でそれを聞いたのだ」（ツルゲーネフ『片恋・初恋』。パク・ヒョンギュ、イ・ジュンヒョン訳、語文閣、一九八六）それを読むうち、何だかわからないある理由からか、涙がこぼれた。アルバイト料は月末に振り込まれるという。

中国人の祖母

これまで私は、かつて自分に中国人の祖母がいたという事実を誰にも話したことがない。

彼女については誰にも話したことがない。わざと隠していたわけではない。ただ話す機会がなかっただけ。少なくとも私はそう信じていた。

*

あれは二十三歳、それとも二十四歳？　母から突然訃報が届いた。義理の祖母が亡くなったと言う。一度も訪れたことのないシベリアから吹いてきた風が、盲目の異邦人のようにうら寂しく明け方の窓を叩いていた、そんな季節だった。当時勤めていた会社に連絡すると、チーフは深いため息をついた。一年で最も忙しいシーズンだった。理解はできるが、無礼だと思った。無礼が横行する時代だというが、それにしても気に障った。チーフもしまったと思ったのか、心にもない台詞を付け加えた。寒いから大変だろうけど、無理しないようにね。義祖母の遺体は、母の田舎にある病院に安置された。母の田舎に行くのは久しぶりだ。地下鉄も通っていたから、その気になればいつでも行けたはずなのに。

空気は冷たく乾いていた。

葬儀場にはすでに人々が集まっていた。喪主は義祖母の息子だ。母とおば、おばの夫はみな喪服を着ていた。父はそのころ、一カ月間のアメリカ出張に出ていた。私もすぐに喪服に着替えた。葬儀場ならではのにおい。菊のにおいとユッケジャンのにおいが空気中に入り混じっている。聞いたこともない会の名が筆書きされた、まずまずの大きさの花輪が入り口に立てかけられている。似たような色と形のジャンパーを着た男たちと、一様に肘や袖口が擦れた毛織のハーフコートを着た女たちが、ぽつぽつと弔問に訪れた。彼らが義祖母とどんな関係なのかは知るよしもなかった。

おおかたは、母やおばに会いに来た弔問客ではなかった。義祖母のお葬式で、私たちは喪主ではなかったが、私は缶のシッケ（甘酒に似た発酵飲料）やみかん、干からびていく切り餅などを載せたお盆を手に、テーブルの合間を忙しく往復した。母とおばは、そうするのが故人への礼儀だと言った。時折私の顔を知る人が、母と私がそっくりだと社交辞令のように言った。本当のところ、私は母とさほど似ていない。オンドルはぽかぽかと温かく、人々は酒に酔って故人とは無縁の話を交わしている。弔問客が散らかした靴を整理して腰を伸ばしたとき、遺影の中の義祖母と目があった。一体誰が選んだのか、写真の中の義祖母は祖父のもとに嫁いだばかりのときのようにめっぽう若い。義祖母が祖父と結婚したときの歳は、おそらく六十五。そのとき私は九歳だった。祖母が死んだという事実を受け入れがたかった私にとって、数年を待たずして義祖母ができるのはずいぶんショックなことだった。結婚式など当然なかった。私は、死が悲しいのは忘れられるからではなく、取って代わるからなのだという事実をそんなふうに学んだ。

正直言って、私はずいぶん長いあいだ、義祖母のことをよく知らなかった。知りたくなかった、と言ったほうが正しいだろうか？　義祖母が祖父と暮らし始めたころの私は、彼女を受け入れることが亡くなった祖母を裏切ることになると考えるほどに幼かった。祖母への恋しさが募れば募るほど、私は義祖母に冷たくあたった。祖母と義祖母はあまりに違う人間で、その点がなおさら気に入らなかったようだ。たとえば、祖母はカルビチム（牛カルビと野菜を甘辛いタレで蒸し煮にした料理）にニンニクを入れたが、義祖母はショウガしか入れなかった。ジャガイモを蒸すにしても、祖母は砂糖を添えてくれたのに、義祖母は塩を添えた。その時代に師範大学まで出て、文章にも長けピアノも弾けた祖母にくらべ、義祖母は初等教育も受けていなかった。そして決定的なことに、義祖母は華僑だった。義祖母に初めて会ったころ、私は華僑という単語の意味を知らなかった。けれど、生前の義祖母がオンドルの焚《た》き口近くに座ってテレビを見ながら、ドラマの主演女優や自分の好きな歌を歌う歌手を指差しながら、知ってるかい、あの子は華僑の出だって、と驚きの声で言っていたことを、おぼろげながら覚えている。不吉な事実を共有するかのように低く小さな声。そのことばを聞くたびに感じた漠然とした異質感。今では華僑が悪い意味の単語でないことも、まだ七十にもならない歳でやもめになった男にはともに暮らす女が必要だということも理解できるようになったが、言い訳するなら、そのときの私はあまりに幼かった。

　母とおばが祖父の再婚に賛成したのも、おそらくそういった理由からだろう。やっと授かった息子が軍服務中に夭逝し、祖父母のあいだには娘がふたりいるだけで、今もそうだが、娘が嫁ぎ先に独り身になった父親を呼び寄せるのは重荷だったろうから。母とおばが義祖母をどう思っていたのかはよくわからない。仲睦まじくとはいかなくとも礼儀正しく。それが、私の知る限り、母が義祖母に対して貫いた態度だった。母とおばは、義祖母の息子とも同じような距離を保った。彼と関わることはほとんどなかったが、覚えているのは、盆正月に時折すれ違ったり、祖父の傘寿や義祖母の古希のお祝いなどで一緒に外食したことぐらいだ。早い話が、義祖母の息子家族と私たち家族は事実上他人だったのだが、にも関わらず、私は常に妙なライバル心を抱いていた。義祖母の息子、つまりおじの子どもよりは勉強もでき、いい大学に行き、いい職場に勤めなければという、そんな類のライバル心を。私はそうすることこそ、亡くなった祖母の名誉のためなのだと思っていた気がする。おじは母より十歳ほど若く、義祖母の再婚後に結婚したため、その息子に子どもができるのはまだまだ先のことだったのに。言ってみれば私は、まだ生まれてもいない子と独り相撲を取りながら成長したわけだ。今となっては笑い話だが、当時の私はいかにも深刻だった。今となってはつまらない話だけれど。

　おじは、私がそんな気持ちを抱いていたとは露ほども思わなかったに違いない。記憶をたどってみると、私が初めて目にしたおじは若白髪が目立ち、はにかみ屋で歳のいった独身男だった。義祖母が式も挙げずに祖父のもとに嫁いだ日、それでも新しく家族となるのだから食事ぐらいはすべきだろうという祖父の提案で、みなが店に集合した。祖父はスーツにネクタイまできりりと結び、義祖母もまた華やかなツーピース姿だったが、空色のブラウスがあまりに明るいせいで、その顔は翳《かげ》って見えた。その日の席に、私たち家族とおば家族を合わせてこちらは七人、一方、義祖母の側の家族として参加したのはおじただひとりだった。そのためだろう、おじと義祖母が私たち一家にくっついたほくろのように思えたのは。そう、ほくろ。耳の溝の中の、しみのようでも傷のようでもあり、痛くもなければ見た目にもいいとは言えない、聴力の助けになるわけではなおさらないけれど、なんとなくそこに存在する小さな小さなほくろ。

聞いた話では、おじは早くに父親を亡くし、母親とふたりきりで暮らしていたらしい。夫に先立たれた義祖母は知人のつてで長いあいだ中華料理店で働いたが、大したお金にはならなかった。おじが大学進学をあきらめ早々に中国相手の交易会社で働き始めたのは、そういった理由からだ。おじは、母親がうちの祖父との婚姻届を出したおよそ二年後に結婚した。私たちも招待されて結婚式に参加した。二時間ごとに結婚式の予約が詰まっている、そんな式場だった。タキシードはおじには大きすぎ、花嫁のウェディングドレスは式場のシャンデリアのように派手すぎた。それでもその日、私たちは初めて全員で家族写真を撮った。おじがどこへハネムーンに行ったのかは思い出せない。誰かは尋ねただろうに。おじの名前はキム・ヨンジュン。しごく韓国人らしい名前を付けたのは、おじの父親だ。おじの父親は韓国人だったから、キムという姓を息子に継がせた。それは、義祖母の父親が義祖母に、いかにも中国人らしい名前を授けたのとぴったり同じ理《ことわり》だった。

義祖母の名前はプン・ヒョレ。いかにも中国人らしい名前を授かった義祖母は、一九三〇年に朝鮮半島の南方で生まれた。その後八十歳までひとところに暮らしたが、血は水よりも濃し、義祖母は二度韓国人の男と結婚し韓国籍の息子をひとり授かったが、生まれてから死ぬまでずっと中国人、つまり華僑として生きた。

それはそうと、義祖母と祖父はどうやって知り合ったんだろう？　それは私が、ずっと以前から疑問に思ってきたことだ。でも、これにはっきりと答えてくれる人はいない。祖父と義祖母のあいだには、祖母と義祖母のあいだもそうであるように、接点なるものはなさそうに見えた。祖父は当時、数少ないインテリのひとりだった。医学を学んだ人だったから。祖父は髪をポマードでぴしっと固めてからでないと外に出ない、そんなタイプの人間だった。朝食前には必ず朝刊を読み、就寝前に国民体操を欠かさない人間。六十を過ぎてパソコンを学び、十数年にわたって高成長を続けてきたアメリカ経済の勢いが衰え、世界経済がほころび始めると言われている今日このごろ、みんな元気にやっているか、とか、山中の雪が春光に溶けるように南北関係も雪解けを迎えているが、お前たち家族も仲良く暮らしているか、なんてことばで始まるEメールを子どもたちに送る、そんなタイプの人間。一方義祖母については、どう言えばいいだろう。あえて言うなら、無味無臭の人。特別な好みも趣味もなさそうな人。ただでさえ小さな体をこごめて、誰の目にも留まりたくないかのように、一切意見を出さず、何かを提案することもなく、いるかいないかもわからないまま、そんなふうに生きていく人。あまりにも違うふたりだったため、ふたりの恋愛がどんなふうに始まったのか、私には想像できなかった。ふたりの恋愛談について尋ねると、祖父は気まずそうに話題を変えてしまったため、疑問を解く手はなかった。それでも一度だけ、いつだったか祖父が、あれは朝鮮戦争が始まった年だったかな、で始まる話を聞かせてくれたことがある。要約すれば、連合軍の爆撃が終わり中共軍が南下し始めたころ、祖父は家族とともに豊島《プンド》に避難したのだが、義祖母もそこへ避難したそうだ、という話。話はそこで途切れ、だからそれがどんなふうにふたりの恋につながるのかはさっぱりわからなかった。祖父と義祖母はふたりとも豊島に避難し、同じようなコンクリート壕に隠れて爆撃を逃れたのかもしれないが、ふたりがそのころ出会っていたとか、当時芽生えた恋心を何十年も大事にしてきたかもしれないなどとは、どうしても信じることができなかった。

ともかく、私の知らない何かのきっかけで恋に落ちた祖父と義祖母は、かくして一緒に暮らすことになった。家族一同での食事会を終えると、義祖母は私たちが普段「新興洞《シンフンドン》の家」と呼んでいた母の実家に、簡素な荷物とともに移った。新興洞の家は私たちにとって特別な家だった。祖母と祖父が母とおばを生み育てた家だったから。一九一〇年に建てられた日本風の近代韓屋《ハノク》で、昔はその辺りで一番大きな家だった。門を抜けると庭があり、L字の建物の一方には祖父の病院があった。私が小学校を卒業するころまで、祖父はそこで患者を診察していた。スイカズラの蔓が壁を覆い、初夏には庭いっぱいにアマドコロやサルスベリ、タチアオイの花が咲き乱れた家。母はその家で生まれ、結婚するまでそこで暮らした。そして次には、母がインターンを経てレジデントを終えるまで私が。早い話が、私はその家のカリンの木の下に敷いたむしろの上で、祖母とままごと遊びをしながら育った。私としては、義祖母の登場でその家に変化が生まれるなんて嫌に決まっていた。

義祖母が新興洞の家に暮らし始めて以来、初めて私たち家族が遊びに行った日のことは今も記憶に残っている。わけもなくセンチメンタルになっていた私の気持ちとは裏腹に、陽射しは子犬の足の裏に生えた産毛のようにこそばゆい日だった。母と義祖母が板の間で何か話し合っており、祖母の庭には義祖母が植えた見慣れない花が燦然《さんぜん》と咲きほこっていた。私はいじけた気分でみなのもとを離れ、カリンの木の下にうずくまった。母と義祖母は向き合って立ち話をしていた。恭しいことば遣いで話しているはずなのに、遠くから見ると、母は義祖母に訓戒を垂れているように見えた。母の倍は年を取っていながら、親に叱られる子どものように、半ば頭を垂れて立っていた義祖母。彼方に、タクラマカン砂漠から風に運ばれてきた砂粒が、春光の中を花の種のように漂っていた。私は義祖母の存在を受け入れなければと思っていたが、私の分である何かを奪われた人のように、しきりに腹立たしい気持ちになるのだった。手を伸ばすと、赤いパンジーの花が指先に触れた。私はふと、それを握りしめた。私の小さな手の中で、赤い花びらが、身を潜めるようにして止まっていた蝶のようにくしゃっとつぶれた。私は長いあいだ、義祖母に他人のように接した。

私と義祖母のあいだに残る唯一思い出らしい思い出といえば、成人後に迎えたある旧盆の夜を挙げられるだろう。満月が屋根の上にぽっかりと浮かび、家族は丸くなって松葉餅《ソンピョン》をこしらえた。祖父がチャイナタウンで買ってきた小豆餡のお菓子が、転校生のようにはすに構えて膳に並んでいたことを除けば、どこにでもありそうな十五夜の風景だった。私たちはみな室内にいたが、義祖母は庭に立って後ろ手を組み月を仰いでいた。

「おばあちゃんはどうして韓国に来ることになったの?」

私が近寄って声をかけると、義祖母は驚いたような目で私を見つめた。義祖母が祖父のもとに嫁いで以来、私から声をかけたのは初めてだった。どういう風の吹き回しだったのかはわからない。ただ、月が明るく、ひとりぼっちで庭に立つ義祖母の後ろ姿が少しばかり寂しげに見えたのかもしれないと、今になって改めて思うばかりで。義祖母がおずおずと私の顔色を窺った。

丸い額を撫でて過ぎ去った秋風のにおい。

「そうだね、あれはだから、一九二七年のことだったかね」

義祖母が口を開いた。

義祖母の父親であるプン・ヨンバル氏が仁川港から朝鮮半島に移住したのは一九二七年。日韓併合後、植民地の開発という名の下に中国人の移住が増加していた時期だった。世界中の至るところに進出していた中国人は、鉄道や軍需工場建設のため、大挙して朝鮮半島に移り住んだ。当時の日本人が、朝鮮の労働者より安く使える中国人労働者を好んだためだ。プン・ヨンバル氏も仕事を求めて流れてきた、そんな労働者のひとりだった。けれど義祖母は、父親が二十歳で船に乗ったとき、それはたんに仕事を探すためだけではなかったと言う。

「じゃあ?」

義祖母はん、ん、ん、と喉を整えた。

「お父さんは伝説の貿易商になりたかったんだよ」

義祖母によると、プン・ヨンバル氏は山東省の生まれだった。そこでは遠方の、伝説の貿易商人にまつわる話が子どもたちを魅了していた。十九世紀末に貿易船に乗り、朝鮮の地に渡ったワン・スソンという貿易商の話がそれだった。彼は仁川に「華豊《ファプン》」という貿易会社をつくり、ヨーロッパの編物や織物、中国シルクを輸入する代わりに、高麗人参を独占的に輸出して大金を設けた豪商として知られていた。プン・ヨンバル氏の夢は朝鮮に渡って金を儲け、ゆくゆくはそんな貿易会社をつくることだった。彼は誠実な人間で、計画は完璧に思えた。ただ一つ、自らの野心を叶える前に朝鮮戦争が勃発し、冷戦体制に突入する中、朝鮮半島の情勢が外国人に不利に働くことだけはまったく予測できなかったということだ。

葬儀はしめやかに行われた。祖父のときにくらべ、色々な面でこぢんまりとした葬儀だった。葬儀の二日目は、入棺式を見守るために多くの信徒が集まった。私は義祖母の葬儀が中国式に行われないことより、キリスト教式に行われたことに驚いていたと思う。義祖母は一体いつからキリスト教徒だったんだろう? 私はちっとも知らなかった。

三日目の出棺の日、空は青かった。埋葬場所はおじの父方の墓地に決まった。おじは義祖母を、自分の実の父親、つまり義祖母の元夫と合葬すると言う。それに先立ち、私たちも祖父を、亡くなった祖母の墓に合葬していた。十五年近くほかの女と暮らしたのち、再び前妻の隣に横たわる祖父の気持ちはどんなだろう。祖父を埋葬する悲しみのただ中でも、そんなことを考えている自分にびっくりしたことを覚えている。

「中国人はもともと、みんな火葬にするんじゃなかった？」

「そう？　最近は中国も人口が増え続けてるから火葬を勧めてるんじゃなくて？」

母とおばは高速バスの中で、ひそひそとそんな話を交わした。私はバスに同乗している数人の中国人が気になった。

「ところで姉さん、新興洞の家はどうすることにしたの？　私たちのものよね？」

おばがいっそう小声になって言った。母はそんな話はあとにしようと目配せしながら、おばの膝を叩いた。私の知る限り、祖父の死後、祖父の財産は母とおば、そして義祖母に、法に則って正確に分配されていた。おばの夫はそんな話には興味がなさそうに、窓の外へ顔を背けた。

私も反対側の窓を見やった。窓の外を様々な風景が、目の前まで近付いては消え去った。埋葬場所まで付き添う孫世代は、私と、おじの息子のジヌンしかいなかった。葬儀も大詰めに入り、疲れが押し寄せた。日をまたぐころに一旦家に戻り、翌早朝にまた葬儀場を訪れていた私と母、おばの家族とは異なり、おじの家族は二夜連続で、葬儀場に設けられた喪主の休憩室に泊まった。バスの揺れに従い、普段からとりわけ口数の少ないおじの妻の顔に、カールのほどけた髪が垂れていた。

私は車酔いしそうだった。

バスの中はヒーターが効きすぎて、ひどい空気だった。おじの先祖が眠っているという墓地はまだずいぶん遠かった。

高速バスが止まったのは、四時間後のことだ。祖父の眠る霊園にくらべ、山奥にあるおじの家の墓地には当然のことながら、公営駐車場のようなものが別途備えられておらず、バスを駐車するのに長い時間を費やした。幾分気ぜわしい時間が流れ、結局、義祖母の遺影はジヌンが、つまり、私がけん制していたあの孫が持つことに決まった。その後ろに、棺の中の義祖母が続いた。

山道が整備されておらず、坂道は思った以上に足元が滑った。あらかじめ連絡を受けていた役夫たちは、棺が納まるぐらいの大きな穴を掘って待っていた。ずいぶん遅いじゃないですか。咎めるようにそのうちのひとりが言った。掘られた穴の横に、枯れ草に覆われた土墳が三、四基あった。同行した牧師の主導のもと、短い礼拝を終えた。おじはシャベルで赤土をすくい、棺の上にかぶせてはふと手を止め、子どものように握り拳で涙を拭った。おじが泣くのを見るのは初めてだった。空は白に近い青。時折静寂を破る中国語を除けば、辺りは静まり返っていた。中国人は自分たちの風習どおり、片側で紙銭を燃やした。煙のせいか目がひりひりした。赤い炎が今にも消え入りそうに、みるみる細くなっていく。風はあまりに冷たく、儀式はあまりに長かった。明るい炎の中で紙のお金があっという間に消滅する物珍しい光景を、私たちは震えながら見守った。

新興洞の家に戻ったのは夜の七時を過ぎたころ。私は疲れ、神経が昂ぶっていた。義祖母までもがいなくなったその家はどこか寒々としていた。部屋という部屋に明かりを点けても同じだった。最後に訪れたときもつやつやに輝いていた文箱が、今は分厚い埃をかぶっている。足を踏み出すたびに床板がきしむ。みな着替えて、居間に円座になった。祖父も義祖母もいない家は物寂しい感じがした。まるで一つの時代が終わったかのようで、私は感傷的な気持ちになった。それは母もおばも同じようだった。一番悲しいのはおじだったろうけれど。そのとき突然、おじの妻が立ち上がった。

「何かお出ししますね」

誰が止める暇もなかった。彼女は台所のほうへ歩いていった。冷蔵庫から果物を取り出し、流しで皿を探しているようだった。間違いなく善意でそうしているのだとわかっていても、私はだんだんむかむかしてきた。戸棚を開け閉めするたびに聞こえてくるカチャカチャいう音、スリッパが触れるたびに床を擦る音。おじの妻がドアを開けて居間に入ってきた。まるで家主のようにりんごをむいて皿に盛り、お膳に載せて私たちに差し出す。急に、自分がお客さんになったような気がした。母とおば、そしてそのあとを継ぐように祖父と祖母のあいだで私が寝ていた部屋の真ん中に祖母のお膳が置かれ、その上の白い瀬戸物の皿には三日月の形に切られたりんごが、そのそばには透明なグラスにちぐはぐの高さに注がれたオレンジジュースが並んでいた。

「どうぞ召し上がってください」

おじの妻が言った。おじ、その妻、ジヌンが順にりんごをひと切れずつ食べた。おじの妻が人当たりの良い笑顔を浮かべて、フォークで刺したりんごを渡してきたが、私たちは受け取るだけ受け取って、口に運べないでいた。前髪を同じように、つまり両サイドは短く、真ん中は丸く切りそろえた彼らはゆっくりと、もぐもぐりんごを噛んだ。

「子どもはちょっと出てなさい」

母が私に向かって言った。香典の分配や相続問題など、大人同士で話し合うことがあると言う。板の間には依然、冷気がひっそりと淀んでいる。子どものころ、祖父母と一緒にそこへ座り、製粉所でひいてもらったどんぐりの粉でムク（どんぐりの澱粉を固めたゼリー状の食べ物）をつくった。義祖母が米びつに使っていた真っ黒い甕が、板の間の片隅で暗闇を引っかぶるようにして、巨大なカエルのようにうずくまってこちらを睨んでいる。私は向かいの部屋に入り、布団を敷いて横になった。しばらくして、ジヌンも同じ部屋に入ってきた。私は怒った人のように、布団を頭まで引っ張り上げた。当時ジヌンは十一か十二歳ぐらいだったろうか。布団の中から覗き見たジヌンの左頬には、膿が溜まった赤いにきびがたくさんできていた。おじとおじの妻、義祖母の顔が少しずつ混ざった、私とは似ても似つかない顔。

知らぬ間に寝入っていたのだろうか。

私は突然の騒ぎに目を開けた。

「だから最初から、婚姻届には反対したのよ」

部屋の外から母の声が聞こえてきた。

「だから言ったろ、絶対こんなことになるって」

今度はおばの夫のヒステリックな声。

「ちょっと、お父さんが生涯かけて貯めたお金よ。赤の他人が私たちよりたくさん持ってくなんてありえないわ」

赤の他人、ということばに驚いて、思わずジヌンを見た。

ジヌンは壁にもたれて、素知らぬ顔をしている。

「中国人は金に汚いって言うけど、良心のかけらもないみたいね」

「良心？　法律どおりにやろうって人間を泥棒扱いするそっちはどうなんだ」

私は布団をかぶり直してぎゅっと目をつぶった。


結局、相続の話がどう解決したのかはよく知らない。知っているのは、新興洞の家が母とおばのものになったという事実だけだ。私たちはあの日、どうやって家に戻ったんだっけ？　あの夜の出来事にどうけりがついたのかもよく思い出せない。私は布団を引っかぶったまたぬき寝入りをし、ジヌンは黙ってテレビ画面に見入っていたという記憶だけがやけにリアルだ。けれど、おそらく騒ぎはしばらく続き、誰かが部屋の戸を開けて帰ろうと声をかけたのだろう。ジヌンと私は黙ってそれに従ったのだろうし。

私とジヌンは何も知らないかのように、礼儀正しい人のように、それぞれがおじ夫婦と母、おば夫婦にぺこりと頭を下げて挨拶した。大人たちも悪意はなかったというように、仲のよい親戚同士のように、何日もご苦労様、気を付けてね、と挨拶を交わした。

家の前の狭い路地には、前夜に停めた車が一列に並んでいた。おば夫婦が車に乗り、続いて私と母が、次いでおじ夫婦とジヌンが車に乗った。おじの車は生産終了になって久しい小型車だった。黙って車に乗り込んでいたジヌン。私は無意識に視線を避けていたのだろうか。

誰ひとり、永遠の別れのようにしんみりした挨拶を交わしはしなかったが、ともすると、みなが互いに二度と会うことはないかもしれないと予感していたのではないか。実際に、二度と彼らに会うことはなかったのだから。

その後長らく、私は彼らを忘れて暮らした。毎日が忙しかったからだろう。

彼らについて思い出したのは、ずっとあとのこと、偶然観ることになったオペラのためだ。

＊

そう、それは数年後、再び訪れた冬のことだった。私はそのころ、友人の紹介でとある男性と会っていた。外国系投資会社に勤めていた彼はオペラ鑑賞というおしゃれな趣味の持ち主だった。ある日電話をかけてきて、たまたま「トゥーランドット」の招待チケットを二枚入手したと言う。そのオペラについて私が知っていることと言えば、女を手に入れるために命懸けで謎解きをする男たちが登場する、ありがちで月並みなストーリーということだけ。ストーリーは気に入らなかったが、彼のことは気に入っていたため、付き合ってあげるか、というぐらいの気持ちで待ち合わせ場所に向かった。その冬母は、来年も結婚できなかったら家から追い出してやると口癖のように言っていた。

私たちは時間どおりに会場に入った。年末のためか満席の場内は暖房が効きすぎ、暑く乾燥していた。華やかな古城郭を背景とした舞台は雄大だった。舞台では中国の伝統衣装を着た白人のトゥーランドットが、「暗い夜には幽霊のごとく飛び回りながら人の心を食い荒らしておいて、朝には姿を消すが夜ごと生まれ変わるものとは？」と謎かけをしている。演奏はおおむねすばらしく、イタリア人歌手の声量も文句の付けようがない。にもかかわらず、効きすぎた暖房のせいで危うく居眠りしそうになった。公演の中でくり返し流れるメロディが、あのとき私の耳に留まっていなければ。

歓声と拍手喝采の中で幕が閉じたのは十時半ごろ。外に出たとき、世界はすでに色濃い闇の中に沈んでいた。知らぬ間に会場の温度に慣れていたのか、外の寒風にあたると頬がひりついた。

「少し歩きませんか？」

私たちは公演会場脇の散歩道を歩き、その先の公園に入った。入り口を入ったところには、ローマの有名なアーチをかたどって作ったという冴えないオブジェが飾られている。寒い日で、そのせいか公園に人影はなかった。私たちは互いに黙っていた。彼が何を考えているのかわからなかった。私は公演で聴いた懐かしいメロディが一体いつ聴いたものなのか考えていたが、なかなか思い出せないでいた。

会うたびに、来月は「タンホイザー」を、その翌月は「椿姫」を観にいかないかと訊いてきた男が恥ずかしげに、いつか一緒にミラノのスカラ座で「トゥーランドット」をもう一度観られたらいいですね、と言ったのは、公園を一周巡って噴水の前にやってきたときだった。大きな図体に似合わず緊張しているのか、肩を縮めてズボンに手の平をこすりつけている。この調子だと、遠からず私も結婚して新しい家族をつくりそうだ。そう思ったとたん、何だか妙な気分になった。男が返事を待っているのを感じ、私は顔を上げた。すると私の視界に、男の肩越しに見えるものが入ってきた。返事もせず何を見ているのかと気になったのか、男が振り返った。

「わあ、ものすごい月ですね」

私たちの視線の先にある空には、満月が浮かんでいた。

「ああいうのを、スーパームーンって言うんでしょうか」

心から感激している声だった。

星も雲もない、もっぱら幾重にも重なった闇の中に浮かぶ、大きくまぶしい月。

「ずいぶん前に、これよりずっと大きな月を、見たことがあるんです」

しばらく月を見上げていた私は、ふとそう口にした。

男は続きを促すように私を見つめた。地球に足を着いている限り、決してその裏側を見ることはできないという月は、完璧な円を描いて闇の中にぽっかりと浮かんでいた。そんな必要は一つもないのに、私はふと彼と私のあいだが、宇宙の膨張に従って遠ざかるという銀河間の距離さながらに果てしなく感じられた。寒さで男の鼻先が赤くなっている。悲しげに涙をこらえている人のように。私は手を差し出して、彼のコートのすそをぎゅっと握った。柔らかそうに見えた灰褐色のヘリンボーン柄コートはごわごわしていた。黒い影のように立ち並ぶ木々の前で、男はいつになく大きな笑顔になった。

私たちは仲良く手をつないで、駐車場まで歩いた。


帰り道は金曜の夜らしく、ひどく混んでいた。交通情報を聴こうと点けておいたラジオからは、反物加工工場の火事のニュースが流れてきた。渋滞のせいで消防車の到着が遅れ、惨事を免れなかったという内容だった。アナウンサーは、放火犯は不法滞在者であると思われ、この火事によって五人が亡くなり、十一人が負傷したと伝えた。

「まったく悲惨な事故ですね」

私たちは車内に座ったまま、黒い煙が空へ立ち昇り、悪夢のように不吉な炎が一瞬にして広がりながら、建物の窓が次々に赤く染まっていく様子を想像した。それほど大規模な火災現場は一度も見たことがないのに、私はいつかそんな炎を間違いなく見たような気がするのだった。

空には依然、大きな月。

どこかで建物が燃えていることが信じられないほど、静かで美しい夜だった。高速道路の上には、海底のように深く濃い闇。闇の中で瞬いていた数多のブレーキランプ。それぞれに家路を急ぐ車のブレーキランプがのどかに点いて、一斉に消えた。渋滞は長引きそうだと見てとると、男は膝の上に置かれた私の手を握りながら囁いた。

「何て幸せな夜なんだろう」

プロポーズから結婚式までは目まぐるしく過ぎた。結婚式に向けた細々したことの準備リストは尽きることなく、母は結婚に絡む一連の過程をすべて共有しなければと言わんばかりに、毎日のようにおばと長電話した。ぐっと老けたように思える母の後ろ姿は、気のせいか祖母に似てきた。そんな母を見ながら、祖母が母を生んだように、私もいつか母のように子どもを生んだら、新興洞の家で母がその子を育ててくれるのではないかと、ひそかに思っていたような気もする。

でも、私が結婚式を挙げることになっても、私たちの家族写真の中に彼らはいないだろう。おじの結婚式の写真には私がいるけれど。

余計なことだと知りつつも、ウェディングドレスを選んだり招待状のサンプルをチェックしたりするとき、ふとそんなことを考えるのだった。

フリルの付いた淡いピンクのブラウスを着て、矯正用ブリッジが見えないように口をきゅっと結んで正面を睨んでいる私や、同じ美容室でこんもりと髪をセットしたせいで双子のように見える母とおばを見て、彼らはどんなことばを交わすのだろう。

そんなことを考えているとつらい気持ちになり、私はそのつど、こうなってしまったのはひとえに世の習いなのだと考えた。それはどこか言い訳めいていて、そのために結局は苦々しい気持ちになってしまったのだけれど。

＊

これまで私は、かつて自分に中国人の祖母がいたという事実を誰にも話したことがない。わざと隠していたわけではない。ただ話す機会がなかっただけ。少なくとも私はそう信じていた。けれど時々、今は私の夫になった男にもっと大きく美しい月を見たのはいつのことか最後まで言わなかったあの晩について、考えることがある。つまりあのとき彼に言わなかったのは、いつか一度だけ義祖母と会話らしい会話をしたあの夜についての話だ。祖父とまだ恋愛を始める前の一九九二年と言ったろうか、町のど真ん中にあった大使館から中華民国の旗が降りた（一九九二年の中韓国交樹立と同時に台韓は断交）その時代は、目覚めるたびに周囲の人々がひと握りずつ、ひと握りずつ、中国へ、台湾へ、アメリカへ発っていったという話を義祖母が聞かせてくれた、あの夜についての話。

「どうしてそのとき、ここに残ったの？」

義祖母の長い話を最後まで聞いてから、どうにも理解できないというふうに私が尋ねた。

「こうやってあなたに会うためじゃないかしらね」

義祖母が私の顔を撫で下ろしながら、茶化すように言った。この人も笑う人だったんだ。咲きほこっていた夏の花が順々に散った庭は、夜空の高みにぷかりと浮かぶ大きな提灯のために明るかった。義祖母の指先から嗅ぎ慣れない油のにおいがした。今年はとりわけ明るい月ね、という私のことばに、義祖母が頷いた。

私は圧倒されそうに大きな月を見上げた。チベット高原の空も等しく照らしているだろう巨大な月の周りで、闇がゆっくりと青色に溶けていく。神秘的なまでに月が大きいのは、軌道が楕円形をしているため時々地球に近付くから、というだけの話らしい。花の香のように顔に降ってくる真っ白い月明かりを浴びながら、そんなことを考えていたときのことだ。義祖母がふと、何でもないことのようにこう言ったのは。

「大陸の人の子に生まれ、台湾人になって七十年以上ここで生きてきたんだ、ここで寂しけりゃどこへ行っても同じだろうさ」

そして義祖母は、輝く月を見ながら歌を歌った。朗々とした中国語で。

好一朵美麗的茉莉花　一輪のきれいな茉莉花《ジャスミン》
好一朵美麗的茉莉花　一輪のきれいな茉莉花
芬芳美麗滿枝椏　香しく美しく咲きほこる枝
又香又白人人誇　より白くより香るから愛される
讓我來將你摘下　枝を手折って
送給別人家　あの人に送りたい
茉莉花呀茉莉花　茉莉花よ　茉莉花

義祖母が中国語を口にする姿を見たのは、それが最初で最後だった。私の記憶が正しいかはわからないが、義祖母が歌っているあいだ、まだ熟れていないカリンの実が地面に落ちた。枝に止まっていた鳥がどこかへ飛んでゆきでもしたのか、風一つないのに。丸々として青みがかった実は、長い年月をかけて洗われた細石《さざれ》のように香り高く輝いていた。歌詞の意味はわからなかったが、私は、義祖母の声が月夜にぴったりだと思っていた気がする。けれどひょっとすると、この記憶のすべては夢ではないだろうか。私はあの夜の記憶について、誰にも話したことがない。嘘みたいに美しかったあの晩、義祖母と私、そしていつの間にか私の隣に来ていたジヌンは、しばらくそうして立っていたのに。限りなく短い一瞬のあいだ。手を伸ばせば今にも触れられそうなほど近く見えた半透明の月の下。まるで仲むつまじい家族にでもなったかのように。

惨憺たる光

ロベールを送り出してから初めて泣いた。子どものように。湖畔のただ中、かすかな光のまったただ中で。

あなたは水仙の花に向かって身を屈めた。
その年の四月の雨の中で——あなたの最後の四月。
——テッド・ヒューズ「水仙花」より

忘却よりなお暗く長いトンネルが果てしなく続いている。どこからか急ブレーキを踏むけたたましい音が聞こえてくる。

＊

アデル・モナハンが来韓したのは昨夏のことだ。その夏はことのほか日照り続きで暑かった。間もなく雨が降るだろうという天気予報は度々外れ、人々の期待を裏切るように空梅雨が続いた。退却を知らない光の部隊は、暗闇を完璧に孤立させた。ジョンホが一週間ほどをアデルと一緒に過ごすことになったのは、言うなればそんな夏のまっただ中だった。

アデルを韓国に招待したのは、ジョンホが所属する「アート・アンド・フィルム」の親会社、

Ｈ企業だった。ケーブルチャンネルを買収して以来、様々な話題が火種となって、そのころのＨ企業のイメージは、金儲けのためなら手段と方法を選ばないというところまで転落していた。過去には鉄鋼業で栄え今は衰退した南西の小都市で開かれる予定のドキュメンタリー映画祭にＨ企業が突然の後援を決めたのは、イメージ刷新が必要だったためだ。理由はどうあれ、販売部数が減る一方で廃刊説まで囁かれた『アート・アンド・フィルム』にとってはいいチャンスだった。雑誌社に与えられた任務は、特集号を企画し、公式デイリーニュースを制作して映画祭を宣伝することだった。

「アート・アンド・フィルム」が企画したアイテムのうちジョンホの担当は、イベント期間中にアデルの同行取材をすることだった。アデル・モナハンは十八年前に『散り散り』でアカデミー映画祭長編ドキュメンタリー賞を受賞したのち、エディンバラとロンドン国際映画祭で立て続けに受賞して名声を築いた監督だった。昨年は、消えかけた光が廃墟を撫でながらつくり出す陰影を記録した四作目のドキュメンタリー『残るものたち』でベルリン映画祭審査員特別賞も手にした。時間とともに荒廃してゆく風景を赤裸々に見せる既存の作業にくらべ、叙情的な映像からなる『残るものたち』は興行面でも成功を収め、おかげで大衆のあいだでのアデルの認知度も高まっていた。そのため、映画祭の企画段階から早々にアデルを審査委員長として招待したのは、ある意味当然のことだった。『アート・アンド・フィルム』もまた紙面企画会議を通じて、世界的な名声を得ている女性監督の初来韓という点を際立たせることで話がまとまっていた。様々なアイテムの中で、ジョンホが同行取材という大役を仰せつかったのは、それまで磨いてきた英語力のためだけではなかった。彼は入社以来、感情に左右されない迅速かつ効率的な仕事ぶりが認められ、難しい業務を任されてきた。「こういうのは先輩にしかできませんよ」後輩の中には、会食の席でほかの記者の目をかいくぐってそう言う者もいた。すると同年輩の男性の平均より頭一つ分背が高く、体重も三十キロほど上回るジョンホは、こめかみをおしぼりで拭きながら「いやあ」とはにかんだ。大抵は、雨が樋《とい》を打つ音なのか熱された油が弾ける音なのか区別がつかないほどうるさい、雑誌社近くのチキン屋で。ジョンホが初めから映画雑誌の記者を夢見ていたわけではない。間違って保証人を引き受けた父のため、ソウルにある私立大学の代わりに地方の国立大に進まねばならなかったころ、彼は日刊紙の政治部や社会部の記者になりたいと望んでいた。けれど、どこであろうと信任を得るというのは嬉しいことだったため、ジョンホはやがて雑誌記者として生きることに満足するようになった。特別な取り得もなしに始めた彼が、後輩たちの言うように同期にくらべて多くを成し得たとしたら、それはこれまで誠実に生き、無駄な後悔をしたり身の丈以上のものを欲しがって人生を空費しなかったためだと、ジョンホは人知れず思ってきた。挫折の瞬間にもピンチをチャンスに変えてきた力。ジョンホは自分のそんなところが強みだと信じてきた。そしてアデルの取材に成功し、自分の信じてきたことが間違いでないことを証明したかった。だが結論からいうと、アデルの取材は一筋縄ではいかなかった。同行取材を承諾していたアデルが、韓国に着いたとたん、一転取材を拒否したのだ。アデルは韓国などという国に何の興味もないといわんばかりに、ホテルの部屋に閉じこもっていた。公式行事への参加以外は、ホテルの部屋から一歩も出なかった。主催者側が用意した数々の晩餐に顔を出し、短い観光コースに喜んで参加するほかの参加者とは異なり、アデルの態度は一貫していた。知らぬ間にアデルの気分を害したのではないかとジョンホが心配し始めたのは、そんな理由からだった。

だが、自分には何の過失もないと知るまでにさほど時間はかからなかった。映画祭まであと少しという時期に、彼女が参加を取りやめたい旨を伝えてきて困ったという話を、キム先輩から伝え聞いたからだ。説得に説得を重ね、ひとまず韓国に来たものの、アデルは無理やり引っ張り出された行事に特別な意気込みもなさそうだった。芸術家さまさまか。ジョンホはアデルが、世界的な有名監督という立場を鼻にかけて身勝手を言っているのだと結論付けた。あるいは、アジア人を見下すレイシストか。しかし、有名監督の特集に対するデスクの期待は大きかった。おまけに、すでにラインアップまで完成しているところへ新しい特ダネを探すなどありえない。記者と名乗る以上、本当の理由が何であれ、穴を空けてしまえば落伍者のレッテルを貼られるのは目に見えている。そんな不名誉は、ジョンホには想像もできなかった。同行が嫌なら違うかたちででもインタビューしなければ、という差し迫った心情で、ジョンホはアデルのもとを訪れては無理やり笑顔をつくり、相手の心を動かせそうな提案をひねり出した。だがそのたびに、アデルは疲れていたり、無関心だったり、あるいは呆れ顔で「ありがたいけどけっこうよ。私は今日もホテルで休みたいの」と答え、部屋のドアを閉めた。

もちろん、アデルがどんな生き方をしようと、ジョンホの知ったことではない。いつもの彼ならとっくに適切な代案を見つけて、手際よく仕事を片付けたことだろう。だが今のジョンホは、人生最大の崖っぷちにぎりぎりのところでぶら下がっていた。ここ数年ぎくしゃくしていた妻との関係は数カ月前から最悪になっていたが、ジョンホはその問題を誰にも話したことがなかった。彼はそれが過ぎゆくものであり、妻はこれまでどおり機嫌を直すものと信じていた。彼は遠からず崖を這い上がり、断崖をあとにしながら悠々と歩き出せるだろうと思った。だが、かんかん照りの太陽の下で一緒にたばこをふかしていた後輩が「先輩にも無理なことってあるんですね」と言ったとき、ジョンホは得体の知れない不安を覚えた。ジョンホは会社の仕事においてだけは無能な人間でいたくなかった。だから、必ずアデルのインタビューを取ってみせると心に誓った。彼は映画祭のあいだ中、ホテルのロビーに座って短い記事を整理しながら、アデルの気持ちが変わるのを待った。だが一日待ってもこれといった成果はなく、その日は編集長にこってりしぼられて終わった。初めて訪れた都市で安宿への帰り道に感じた感情を妻と分かち合えていたら、ジョンホは一週間をどうにか耐え抜けたかもしれない。だが自分が感じた惨めな気分を誰とも分かち合えず、感情は解消されないまま徐々にわだかまりとなっていった。そのためだろう。六日目、またも部屋のドアを閉めて閉じこもろうとするアデルに向かって、あなたはレイシストだとジョンホが浴びせかけたのは。ジョンホはアデルの面前で、あなたは傲慢で利己的だと言った。あなたのアートはどれも見せかけばかりの偽善だとわかっていたと。一度爆発してしまうと、それまで抑えていた感情が引きも切らずにこぼれ出た。しまったと思ったときには、すでに後の祭りだった。「言い過ぎたのなら申し訳ない」ジョンホはあたふたとその場を離れた。そのため、深夜に取り急ぎ、そこまで知られてはいなくとも記事になりそうな第三世界出身のほかの監督と交渉しようとしていたジョンホは、閉幕式の参加前にアデルが時間をつくってくれるそうだという副編集長の連絡に唖然とし、アデルがどういうつもりなのか予想もつかなかった。

アデルは翌日の早い午後、外出の支度をしてホテルのロビーに座り、ジョンホを待っていた。彼が近付くと、アデルはかすかに笑みを浮かべた。

「昨日は無礼を働いてしまいました」

「それは私のほうよ。そんなふうに感じているとは思いもしなかった私のせい」

アデルとジョンホのあいだに、しばし沈黙が流れた。

「私をインタビューしたいのよね？」

インタビューを受けてくれるのか？　アデルが心変わりする前にすぐに駆けつけられるカメラマンは誰だろうとせわしく頭を巡らせていると、アデルがホテルの正門に向かって歩き始めた。

「実は韓国にいるあいだに行ってみたいところがあるの。インタビューはそこでしましょう」

アデルが歩くと、サテン地のロングスカートの下に、サンダル履きの足首が見えた。ジョンホはふとアデルの外見を、年齢にくらべて若く美しいと思った。若いころはさぞ美人だともてはやされただろう。ジョンホはいまだアデルが何を求めているのかわからないまま、アデルのあとに従った。先を歩いていたアデルが振り返りながら、「ところで車は持ってきたわよね、ミスター・チョイ（ジョンホの姓が「チェ」であることがわかる。「チェ」の英語表記が「Choi」のため、それを知らない外国人は「チョイ」と発音する）」と訊いた。

＊

アデル・モナハンの個人史についてはあまり知られていない。ジョンホが調べたところによれば、アデルは旧東ドイツ圏のシュベリンに生まれ、七歳でアメリカに移住した。彼女の両親は今はポーランド領となったシュレジエン地方の出身で、第二次世界大戦後に内地に強制移住させられたドイツ人だった。彼女の両親が移住に移住を重ねたために、アデルはひどく貧しい幼年時代を送ったが、幼いころから人並外れた映画愛を見せ、十三歳で初の映画台本を書いた。映画監督になってからは世界中を飛び回って暮らしたが、アデルが最も長く暮らしたのはシカゴと言われていた。ジョンホはインタビューのためにアデルのドキュメンタリーをほぼ観尽くしたのだが、これといった叙事のない作品は大抵が、居住民が去ったのちに廃れていく村を記録するという退屈な作業から成っていた。アデルに世界的名声を与えた『散り散り』もまた、フランス南東部の小村が静かに廃れてゆく過程を五年かけて記録した映像だった。車で都市を横切りながら、最も愛着のある作品はどれかとアデルに尋ねたとき、アデルはしばらくの沈黙のあと、『散り散り』だと答えた。「やっぱり、初めて賞をもらった作品は特別でしょうね」アデルはすぐに答えなかった。「そうも考えられるわね」アデルは素晴らしい監督かもしれないが、インタビュイーとしては最悪だった。彼女の答えは曖昧模糊として、いつも質問からずれていた。

＊

車窓を開けると、炸裂する陽射しに熱された空気に息が詰まった。ジョンホはアデルを隣に乗せて運転席に座ったが、どこへ向かうべきかわからないままだった。

「行きたいところってどこですか？」

アデルが秘密を打ち明けるように小声で言った。

「実は、お寺に行ってみたいの。仏教では死が終わりではないそうだけど、本当？」

寺か。ジョンホは地図を検索し、アデルが泊まるホテルから一番近い寺を探した。山の多い街に、幸い寺はたくさんあった。

「トンネルのある道は通らないでね」

ジョンホが親しいカメラマンに携帯メールで行き先を告げ、ナビゲーションに目的地を入力していると、アデルがシートをやや倒しながら言った。トンネル。この街の地理に明るくないのは彼も同じだった。トンネルがあれば迂回すればいい。ジョンホがサイドブレーキを下げて出発しようとしたときだった。

「シートベルトは締めないの？」

ジョンホは苛立ちをやっとこらえた。シートベルトを引っ張って締め、ハンドルを切った。

初め、ナビゲーションの指示どおりに近くの寺に向かう道のりは順調に思えた。だが二十分後には、どこかで事故でもあったのか道路事情が悪化した。とっととインタビューを終え、閉幕式に遅れないよう戻らなければと思い、ジョンホは気が気でなかった。インタビューはどこででもできるものだし、アデルが突拍子もないことを言い出さなければ、ガイドでもない自分がこんな苦労をする理由もなかった。おまけに、取材のためにこの街に来てほぼ一週間になるが、妻からは一度も連絡がない。妻が望むのは本当に離婚なのか。ジョンホはじっと動かない車の尻を睨んだ。どこで狂ってしまったんだ。モーテルの部屋でひとり眠りにつく前、汚れた靴下や下着やらをスーツケースに突っ込むたびにたがわず襲ってきた感情が、ジョンホの内にじわじわと広がっていく。妻は結婚生活がついに破綻に至った原因をジョンホひとりに押し付けようとするが、それは納得できない。そもそも子どもを望んだのは妻ではなく、ジョンホだった。子どもを失ってつらいのは妻だけではない。しかし妻にとって、そんなことは何ら関係ないようだった。

もしも妻のことを考えていなかったら、ジョンホはナビゲーションに現れたトンネルの表示をもう少し早く発見していただろうか。けれど前方にトンネルがあることに気付いたときには、すでにUターンが不可能な状況だった。「トンネルのある道は通らないでね」今からでもインタビューに応じると言えば、俺がありがたがるとでも思ったんだろう。アデルは眠っているのか、サングラスをかけたまま顔を横に向けている。染めているのか、白髪一本ない彼女の金髪は年の割にはつややかだ。時間と労力をかけて手入れされた人だけが持てる髪。彼はしばし渋滞が緩和された隙に、勇んでアクセルを踏んだ。車がトンネルの前にあることに遅ればせながら気付いたアデルの手が震え始めたことに、彼は気付くことができなかった。

トンネルはカーブの先にあった。アデルが異常な様子を見せ始めたのは、トンネルの入り口に差し掛かったときのことだ。彼女は恐怖に怯える人のように、やっと声を絞り出すようにして、車を止めてくれと頼んだ。ジョンホは危うく本当にブレーキを踏むところだった。アデルが冷や汗を流しながら、いたぶられている獣のようにうめき続けたからだ。暗かったが、両腕で頭を抱えて全身を震わせていることはジョンホにもわかった。木材を載せたトラックが脇を通ると、車体が揺れた。年式の古いトラックが噴き出す黒煙が視界を濁らせた。何の変哲もないトンネルだった。狭く長い闇。その果てに明るい点のように揺れている出口。だがアデルの息は今にも止まりそうだった。トンネルの出口がずっと遠くに感じられた。車を止めて！　だがトンネルの中で止まることはできない。やっとのことでトンネルを抜けたジョンホは、ハザードランプを点けて車を端に停めた。アデルの顔からはすっかり血の気が失せ、今にも倒れてしまいそうだった。

「大丈夫ですか？　病院に行ったほうがいいですか？」

その最中、呆れたことに、インタビューはこれでパアだという思いがジョンホの頭を掠めた。

アデルが首を振った。彼らはしばらく座ったまま、何かが通り過ぎるのを待った。路肩の上で。アデルの呼吸が徐々に治まってきた。額が汗でびっしょり濡れている。

「すみません。トンネルを通らないでと言われていたのに」

アデルは何も答えなかった。

彼らは寺に行くのをあきらめ、冷たいビールを飲みたいというアデルの希望どおり、休めそうな場所を探した。経済開発の立ち遅れた都市の外れには、腰掛けるにふさわしい場所が見当たらなかった。以前は鉄工所が集まる地域だったのか、ひどく閑散とした通りのシャッターが下りた建物には○○鉄鋼、○○機械といった看板がぶら下がっている。狭い路地を何度も曲がった末にジョンホが見つけたのは、小さな商店だった。座るところといえば、店の屋根に継ぎ合わせた庇《ひさし》の下の、小さな縁台だけ。真っ昼間の通りは熱気の中で、表情を失くした人のような顔をしていた。湿度の高い空気は湿ったダンボールのにおいがした。袖なしのランニング姿で旧型の扇風機にあたっている主人が、彼らをちらりと見やった。アデルはビールを一気に流し込んだ。人気《ひとけ》のない通りは非現実的なまでに静かだ。店の主人が点けたままのラジオの音が、雑音に混じって聞こえてくる。放置された建物の上に、熱い陽射しが降り注ぐ。時間までに着けそうにないという電話を受けたカメラマンに、嫌味を言われた。閉幕式までは二時間も残っていない。

「驚かせてしまったでしょう?」

アデルが言った。

「トンネル恐怖症みたい。実は、自分にそんな症状があることを、私も韓国に来てから知ったの。シカゴにはトンネルがほとんどないのよ。だからずっとホテルの部屋にいたの。それでミスター・チョイにも誤解されてしまったけど」

アデルが茶化すように言ったが、ジョンホはまったく笑えなかった。

「すみませんが、どういうことだか」

「空港からホテルまでの道で、そのときもトンネルを通ったの。すると急に脈が速くなって、息ができなくなってね。迎えに来てくれたガイドいわく、韓国は山が多いからトンネルも多いんですって。とにかく、トンネルを抜けたとたんつらい記憶が蘇って、人に会う勇気がなかなか出なかったの。理解できないわよね?」

ジョンホは何も答えなかった。

「失礼かもしれないけど、ご結婚は？」

アデルがビールの空き缶をもてあそびながら訊いた。

この、この人でなし、と怒鳴っていた妻。

「ええ」

「私も結婚したことがあるわ。もう十年も前のことよ」

アデルが疲れた声で話し始めた。

「結婚してたんですか？」

アデルが結婚していたという事実は、ジョンホが集めたどの資料にもなかった。ベテラン記者のジョンホは、ご破算になったかと思われたインタビューを救える最後のチャンスが与えられたことを直感した。ジョンホは素早くビールのふたを開けてアデルに渡した。まだショックから抜け出せないでいるのか、アデルの声はビールを受け取る手のように震えていた。

「彼はフランスの人だった。ロベール・ロシュホール。それが彼の名前だった。ロベール。アメリカではロバートと呼ばれていたけど、私はロベール、って呼んだわ。ロバートより、ロベールのほうが美しいでしょ？」

アデルが同意を求めるように、ジョンホのほうを見た。

「そうですね」

ジョンホはただ話を引き出すために頷いた。

「名前と同じくらい美しい人だった……『散り散り』はご覧に？」

「もちろんです」

「それを撮ったフランスの村に近いところの生まれだった。車で通り過ぎるしかなかったアルプスにほど近い小さな村……アルプス、見たことあるかしら？　この世のものとは思えないほど大きくて、頂上には絵本で見たとおり、本当に雪が積もってるの。彼はそこでパンを焼いて売ってたんですって。背が高くて……細身だったけど、腕が……雪山の尾根に似た男《ひと》だった。労働する男」

「ということは、彼に会ったのは『散り散り』を撮っていたときだから……」

ジョンホは時期を計算しようと急いで頭を巡らせた。アデルが首を振った。

「いいえ。私が彼に会ったのは……あのドキュメンタリーを撮っていたときじゃない、ずっとあとのことよ。フランスでもなく……シカゴで。三つ目のドキュメンタリーを撮り終えて、戻って休んでいたとき。身も心も疲れ切った状態で……偶然彼のパン屋に入ったの」

「パン屋に？」

「そう……彼はシカゴに移住して、そこでフランス式のパンを焼いて売ってたの。私はずっと昔、フランスに行ったことがあると言った。それから、たぶん彼に、ひとりで移住したのって尋ねたと思う。彼は以前は結婚していて家族がいたけど、今はひとりぼっちだって……ぶっきらぼうに聞こえる英語で答えたわ。怒った人みたいに。口ではそう言いながら、頼んでもいないパンをちぎって渡してきたの。焼いたばかりで中が温かい、本当に、あんなに柔らかいパンは後にも先にも食べたことがないわ……。とても素晴らしいパンだと、私が言った。すると彼が、残りのパンをまたくれたの。そして私たちは、少しばかり話をした。たとえば私の職業について……彼は、どうしてそんなに寂しい仕事を続けるのかって尋ねたわ。私は彼に、シカゴが気に入ってるかって尋ねたと思う。彼は気に入ってる、特にシカゴの風が、ね、そんなふうに答えた。魂を根こそぎ揺さぶるような風が気に入ってるって。その瞬間だったと思う。思わず彼に訊いてたの……私たち、来週あたりキスをしそうだって言ったら、頭のおかしい女だと思う？　戸惑うように、彼の眼差しが揺れてた。そのとき私は四十七歳で、それは簡単に恋に落ちるような年じゃない。それでも……その瞬間、自分はいつか彼の両腕に抱かれるだろうってことがわかったの。そして本当に、間もなく私たちはキスをした」

ゆっくりと、重たい口調で話していたアデルがふと口をつぐんだ。ジョンホはアデルのことばがどこへ向かおうとしているのかわからなかった。話は予想以上に長引いていた。録音しておこうか。どんな形であれ、記事を書くのに役立ちそうだった。アデルの個人史なら、読者の興味を引き出すに充分だった。ジョンホはポケットから携帯電話を取り出した。録音前には当然、インタビュイーの同意を求めなければならない。だが今そうすれば、アデルが話を中断する可能性もある。猛暑のせいで、汗が背中をつたって流れ落ちた。くそ、何だってこんなに暑いんだ？　ジョンホはくしゃくしゃのハンカチであごの下を拭った。アデルはジョンホがふたりのあいだに置いた携帯電話を目にしても、話を続けた。ジョンホはそれを同意の合図と受け取った。録音ボタンを押した。

「そう。そして彼と結婚して、数年一緒に暮らしたの。嘘みたいでしょう？　私は五十年近く、結婚するつもりもなくひとりだったのに……でも、結婚したし、幸せだった。幸せ。それは本当に不思議で仕方ないことだった。わかるでしょう?」

幸せ。そういえばジョンホにも、乾いた日常に妻の笑い声が、よく熟れた果物の汁のように染み込んできた時代があった。少女のように天真爛漫に笑う妻。妻は何でもないことでよく笑う分、意外な瞬間に泣いたりすねたりして、交際当初はしょっちゅう彼を面食らわせた。大抵は彼が電話を先に切ったり、連絡が少なかったり、言ったことを覚えていないからだった。それでもまたすぐひとりでに機嫌を直し、仲直りの意味で大きな買い物袋を提げて彼の部屋のチャイムを鳴らしたりした。結婚前、妻が作ってくれた料理はときに辛すぎ、大抵は甘かったが、ジョンホは何でもおいしく食べた。ジョンホは妻が持ち込んだもの、除湿剤や浴室マットのようになくても困りはしないが、暮らしの質を多少なりとも高めてくれるものに慣れていった。早くに親元を離れ万事をひとりで解決してきた彼に、部屋を埋める人工ラベンダーの香りと多肉植物の鉢植えは生気を与えてくれた。デートの際も自分でメニューを選べないほど優柔不断だった妻は、初めての旅行で泊まった江陵《カンヌン》のペンションで、折りにつけ決断を手伝ってくれるジョンホの存在がどれだけ心強いか知れないと、はにかみながら言った。「アクアリウム」というルーム名にふさわしく、壁にヒトデや魚がごちゃごちゃと描かれた部屋だった。

彼らの関係は、ことばどおり一夜にして変わってしまった。早々と結婚して家を持ち、子どもをつくって、事あるごとにわけもなく不法滞在者のように感じられていた生活にけりをつけたがったのはジョンホだ。妻は、気の早い彼とは違った。それでも、少なくとも彼が記憶している限り、妻は妊娠そのものを拒んだわけではない。状況が一変したのは、子どもが突然呼吸を止めてしまった日からだ。妊娠初期でもなく、六カ月にもなる子がお腹の中で突如息を止めてしまうなど、彼らに予想できるはずもなかった。最後になるとも知らず、定期健診の日、ジョンホは妻に連れ添って病院に行くため休暇を取った。そしてその日、病院へ向かう途中、彼らは家の近所の公園を手をつないで歩いた。春めいた空の下、公園には一面に黄色い水仙が咲いていた。果てが見えないほど。まばゆいばかりに咲きほこる水仙を見られるとは、思いがけない幸運だと思った。完璧な光のただ中で、キタリスを見つけた妻が「あれ見て！」と彼を引っ張った。ソウルでキタリスを見たのはそれが初めてだった。頭が小さく、尻尾がふさふさのキタリス。辺りを見回してから木に登り、どこかへ消えてゆくキタリスを見ながら、妻は楽しそうに笑っていたのに。退院の日、産婦たちのための花束が並ぶ廊下を通り抜けながら、妻はその日についてこう語った。子どもが暗いお腹の中で死んでいたことも知らずに、歩いて、笑ってたの。その後、妻はジョンホと体を重ねるのを拒んだ。「息を止めた子をお腹に抱えて歩くことがどんな感じかも知らないくせに、子どもをつくろうなんて言わないで」それはもうずっと以前の出来事だったが、妻はその記憶からなかなか抜け出せないでいた。

「でも……すべてが変わったのは、この三月のことだった。ご存知のように映画祭の招待を受けて、私たちは数カ月後、一緒に韓国を訪れる予定だった。私たちには何の問題もなかった。なのに……彼がいきなり、飛行機に乗れないって言い出したの。より正確に言うなら、ある日、メキシカン料理を食べにピルセンに行った帰りの車の中で……ロベールが、飛行機に乗るのは到底無理だから、韓国行きを中止したいって宣言したの。昨夏も平気な顔で、飛行機に乗ってドイツに行って来たばかりだったから、私は彼のことばをある種の謎かけ……みたいなものだろうと思ったわ。勝手にスケジュールを組んだことが腹立たしいとか、レストランで彼の好きなテキーラを飲ませてくれなかったのが悔しいとか……とにかくそんなふうに、本音は別にあって、それに気付いてほしいがためのうわべだけのことばだと……決めつけてた。でも私が何を言っても、ロベールは飛行機に乗りたくないとくり返すばかりで……私はとうとう『飛行機に乗れない』という彼のことばが、答えを隠し持つ謎かけではないのだと受け入れるしかなかった。飛行機が怖いって言うの。私といっときも離れたくないのか、私にも出国しないでくれって譲らないのよ。それがそのころ南フランスで、ドイツの航空機が墜落した事故のせいだと……私はあとになって知ったの」

アデルはまた口を閉ざした。こんなふうな独白がいつまで続くのだろう。陽射しが痛く、ジョンホは顔を背けた。あちらの、人気のない路地の奥から若いカップルが歩いてくるのが見えた。背伸びをして濃いメイクをほどこし、めいっぱいおしゃれをしているが、せいぜい十代後半にしか見えない子どもだった。こんな人里離れたところまでどうやって来たんだろう？　彼らはきょろきょろと辺りを窺うと、静かに笑いこけながら路地の片隅の陰へ身を潜めた。主人は眠りこけているのか番組が変わっていることも知らない様子で、ラジオからは店に似つかわしくないポップな曲が流れてきた。*Je ne veux pas travailler, Je ne veux pas déjeuner, Je veux seulement l'oublier.* 路地の奥、グラインダーやハンマーなど、今は無用な道具が遺物のように残る鉄工所の前にしゃがみこんだ彼らは、誰かがそちらを見ているなどとは思いも寄らないらしい。彼らはいつもそこでそうしてきたかのように、無邪気に足でふざけあっている。女の子が風船ガムを膨らまし、割った。アデルはビールをもう一本開けた。ジョンホは耐えがたい渇きを感じた。ドイツの航空機事故についてなら、不幸なことにジョンホもまた記憶していた。

そう。それはジャーマンウィングスA320が墜落した数日後のある夜のことだった。その夜、妻は洗い物を後回しにしてテレビの前に座っていた。妻は数年前から、世界各地で惨事が起こるたびに、飽きもせずにチャンネルを変えながら関連ニュースを見守った。その夜はすることもなく、ジョンホも水を片手にリビングに出て、ソファでテレビを観ていた。飼い慣らされることのない獣の背骨のように、果てしなく屹立《きつりつ》していた黒い山脈。よりによってなぜその瞬間、鯖を焼いたにおいがまだ残るリビングのあちこちに積み重なっていた、子ども用の服が目に留まったのだろう。袋に入ったままの服はどれも、妻が子どもを失ったあとに習慣的に買い入れたものだった。服がある程度溜まると、写真を撮って中古サイトに載せ、箱詰めにして送るのは妻でなくジョンホだった。闇の底に沈んだまま、外に出ようとしなかった妻。妻はうずくまって、飛行機の残骸をじっと見つめるばかりだった。妻の体はソファのもう一方の端に座っていたが、と同時に、大洋によって隔てられた別の大陸にあるかのように遠かった。妻が欠かさず淹れておくケツメイシのお茶は饐《す》えかけていた。すべてを台無しにしてしまうのはジョンホでなく、妻だった。ジョンホは新たに子ができれば、妻が立ち直れるものとばかり思っていた。いつまでも過去を引きずって生きることはできない。先に進むしかないのだ。彼は心からそう思っていた。

「正直、なぜこんな話をミスター・チョイにしているのかわからないわ。誰にも話したことがないのに……」

アデルが話を続けた。

「つらい話なら、無理に続ける必要はありませんよ」

ジョンホが慌てて言った。今や下着までもが汗だくだ。彼に必要なのはそんなことばではなかった。

「いいえ。今日はなぜか最後まで話したいの。なぜかはわからないけど。私たちはどうせ、明日を過ぎれば二度と会わないでしょう。私たちはお互いを忘れるだろうから。だから……」

アデルが、しわの寄った首元の丸いペンダントを不安げにいじった。呼吸が乱れていたせいか火照っていた顔は今、かえって今にも倒れそうに蒼ざめている。録音機能をオンにして伏せていた携帯電話は、あいかわらず縁台の上にあった。十代の子どもたちはジョンホから見える角度にいることにも気付かず、互いの体をぎこちなくまさぐっている。

「ロベールを……精神科に連れていったの。いつからか、私の帰宅が予定より少しでも遅れると、延々と連絡をしてくるようになって。一体どうして遅れるのかって……。出るまで電話を鳴らし続けるの。だから連れていった。私には耐えられなかったから……。ところが、ロベールは治療を拒んだ。もらった薬をこっそり便器に捨ててたの。私は彼を怒鳴りつけたわ。私がおかしくなるのを見たいのかって……まだ気が済まないのかって」

少年が少女の胸をもてあそび始めた。少女はくすぐったいのか恥ずかしいのか、少しばかり身を引いた。

「アルプスのトンネル火災について聞いたことはある？　九トンのマーガリンと十二トンの小麦粉を載せてイタリアに向かっていたボルボのトラックが、トンネル内で火事を起こした事件でね。イタリアとフランスの両側で火災警報が鳴ったのに、対応を間違えて、結局三十九人の命が奪われたそうよ……。その事件が起こったのが、一九九九年の三月二十四日。ジャーマンウィングスがアルプスに墜落したのは、二〇一五年の三月二十四日。こんな偶然がこの世にどれだけあると思う？　一九九九年にアルプスのトンネルで死亡した人の中に、ロベールと前妻との子どもたちがいたことを、私はジャーマンウィングスが墜落したあとに知ったの……子どもたちが死んで、前妻と離婚したのは私と会う前のことだから、私は知る由もなかった」

　少年の手は今や服の中へもぐり込み、バッグに隠れた少女の胸を揉んでいた。ジョンホはそれを、やるせない気持ちで見つめた。

「私にはわからなかった……それはとても昔のことだから。悲しいことだけど、彼らがそのジャーマンウィングスに乗っていたわけでもないし、すべてを忘れて自分を責めるのをやめてほしかった。そうでしょう。そう望むのは……悪いことじゃないでしょう……？」

　一瞬にして年老いた女が、サングラス越しにジョンホを見据えた。彼が頷けばすべてが救われるとでもいうように。ジョンホはまぶしさにまたも頭を垂れた。熱い熱気が彼を蝕む。一体この女は何を考えているんだろう？　いきなりこんな告白をする理由は一体何だ？　それも俺に？

不幸はいつでも、誰にでも、時を問わず訪れた。大切なのは不幸をどう克服するかだとジョンホは固く信じてきた。不幸に耐え切れないやわな人間にはうんざりだ。ジョンホは突如として怒りを感じた。

すべてを台無しにしたのは彼でなく、妻だった。

「ロベールを送り出して家に戻ると、私は夢を見ることもなく眠った……そして翌朝目覚めると、目覚めて、ロベールがいない日常からなる新しい世界がくり広げられるのだと思うと、部屋から一歩も動けなくなった。まだ彼のにおいが残る部屋でじっと、屍のようにじっと横たわっていたかった。ロベールも同じだったかしら。部屋の中で明かりも点けずにじっと座って……ところがね……午後になるとどうしようもなくお腹が減ってきたの。私はロベールがいつつくり置いたのか知らない古いパンを、冷凍室から取り出して焼いた……そしてピーナツバターを塗ってぱくぱく食べた……。フランスパンにピーナツバターなんて。ロベールがいたらかんかんに怒って失敬だと言ったでしょうね……。それから、ロベールとよく行ったミシガン湖のほとりを歩いたの。夕方の湖畔は実にのどかだった。

ずいぶん歩いたわ。空気の温度が変わって、においも変わったでしょうに、まったく気付かないまま何時間も。そうしてふと顔を上げると、えもいわれぬ景色が広がってたの……嵐の到来を想わせる巨大な雲が、空と海の境界線まで覆っていた。その合間には、夕陽で描かれた幾何学模様が、私が一度も見たことのないピンク色の幾何学模様が広がっていて。水面近くではたくさんのカモメが、群れになって円を描くように飛んでいた。嵐がやってくる前に餌を探そうとするように……。私は湖畔に立ってそのすべての風景を見るうちに、自分が微笑んでいることに気付いたの。うっとりするほど美しい、と考えていることに。独立記念日には毎年そこで、すばらしい花火が打ち上がるのを一緒に眺めたロベールに二度と会えなくなったというのに。こんなふうに生かされていくのだ。時間とともに。そんなことを思ったわ……。でも、それは治癒かしら。チヨイ、私はそのときになって初めて、ロベールがなぜあんなに治癒を恐れたのか悟ったの。そして、ロベールを送り出してから初めて泣いた。子どものように。湖畔のただ中、かすかな光のまったただ中で」

ラジオからまた誰かの声が流れてきた。溶接の火花のような陽光に縁台がきらめいた。強烈な日差しは一寸の闇さえ許さないかのように、無慈悲な進軍を続けた。庇の陰は、ジョンホの突き出た膝の半分しか隠してくれない。風一つないのに、庇が帆のように揺れた。光にさらされたジョンホの靴はぼろぼろだった。話を終えたアデルは、ジョンホからの何かを待ち受けるようにじっと座っている。ジョンホはいつのまにかじっとりと濡れた手をコットンパンツにこすりつけるうちに、縫い目の合間にほつれた糸を見つけた。一体俺にどうしろってんだ？　アデルが座り直した拍子に空き缶を小突いた音が、すぐ間近に聞こえた。彼は糸くずを力いっぱい引っ張った。今度は俺が、誰にも話したことのない話をする番なのか。ジョンホは自問した。つまり、深く根を張った木が空を隠すほどに生い茂る夢を見た夜、子どもを授かったという事実について？　妊娠を知ってうろたえた妻がどんな顔で泣いたか、超音波写真を見た日はどんな顔で幸せそうに笑ったかについて？　それとも、タグが付いたままの子ども服を片付けるうち、鯖のにおいが漂うリビングで妻にどんな真似をしたのかについて？　大きなスイカの絵がついたTシャツや、牙をむき出した恐竜が描かれたカバーオールの上に押し倒されてもがいていた妻。恐怖に怯えた目で彼を見つめながら、脚にぐっと力を込めてジョンホから逃れようとしていた妻。

アデルは精根尽き果てた顔で、それでもしぶとく彼の隣に腰掛けていた。アデルのもとを離れたが、ジョンホに届かないでいる何か、キャラメルのように熱気で溶けて彼らのあいだにへばりついている何かが、ジョンホにははっきりと意識できた。けれどジョンホはついに、アデルの望むことばを口にしなかった。雑音交じりの歌がもう三曲ほど流れたころ、彼らは腰を上げた。どこか空き家にでも入ったのか、十代の子どもたちは姿を消していた。

「記事にするには充分かしら？」

アデルがジョンホと別れながら、閉幕式会場の前で笑いながら言った。苦しげにも、雲が晴れたようにも見えたが、同時に残酷にも見えた顔。アデルは背を向けて、開幕式でも使われたレッドカーペットを踏みながら式場に入っていった。溶け落ちるように汗が流れ、陽射しがジョンホの目を刺し、コンクリートの地熱のために足の裏が熱かった。ジョンホは徐々に小さくなり、間もなく消滅してしまうアデルの後ろ姿を見ながら、仏教では自殺を殺生の罪とみなすのだと言ってやりたい衝動を感じた。だが、それを伝えるためにアデルを追うことはしなかった。アデルの話を記事にもしなかった。アデルは予定どおり閉幕式に参加したあと、アメリカに帰国した。閉幕式の演説で、彼女はジョンホにしたような話はひと言も口にせず、ただ観察者として記録する、人生から与えられる喜悦についてのみ淡々と語った。

映画祭が終わって数週が過ぎると、台風の到来により大雨が降り、無心のうちに季節が変わった。あの日以来、アデルの言ったとおり、ジョンホが彼女に会うことはなかった。アデルがそうしたように、インターネットで何度か、アルプスのトンネル火災事故に関する資料を検索したことはある。ジョンホはその日の天気が、よりによって年に二十日しか起こらない気候変動によってイタリアからフランスへと風が吹き、二国間のコミュニケーションがうまくいかなかったために、それほど多くの犠牲者がいるとは知らないまま鎮圧が遅れ、炎が五十三時間も燃え続けたことを知った。イタリア側の保安チームが、空気を抜く代わりにフランス側に大量供給したために炎が拡がり、加熱されたトラックのエンジンが爆発したことが原因と推定されていることも。そして折りしもその日は本当に、十六年後にジャーマンウィングスがアルプスに墜落したまさしくその日だった。そうするあいだに幾人かの記者が転職し、けれど補充はなされず雑誌社の業務はさらに増えた。ジョンホがあの日のこと、光の欠片が折れた刃のように降り注いでいた通りや、まだ体つきの幼い十代の子どもたちを盗み見ながらアデルと並んで腰掛けていたことについて考える時間は徐々に減っていった。ジョンホはほとんど忘れるところだった。つまり、出張のために急遽江原道《カンウォンド》に行くことになったある日が来るまでは。

ジョンホはそのとき、クランクインを前にした売れっ子監督の映画を取材するため、江陵《カンヌン》へ向かっていた。空が高く晴れ晴れとした日だった。ソウルのトールゲートを抜けるまでは渋滞続きだったが、新葛《シンガル》分岐点からは幾分ましになった。ジョンホは横城《フェンソン》サービスエリアに寄ってうどんで腹ごしらえし、再び車に乗り込んだ。小麦粉の入った料理はやめておくべきだった。この数週間でいっそう肉の付いた彼は、シートベルトを締めながらしばし後悔した。遠い稜線の上には流れ雲。道路脇に植えられたツルウメモドキに止まっていた一羽のシジュウカラが飛び去った。その奥に立ち並ぶ高木の梢に、痛ましいほどにまぶしい陽光が吹雪のように降り注いだ。ジョンホは、日帰りで江陵に行くにはもったいない天気だと思いながら、屯内《トゥンネ》トンネルに入るために速度を落とした。そのときだった。得体の知れない恐怖が彼の襟首を打ち据えたのは。どこからか迫ってくる、聞いたことのない獣の雄たけびが耳元で響いた。にわかにハンドルを握る手が震え始めた。彼は突如、飢えた猛獣の口内のような闇の中に、得体の知れない何かが立っているかもしれないという疑心に捉われた。ブレーキを踏むのが間に合わず、車がぶつかり、ぶつかり、またぶつかってトンネルの中で大火災が起こる画。血を流しながら息絶えていくキバノロのように、ガラスを突き破った誰かの体が冷たいトンネルの地面に叩き付けられる、そんな突拍子もない想像を振り払うことができなかった。するとしだいに、額と背筋を汗が伝い始めた。高原地帯にいるかように息が荒くなった。ジョンホは突然、これまで誰にも言えなかったこと、つまりまだ早い朝、出勤のために起きると、妻が依然彼から一番遠いベッドの端っこで、触れれば落ちそうに身を縮めたまま、赤の他人のように眠っていることを誰かに言いたい衝動に駆られた。たとえそれを口にすればいっそう孤独になることがわかっていても。ジョンホはやっとのことで車を路肩に停めた。そして恐怖が消えるのを待った。けれど一方で、彼はこの恐怖が長らく消えないだろうことを、消えたとしてもくり返しくり返し戻ってくるだろうことを、だが誰にも理解されないであろうことを知っていた。ジョンホはハンドルの上に大きな体を埋めた。彼の人生は取り戻すことのできないかたちで変わるはずだったが、彼は自分を苦しめる感情が恐れなのか罪悪感なのか区別できなかった。呼吸を整えようと目を閉じると、暗い深淵の向こうに沈んでいく何かが見えた。船の帆のように、錆びた十字架のように。隣の車線では、車が彼の脇を猛スピードに通り抜けていった。

＊この作品を書くにあたりシルヴィア・プラスの『シルヴィア・プラス詩全集』(パク・ジュヨン訳、マウムサンチェク、二〇一三)とテッド・ヒューズ『Birthday Letters』(New York:Farrar Straus Giroux 一九九八)を参考にした。

氾濫のとき

いつだったか、人生は自分にも友好的だった。夢見ればすべてそのとおりになる甘い日々も確かに存在した。

この家のキッチンとリビングに続く壁には「sto distruggendomi」という文字がナイフで刻まれている。刻んだ跡が磨耗していることから数百年は経っているのだろうと推測されるのみ、誰が書いたのか知る者はいない。誰の手によるものかわからないのは、十三世紀に建てられて以来、数え切れないほど多くの人々がこの家を経ていったためだ。ここに留まり去っていった人々について言い切れるのは、今やその誰もが死んでおり、ほかの人々がそうであるように、死に際はあくまでひとりだったということだけ。もちろん、記録が残っている者がひとりもいないわけではない。ヴェネツィアのある図書館に置かれている埃まみれの郷土史の本には、今は数世帯が別々に住むこの建物全体が、十五世紀末から十六世紀初頭にかけてジョヴァンニ・マリア・チェリーニの邸宅として使われていたと記録されている。その文書によれば、ジョヴァンニ・マリア・チェリーニは当時、地中海東部との交易により莫大な富を築いた貿易商だった。彼の家の前、エメラルド色の水が流れていた運河には彼の船がいくつも停泊しており、その甲板はいつでもぶどう酒とオリーブ油でいっぱいだった。

かといって、裕福だったのはジョヴァンニ・マリア・チェリーニひとりではなかった。十字軍の遠征によって東方貿易が拡大して以降、都市はこの上なく豊かだった。かつてヴェネツィア共和国の建国神話を華やかな六韻脚の詩文で讃えた詩人は、そのころのヴェネツィアを五色にきらめく宝石に喩えた。S字の運河が横切る市街地は金箔で飾られた石造建築で彩られていた。リアルト橋からサンマルコ広場まで軒を並べていた香水店では、ありとあらゆる甘美な香りが当時の流行にのっとって黄色い絹糸のウィッグを付けた女性たちを虜にし、路地ごとに両替商と金細工職人が並んでいた。年に一度、街で大きな祭りが開かれるときには、絨毯と花で飾り立てられた船が運河を埋め尽くした。金糸で刺繡をほどこされた旗が地中海の穏やかで芳しい風にはためき、顔料と香水で装った色鮮やかな騾馬《らば》たちは甲板の上で世界一平穏な顔をしていた。人々は華やかな仮面の裏で放蕩の限りを尽くした。

ヴェネツィアが築き上げた富は実に驚くべきもので、東インドへの航路が見つかり、カンブレー同盟戦争を経たのちも、都市は長らく生き残った。人口の半分を奪ったペストやナポレオン一世の侵略も、都市を消滅させることはできなかった。ジョバンニ・マリア・チェリーニは彼の邸宅の二階右、彼とその息子、そして孫が召使いのお尻を触ろうと屛風の陰に隠れていた応接間があった場所で、はるか未来に、極東の分断国家から来た夫婦が違法民宿を運営するなどとは夢にも思わなかっただろう。

*

「髪くらいどうにかしないと」ユンが言った。「そのひげも」ユンは食卓の前に座り、しかめっ面でジェを見つめた。ジェは右手であごひげを触った。長いあいだ放ったらかしでぼうぼうに伸びたひげにパンくずが付いていた。髪を切ったり最後にひげを剃ったのはいつだったかよく思い出せない。ジェはユンを見た。ユンのてらてら光る顔には、誤って落とした筆から四方に飛び散った墨のようなしみが広がっている。「お前も何か塗れよ」ユンはむっとしたように唇をとがらせながら、冷め切ったインスタントコーヒーを飲んだ。二時だった。彼らが押しかけてくるまでにはまだ余裕があったが、過ぎ去った年月の跡を消すにはまったく不十分な時間だった。

ジェはのろのろと待ち合わせ場所のサンタルチア駅へ向かった。ユンの勝手で短く切られた襟足がすうすうする。両手をポケットに突っ込んだまま、心の中でずっと、面倒なことになったとぼやいていた。本当に面倒なことになった。サンタルチア駅前の広場に続く狭い路地には、薄汚いハトたちがやたらに飛び交っている。広場にやってくると、待ち合わせした観光案内所の前にいる若いアジア人カップルがジェの視界に入った。男のほうは立ってガイドブックに見入り、女のほうはスーツケースに腰掛けて体を揺らしながら足をぶらぶらさせていた。男が何かジョークを言ったのか、女が突然笑い声を上げた。あまりにすがすがしいふたりの顔に、ジェは弱ったと思いながら、面倒なことになったともう一度胸の内でくり返した。

男はジェに送ってきたメールの中で、自分の名前をジュノだと紹介した。そこまでありきたりの名前ではないが、かといって特別変わった名前でもない。ジュノという名の子を知っていたような気になったのは、そのせいかもしれない。ジュノは自分がジェと同じ科の後輩であり、ジェの話を先輩たちからたくさん伝え聞いたという。実際ジュノが上げた名前は、どれもジェの知るものだった。そのため、たとえ記憶になくても、ジュノという子が自分の後輩であることだけは事実のようだと思った。ジュノは休学中で、科の後輩であるガールフレンドとバックパック旅行をしていて、ヴェネツィアにも寄る予定だと言った。メールは、先輩にお会いできるならこの上ない光栄に存じます、ということばで締めくくられていた。ジェは彼に会いたい気持ちなど微塵もなかった。だがユンの考えは違った。客を選んでいる場合かと非難がましい口調で言った。ただでさえオフシーズンで、収入が皆無であることがその理由だった。昨夏のオンシーズンに例年ほどの収入を得られなかったことを忘れたのかと迫った。もちろんジェも覚えている。昨夏は深刻な干ばつで、使える水の量が目に見えて足らず、観光客をさほど迎えることができなかった。「水の都」という愛称を思えば皮肉なことだった。後輩から金なんか取れるかよ、と思いつつも、ジェはそれ以上ユンと言い争いたくなかった。ジェはすべてが煩わしく、なるようになれ、という投げやりな心情だった。

やっと二十三歳だというジュノと、ミヨンという名の二十歳の彼女は、ジェを見つけると腰を九十度に折ってはきはきと挨拶した。二十日間の旅の最後の旅先だと言うが、彼らはさほど疲れた様子もなさそうに見えた。壮健な体付きのジュノはジェより頭一つ分背が高く、髪を真っ赤に染めていた。ミヨンはかわいらしいタイプで、笑うとえくぼが浮かんだ。彼らは大きなリュックを背負い、スーツケースを引きながらジェのあとに続いた。スーツケースのキャスターが石畳にぶつかって、大きな音を立てる。ジュノは浮かれ切った様子で、こうして会えたことがどれほど光栄なことか知れないとか、招待してくれたことに感謝しているとかいう挨拶を大声で並べ立てた。ジェはサンダルを引きずるようにして先を歩きながら、たばこでも一服したい気分だった。壁が落書きだらけの建物の脇、せせこましい階段に差し掛かると、生臭い水のにおいがした。「やっぱり、ヴェネツィアは水の都と言われるだけに、運河があるんですね！」ジュノは何にでも感嘆する用意ができている旅人のように言った。「ここだよ」ジェは運河沿いにある古びた建物の大きな門の前に立ち止まって、鍵で門を開けた。「君たちはここで呼び鈴を三度鳴らしてくれ。そしたら俺たちが開けるから。必ず三度。行商人が多いから、一度や二度じゃ開けないんだ」ジュノとミヨンはジェのことばを一つも聞き漏らすまいとするように、真剣な顔で頷いていた。ジェはどっと疲れを感じた。

ジェのアパートは二階にあった。廊下には明かりがあったが薄暗く、朽ち果てた階段は汚れている。誰かが捨てていった自転車が階段の踊り場で錆びついている。ジュノとミヨンはスーツケースを手にようようと狭い階段を上った。ミヨンのスーツケースを持ってやろうかという思いが一瞬頭によぎったが、ジェはその思いを行動に移さなかった。二階には両側に扉があり、ジェの家はそのうちの右側だった。ジェはペンキのはげた赤い扉を開けた。その音に、ユンがのろい足取りでキッチンから出てきた。家の中は隙間風が吹いているかのように肌寒い。泊まり客があるたびにユンが沸かす麦茶のにおいが、家の隅々にまでじっとりと滲みこんでいた。

この家に入居した初めの日、玄関の扉を赤く塗ったのはジェだった。そのころジェが手がける美術作品にはすべて赤色が登場した。それはジェがずっと昔に初めて目にした、イタリアの熱い太陽のように強烈で鮮明な色だった。当時ジェは、ヴェネツィアにビエンナーレを観に来ていた。指導教授の作品が展示される予定だったからだ。いくら愛弟子といってもはるかヨーロッパまで、それも学部生が教授に付き添うのは学科史上例を見なかった。それだけジェへの待遇は、驚くべき破格のものだったが、ジェが受ける優遇に異議を唱える者はいなかった。同じ科にジェを羨んだり妬んだりする者は多かったものの、大っぴらにジェの悪口を言うほど肝の据わった人間は誰ひとりいなかったからだ。

ジェは地方の小都市に生まれ、早くからその街で開かれる写生大会のほとんどで大賞を独り占めした。とりわけ美術に秀でた両親を持つわけでもなく、名だたる芸術家に師事したわけでもなかったため、地元の人々はジェを天才と呼んだ。彼が高校に入学したとき、美術教師は彼に全国大会への参加を提案した。美術教師は若く意欲にあふれていた。ジェは全国大会でも大賞を総なめにした。三年後、彼は国内で最も優れた美術学生が集う大学に優秀な成績で入学した。そしてそこでもつねに注目を浴びた。指導教授はビエンナーレの取材に来た記者とのインタビューで、ジェを将来の韓国美術界のスターだと紹介した。教授がジェについて述べた長広舌は紙面の関係上たった一行に要約され消えてしまったが、ともかくそれらすべてはジェが二十四歳にもならないうちに起こった。ジェは翌年卒業し、その後大型キャンバスに絵の具を立体的に塗り重ねたところへ、金属と鏡の欠片をくっ付けて作成した奇形的な建築物の絵で注目を浴びた。彼がニューヨーク進出のための足掛かりとして、彼の作品に関心を寄せていた現地の展示プランナーに会いに再びヴェネツィアを訪れたのは二十七歳のとき。そしてそのとき、彼はユンと一緒だった。

ジュノとミヨンはせわしなく家を見回した。ジュノは臆面もなく「奥さんとお呼びしたほうがいいですか?」と言い、ユンが戸惑っているうちに「奥さん、水をいただいてもいいですか?」と訊いた。家にはリビングとして使っている深緑色の壁の部屋のほか、寝室が三つあった。そのうちの一つはカップルルーム、残りの二部屋には二段ベッドがそれぞれ二つと三つ置かれていた。ピーク時には満室のことが多く、ユンとジェはキッチンにマットレスを置いて寝た。だがオフシーズンには空室になることが多かった。するとユンとジェは空室に入って眠った。客が出入りするたびに空室は替わり、そのたびにユンとジェも部屋を替えねばならなかった。彼ら名義の家だったが、眠ろうとベッドに入るときには、あたかも遊牧民になったような気分だった。草原の上の満天の星空の代わりに、きしむマットレスの上に横たわる彼らが見上げるのは、月日によって磨り減ってしまった天井だったが。

ジェはジュノとミヨンに、彼らが泊まるカップルルームを見せた。ベッドシーツは洗いたてだったが、くたびれた感は拭えない。ヘッドボードもないベッドは、安物のスチールフレームの上にマットレスを載せただけのものだ。ベッド下に敷いたラグには毛玉が出来ている。ジェは部屋のドアを開ける瞬間、長いあいだ忘れていた羞恥心のようなものを感じた。唐突に自分を訪ねてきた訪問客に怒りさえ覚えた。だが同時に、部屋を見た彼らの顔が歪むのを見たいという呆れた欲望を感じた。それは理解できない感情であり、しごく刹那的な感情だったが、ともすると羞恥心や怒りよりなお強烈な衝動だった。だが部屋を見た男女は、「ああ、ここが僕たちの部屋ですか？　ありがとうございます。とても広いですね」と言っただけだった。彼らの顔にはいかなる失望の色も見えず、むしろ晴れやかな笑みを浮かべていた。満足げな彼らを見ながら、ジェはほっとするべきだったし、実際にいくらかほっとしたが、同時に一方ではさっきよりもうひと回り大きな羞恥心と怒りを感じた。ジェは「明日から海面が上昇するよ」と言い残して部屋を出た。ジュノとミヨンはその意味もわからないまま、あどけない子どものように笑った。

「これを履いて出たほうがいい」

翌日、ジェはジュノとミヨンの前にゴム製の黒い長靴を二足置いた。数年前にバックパック旅行で訪れたカップルが捨てていったものだった。

「街中水だらけだからね」

ジェが言ったが、ジュノとミヨンは意味がわからない様子だった。彼らはユンがつくった、豚肉のコチュジャン炒めとほうれん草のスープで朝食を済ませた。思いどおりに買い求められない韓国の調味料の味をすべて砂糖でうやむやにしようとするように、ユンの料理は日増しに甘ったるくなっていった。ジュノとミヨンはご飯を茶碗一杯ずつ平らげて、洗い物を買って出た。ジェは彼らに市内の地図を渡しながら、イカフライやパスタが食べられる周辺のレストランをいくつか教えた。民宿の泊まり客を送り込む代わりにコミッションをもらうことになっているレストランだ。いまだほかに宿泊客は現れない。長靴を履いて門のほうへ下りていたジュノとミヨンが歎声を上げた。

「わあ、すごいですね！」

運河の水が氾濫して建物の入り口が水浸しになっていた。ジェはサンダルを履いた足で水をかきわけるようにして彼らの前へ進み、門を開けた。するとさらに大量の水が流れ込んできた。

「なんてこと！」

ジュノとミヨンがまたも信じられないという目で外を見た。ヴェネツィアは湾内の潟の上に散らばる百十九の島を四百の橋でつないだ街だ。中でも市街地はかつて砂州だった場所につくられ、そのため地盤がもろく頻繁に浸水する。水面の上昇によって海水に沈んだ街には、もはや陸が残っていなかった。すべての建物は水に浮かんでいるように見え、きつく結びつけておかなかったゴンドラが昨日まで地面だった路地にぷかぷか漂っていた。観光客は長靴を履いて水の中を歩いた。長靴を持ち合わせなかった観光客は膝まで海水に浸かり、ズボンをびしょぬれにしながら歩いていた。ジュノとミヨンがパニック映画の主人公のように、ぎゅっと手をつないで建物の外へ出ると、ジェは力いっぱい門を閉めた。外へはけきれなかった海水が暗がりによどみ、ゆっくりと腐敗していった。

ジェは脚の水気を拭きながら家に入った。ユンはTシャツにパンティーという格好で食卓に座り、ジュノとミヨンの残り物を集めて混ぜたものを食べていた。肥大した太ももと醜く膨れた腹のせいで、紫色のパンティーはありえないほど小さく見える。ユンがもともと太っていたわけではない。日本人形のように細やかなつくりの顔ととびきりの脚線美に惚れたというのに、果たして現実にそうだったのか疑わしかった。ユンは食べ物をがつがつ頬張った。口元と指は油でぎらついている。器に顔を埋めるようにして食べ物を平らげるユンは、一頭の豚のように見えた。老いて汚らしい脂の塊のような体。ジェは何か汚らしいものを見るような目でユンを見た。ミヨンの存在のせいだろうか。ユンへの嫌悪がいつになくはっきりと感じられた。大学卒業直後に初めて見たユンはミヨンのようにきれいだったはずだが、今は面影すらない。

そのころジェは数人の同期と団体展に参加し、大きくはないが個展も開いた。ジェの個展は方々の新聞の文化面でも紹介された。ある有名な美術雑誌では注目すべきスター美術家として彼をインタビューした。指折りの精油会社のCEOが建てた美術館の企画展示用に、唯一の若手として作品の注文を受けもした。すべてがジェの期待以上に順調に進んだ。あまりにスムーズな人生が怖くなることもあったし、作品に好意を向けてくれる評壇がはたと態度を変えるのではと心配にもなったが、ときが経つにつれ、たび重なる成功と周囲の賛辞に慣れていった。実のところ、ジェはそれまで大きな失敗を経験したことがなかったため、ほとんどの瞬間において自分の実力を信じてきた。新入生だったころは、多くの地方出身者がそうであるように、首都圏出身の中産階級の子ならではの自信や垢抜けした雰囲気に多少の引け目を感じた。だが彼はすぐに、欠乏から自分を守るすべを会得した。才能だけが自分を成功に導いてくれると信じ、数え切れないほどの絵を描いた。順風満帆の彼はたくさんの人に取り囲まれて、同時に傲慢だという声を聞くこともあった。ジェには、自分がなぜそんなふうに評されねばならないのか納得できなかった。

水位の上昇を伝えるサイレンが街中に響いた。雨までが追い討ちをかけ、街はいっそう深く水に沈んだ。排水施設が芳しくなく、雨水はどこへ流れることもないまま路地に閉じ込められた。そのため、予定より早く戻ってきたジュノとミヨンは、濡れた靴下とズボンを脱いで干した。

ジェが普段どおり、インターネットで韓国のコメディ番組を見ながら笑っていると、ジュノとミヨンがリビングに出てきた。ランニングシャツ一枚では気まずく、ジェは脱ぎ捨てたままの上着に手を伸ばした。ミヨンとジュノはリビングをうろうろしながら、気ままに家の中を見学した。ホットパンツを穿いたミヨンの脚が気になり、何が面白いのかはしゃいでいる彼らの笑い声が耳障りで、ジェはボリュームを上げた。

「先輩、これ、どういう意味ですか?」

ジュノがキッチンとリビングを結ぶ廊下の壁にナイフで刻まれた文字を見つけて、大きな声で尋ねた。

「『私は消滅しつつある』って意味」

ジェは煩わしげに答えた。

「リビングの緑の壁紙は先輩が?」

立て続けにミヨンも大声で質問した。

「もともとだよ」

ジェの冷ややかな口調にも気付かないのか、彼らは扉の色と壁紙がぴったりだなどと無駄話に花を咲かせている。ジェはボリュームを最大にした。ユンは鶏肉の筋を出刃包丁で切って、翌日の朝食の下ごしらえをしている。

「そうだ、一緒に飲もうと思って買ってきたんです！」ミヨンが部屋からワインを一本下げてきた。彼らはチーズとポテトチップス、ワインを食卓に載せた。ジュノとミヨンは、ユンとジェの喜ぶ顔を見たいのか、目を輝かせている。ジェは仕方なくノートブックを閉じた。こんなにも真っ直ぐに、無邪気に近付いてくる人間に会うのは本当に久しぶりだった。ジェは、ジュノとミヨンを見るときの判然としない感情が何なのかわからなかった。その感情は説明することも、命名することもできないものだった。

ジュノとミヨンは食卓を囲んで、自分たちが見た宮殿や橋についてまくし立てた。自分がかわいいことを知っている子ならではのチャーミングな表情を浮かべながら、ミヨンはレストランでイカフライを食べているときトッポッキを思い出したと言った。ジュノはすでに何度も、学校でジェの「伝説」を聞いたと言う。ジュノのことばにユンの口端がいびつに歪み、ジェは嫌な気分になった。ジュノが絵を見たいとか作業部屋を見せてくれと言い出しはしまいかと冷や冷やした。もとは作業部屋だったが、今は四人用のドミトリーと成り果てたその部屋で、絵を描かなくなって久しい。イーゼルと絵の具は倉庫で眠っている。ジュノがやってくる日の前夜、ジェはせめて倉庫に突っ込んでいた失敗作でも出しておくべきだろうかとしばし悩んだ。ジェは平静を装ってワインを飲み、安物のチーズをつまみながら、もう自分が絵を描いていないこと、自分が人生に失敗したことにジュノがすでに気付いているのではないかとはらはらした。

ジュノはワインを傾けながら、絵を描いて名声を築き、金をたんまり儲けたら、世界を一周しながら自由気ままな芸術家として生きるのが夢だと打ち明けた。「先輩みたいな暮らし方ってマジでかっこいいと思います」ジェはジュノが自分をあざ笑っているのだと思い、きわめて不快に感じたが、すぐにそれがジュノの本心だと気付いていっそう気が滅入った。ガスコンロの上の大きなやかんの中では麦茶が沸いていた。ガスの青い炎がやかんを呑み込むようにうねっている。やかんのふたがカチャカチャと危うげに鳴り始めた。世界を飛び回るロマンティックな芸術家を夢見るジュノを、ミヨンは尊敬交じりの目で見上げた。ミヨンがジュノのほうへ体を傾けて笑い出すと、襟ぐりの深いTシャツの肩が片方落ちた。ジュノはそんなミヨンが愛しいのか、つられて笑いながら彼女の服を持ち上げてやった。一瞬あらわになったミヨンの肩は丸みを帯びていた。Tシャツの奥に膨らむ胸ははちきれそうだった。

「緑の壁紙の話だけど、あなたたち、ナポレオンが緑の壁紙のせいで死んだって知ってる?」

ユンが椅子から立ち上がりながら出し抜けに言った。

「いえ、初耳です。どうして死んだんですか?」

ミヨンも立ち上がりながら鼻声交じりに訊いた。ガスコンロの前に立つユンの垂れた尻のとなり、ミヨンの尻はこぢんまりと突き出している。

「そうだ、先輩、絵を見せてくれませんか」

鼓膜をつんざくような音とともに、やかんから水蒸気が鋭く噴き出した。やかんの表面にいぼのように必死でへばりついていた水滴が、虚しく連なって滴り落ちた。青い炎に包まれたやかんの下部がやけどを負ったように黒く煤けている。湯気で曇って何も見えない窓の向こうで再びサイレンが響いた。ユンが、沸かしたばかりの麦茶を透明のコップに注いだ。麦茶は明かりで黄金色に輝いたが、どこかうっすらと青みがかっているようにも思えた。

降りしきる雨にも負けず、ジュノとミヨンはせっせとヴェネツィアの路地を巡り歩いた。観光客が迷いがちな迷路のような路地で、彼らもまたもれなく道に迷い、派手な仮面や色とりどりのデザート、とんでもなく高いピザを売る店をのぞいて歩いた。四日目にあたる日、ジュノとミヨンはムラーノ島へ出かけた。ガラス工芸で有名な島でミヨンはネックレスを一つ買いたいとも言っていた。彼らを港まで案内し、ジェは家に戻るため街を横切った。やみそうでやまない雨のせいで、街中が濁っていた。原色の建物は毎年くり返される浸水によって色あせている。板でできた即席の橋を一列で歩く観光客たちの傘がぶつかり、飛んだ雨粒が砕けたガラス片のようにこぼれ落ちた。突風のために傘がしょっちゅうひっくり返った。地球温暖化で海面が上昇し、都市は年を追うごとにいっそう深く沈んでいるという。

ジェは水をかきわけながらゆっくりと歩いた。いつかはヴェネツィアという都市全体が、海の底へ消えてしまったという伝説の大陸のごとく沈んでしまうかもしれない。誰かが干した白いシーツが雨に濡れてはためいている。向かい合うオレンジとブルーの建物のあいだ、物干しロープにかけられた大きなシーツの上を、四方が水だらけで着陸場所を見つけられないでいるハトの群れが、力をふりしぼって飛んでいく。ジェはリアルト橋に上って長靴を脱いだ。長靴から汚い水がこぼれ出た。陸地を覆い尽くした海の上に、ペットボトルが死んだ魚のように浮いている。つなぎとめられたゴンドラが老いた騾馬のように雨に濡れそぼっていた。

かつてジェは、唯一美においては微塵の妥協もなかった。自分が考える美こそが真の美だという確信があったため、揺るがなかった。まるで絶対的な美の基準を知っているのは自分だけだというように、彼は断固たる態度を堅持することをむしろ使命と感じていた。ジェは腰の辺りまで満ちた水を両手でかきわけた。思えば、ユンの両親が銀行から借り受けた金を手にヴェネツィアに戻り、民宿を始めてはや八年。当時のジェは必ずや再起してみせるという思いにとらわれていた。失敗だけを抱えて帰国できないことを、最後の帰国以来切実に感じていたからだ。ジェの両親はジェが賞を獲ったり新聞にインタビュー記事が載るたびに、近所に横断幕を張って周囲に知らしめた。後輩や同期はみな、ジェの成功談だけを待ち望んだ。違法民宿を始めたのは、できるだけ長くここに留まって突破口を見出さねばならなかったからだ。宿泊業を始めて数年が過ぎたころ、ユンはジェに言った。今からでも帰ろう。子どもも欲しいし、まだ遅くないよ。だがジェはそうできなかった。もう少しだ。あともう少し。けれど彼らはどこにもたどり着けなかった。最後に訪ねて行った展示プランナーはジェの絵を見て、君はただただ欲に目がくらんで、魂も持たずに流行を追いかけているだけだ、と彼を非難した。ユンはある日、ここはヴェネツィアでもなければ韓国でもない、と怒鳴り散らした。ユンの勢いに、イーゼルが大きな音を立てて床に倒れた。それならここはどこだ？　ジェは訊きたかった。ここがどこなのか、ジェにもやはりわからなかった。

　夜のあいだに雨脚はさらにひどくなった。例年とはどこか違っていた。天気予報では嵐という表現を使っていた。この都市の気候を描写するにはそぐわない単語だった。これもまた地球温暖化のせいだという。激しい音を立てながら雨が打ち付けた。ジェは雨音に驚いて目覚めた。夢で家が水に巻き込まれ、どこか涯しないところへ流れていった。「どっかの窓が開いてるみたいだ、閉めてきてくれよ」ジェはユンに向かって腕を伸ばした。そこには誰もいなかった。雨音は耳障りなほど大きかった。ジェは仕方なく体を起こした。寝ぼけまなこで腹を掻きながら歩いていたジェは、奇妙な場面を目の当たりにしてびくりとした。暗がりに何かがうずくまっている。それは間違いなくユンの後ろ姿だった。肥大した丸い後ろ姿。ユンは暗闇の中で、ジュノとミヨンが寝ている部屋の前に恭しくひざまずいていた。十三世紀に建てられた家らしく、部屋のドアには鍵穴が付いており、その気になればいくらでも中をのぞき見ることができた。ユンは鍵穴から中を盗み見ているに違いなかった。よほど集中しているのか、近付くジェにもまったく気付かない。この暗い中、一体何を見ているのだろう。しばらくユンを見下ろしていたジェは、壁にぴったり耳をあてた。初めは雨音以外、何も聞こえなかった。壁の向こうから何かの音を感知したのは、ジェがあきらめて耳を離そうとしたときだった。ごくかすかな喘ぎ声。ジェはすぐさま壁に耳をあてた。壁一枚を挟んで、ジュノとミヨンが体を重ねていた。口をふさいでいるらしいのに、徐々にエスカレートしていくジュノとミヨンの喘ぎ声が、古く冷たい壁を伝って聞こえてきた。ユンは鍵穴に目をあててひざまずいたまま、ジェは壁に耳をあてて立ったままで、彼らが絶頂へ至る様子を想像した。ジェはずいぶん長いあいだ、ユンの体に手を触れていないことに気付いた。

辺りが静まると、立ち上がろうとしたユンがジェを見つけてぎくりとした。ずっとひざまずいていたせいで、脚に力が入らず一瞬よろけたが、ユンは素早く壁に手をついてバランスを取った。ジェは何も訊かなかったが、ユンは何か答えるべきだと思ったのか、つっけんどんにこう言い捨てた。「あんまり退屈だから」ガスコンロにはいつものように麦茶でいっぱいのやかんがあった。いつかもユンはそう言った。あんまり退屈だから。あのときユンは所在なさそうな顔で、私が麦茶にヒ素を入れてるって知らなかったでしょ？　と訊いた。ジェが絵をあきらめ、これ以上未来へ何らの希望も期待も持つまいと考えていたころ。決して人に害を与えるほどの量ではないから心配はいらないと、ユンはジェの前で麦茶を飲んだ。何でそんなことするんだよ？　ジェが気乗りしない口調で尋ねた。カビの生えた固いチーズの上、侵食の痕跡のように白く浮かぶ縞模様。ワイングラスのボウルに沿って、ねっとりした液体がまだらを描きながら流れ落ちていた。一匹のキンバエが危うげにグラスの縁に止まっていたが、やがて生ぬるいワインの中にぽとりと落ちた。赤黒い液体の中に落ちたハエが脚を震わせながらもがいた。ユンはヒ素中毒になった宿泊客のうちの誰かが突然死ぬかもしれないと想像すると、少しだけ退屈さがまぎれるのだと言った。はっ。ヒ素なんかどこで手に入るんだよ？　ユンは無表情で答えた。ナポレオンがどうして死んだか知ってる？　ユンの視線はリビングの緑色の壁紙に固定されていた。ヒ素中毒よ。ナポレオンの部屋には緑色の顔料を使った壁紙が使われていたの。ユンの表情がどこか不気味で、ジェは努めて平静を装いながら鼻で笑った。ばかばかしい。ユンは能面のような顔でのろのろと体を起こした。それなら好きなだけ飲むといいわ。太ること以外にこの世に存在を証明するすべがないかのように、幾何学的に膨張していったユンの肉体。ユンは泊まり客があるとき、常に麦茶を沸かしていた。だがこれまでこの宿に泊まった客の中に死んだ者はいなかった。飽き飽きするような毎日がこれでもかと退屈に流れていくだけで。


ジェが寝室に戻ってやっとまた寝付いたとき、分厚い手が彼を揺り起こした。ユンだった。

「何だ?」

ジェは寝ぼけたままユンに向かって訊いた。ユンは腑抜けた声で答えた。

「死んだみたい」

ユンの声が震えていた。

「何のことだよ?」

ジェが呆れて言った。

「死んだみたいなの」

何のことだか到底理解できなかったが、あたふたと部屋を出て行くユンの様子から、何か不吉な出来事があったことを本能的に感じた。ジェががばっと起き上がると、古いマットレスのスプリングが悲鳴を上げた。キッチンの入り口には愛らしく小さなミヨンが、目を閉じてユンの胸に身を埋めていた。一体どういうことだ? ジェはさっきまで壁越しに聞こえてきていた生々しい欲望の声を覚えていた。ジェが壁に耳をあてていたとき、ミヨンがジュノとまぐわっていたのは明らかな事実だ。だがどうしたわけか、今ミヨンはぐったりとユンの腕に抱かれている。ミヨンの顔は蒼ざめ、腕はだらりと伸びていた。

「何がどうなってる？」

ジェが驚いて言った。

「ヒ素のせいみたい」

ユンが声を低くして、泣きそうな顔で言った。食卓にはまだ水の跡が残るコップが倒れていた。ユンが気だるい声で吐いたことばが、ふとジェの頭をよぎった。麦茶にヒ素を入れていたというユンのことばは本当なのか。顔料なんかで本当にヒ素中毒になるというのか。そんなわけない。だがミヨンは今、血の気の引いた顔で倒れている。

「死んだみたい。どうしよう？」

ますます差し迫った口調でユンが訊いた。ヒステリックなユンの声に、ジェの鼓動が激しくなった。ばかな。ジェは頭を振った。どう考えてもありえない。

「救急車を呼ぶ？　でも、そしたら私、刑務所に送られるの？」

ぼんやりと立ち尽くすジェに、ユンが急き立てるように言った。

「私たち、殺人犯になっちゃうの？」

殺人犯というユンのことばに、ジェははっとわれに返った。そう。こうしているときではない。本当に死んだのならどうにかしてこの状況を解決しなければならない。誰かがここで死んだことが、いや誰かをここで殺したことが知られれば、ジェの人生は一貫の終わりだ。死んだのではなくちょっと気絶しているだけかもしれない。ジェは、微量しか入れていないというユンのことばをようやく思い出した。

「死んだのは確かなのか？」

ジェはミヨンの胸に耳をあてた。張りのある惚れ惚れするようだったミヨンの胸からはいかなる音も聞こえてこない。鼻の下に指をあててみたが、熱い息も感じられない。本当に死んだというのか？　ジェは目の前の現実を受け入れたくなかった。ミヨンに持病でもあったのだろうか？　運悪く、ヒ素に敏感に反応する体質だったのだろうか？　ジェはミヨンの頬を何度もはたいた。どこかで見たのを思い出し、ミヨンの口を開けて人工呼吸を試みた。だがミヨンはぴくりとも反応しない。

ジェはびっしょりと汗に濡れた額を拭った。ミヨンの死が後戻りできない事実であることを受け入れる以外、ほかにしようがなさそうだった。すると、この死が世間に知られたら、ユンが殺人犯として追い詰められたら、いや、自分が共犯として疑われたらと、この先起こるだろうことがとりとめもなくジェの頭に浮かんだ。ミヨンの死が世間に知られてはならないという思いが、ジェの頭にじわじわ食い入り始めた。

「ジュノは、ジュノは寝てるのか？」

ジェはユンに向かってせわしげに訊いた。

「わからない」

ユンが答えた。

「ぼうっと突っ立ってないでのぞいてみろよ」

ジェがヒステリックな声で急き立てた。ユンは魂の抜けたような顔でジュノとミヨンの部屋の前にひざまずいた。

「ぐっすり眠ってるみたい」

ジェはミヨンを見下ろした。ミヨンの顔は石膏でつくった仮面のように白く固まっている。ジェはとっさにミヨンをおぶった。

「どうするつもり?」

ユンが、小さいが鋭いトーンで訊いた。

「水に流すんだ」

思ってもみないことばがこぼれ出た。そんなふうに。すると初めから計画していたかのように、水に流すのが最もだという考えが彼を駆り立てた。街中が水に浸かっていた。みなが起き出す前に海へ出て、ミヨンを投げ捨ててくれればいい。映画で見たように、足に重たいものをくくりつけて投げればいいのだ。死んでいようが気絶していようがそれがヒ素のせいなら、海に投げた瞬間、ミヨンはすべての秘密とともに水底に沈むだろう。水は当分のあいだ増え続ける。再び海面が下がる春には、ミヨンの体はすでに腐って消えているはずだ。ミヨンのぱんぱんに膨れた体は魚に肉をかじられ、微生物によってゆっくり分解されて消える。ならば誰もミヨンの死体を見つけられないし、ミヨンは失踪者として処理されるだろう。

「お前は何か、くくりつけられる重いものを探してくれ」

ジェがユンに向かって、小さいがしっかりした口調で言った。

「うちに重いものなんてどこにあるのよ?」

ユンが言い返した。ジェは怒りが込み上げた。ユンがヒ素なんてものを麦茶に入れることさえなかったら、こんな事態にはなっていなかったのだ。だがユンと言い合っている時間はない。ジェがミヨンを背負い廊下を過ぎていると、どこからかまたサイレンの音が響いてきた。家の中は漆黒のように暗く、生臭い水のにおいが立ち込めている。ひとまず急いで外へ出よう。何一つ疑うことなく眠るジュノにこの光景を見せるわけにはいかない。だがジュノを思い浮かべると、ミヨンが消えたことを知ればジュノが黙っているはずがないことに思い至った。麦茶に毒を入れたなどとは誰にも想像できないはずだから、ジュノが殺人を疑う理由はなさそうだ。だがジュノは疑うだろうし、警察に通報するかもしれない。警察に通報すれば違法で民宿をやっていることがばれてしまう。ユンが麦茶に緑の絵の具を入れていたことが発覚するかもしれない。ああ、ジュノも殺すべきなのだろうか。そう思うと、ジェの心臓が激しく打った。強い酒を一杯やれたらどんなにいいだろう。

「ジュノはどうする?」

ジェがユンを振り返りながら訊いた。ミヨンの足に結ぶ紐と旧型テレビをなんとか抱えて付いてきていたユンが、不安げな顔でジェを見上げた。ジェとユンが、何であれ自分たちふたりのために頭を突き合わせるのは本当に久しぶりだった。じっと考え込んでいるユンの顔に、ジェは、自分の絵に隠された美の秘密を見つけようと何十分も作品の前にたたずんでいた二十五歳の女の面影を見た。美しい額から鼻筋、顎へと流れるユンの横顔は、一九六〇年代のアメリカ映画に出てくる古典的美人の面立ちをしていた。

「俺が、俺が考えるよ」

ジェは今すぐにでもユンに襲い掛かりたい衝動を感じた。自分がユンに再び性欲を感じていることに戸惑った。何年ぶりのことかも思い出せない。ジェはひょっとするとすべてやり直せるのかもしれないと思い、すると、呆れたことに嬉しくなった。死体は硬直が進むにつれてどんどん重くのしかかってきたが、かまわなかった。彼はもう一度絵を描けるはずで、ユンは以前の美しさを取り戻すはずだ。初めからもう一度。心臓がさらに激しく波打つ。それが喜びのためか恐ろしさのためかは区別できないが、ジェは自分が間違いなく生きていると感じた。

ジェはミヨンを背負って外へ出た。門はあふれる水のせいでなかなか開かなかった。ジェとユンが力を合わせてようやく重たい門を開けると、潮のにおいと腐敗臭のする水がどっと建物に流れ込んできた。街は大洪水に遭ったように水に浸かっていた。ジェは階段に下ろしていたミヨンの死体を再び背負った。ミヨンの体はますます重くなっていく。水をかきわけて歩くのは不可能だった。ジェとユンは、自転車や軸の折れた傘とともに家の前に流されてくるゴンドラをやっとのことで捕まえた。彼らはミヨンを乗せ、家の中で最も重たいものだった旧型テレビを載せた。ゴンドラが小さすぎて、ユンは乗れなかった。ジェはオールを漕いで進んだ。辺りはいまだ忘却のように暗かったが、じきに日が昇るかもしれないと思うと、ジェの心は急いた。闇に沈む汚水がボチャボチャと音を立てる。ジェはオールを漕ぎ続けた。できるだけ遠く、海へ出なければならない。古い建物が海水で腐食する音がザラ、ザラ、ザラ、ザラ、ザラ、ザラ、ザラ、とジェの耳元で聞こえた。古ぼけた建物の合間を、呪われた霊たちが囁くような音を立てて風が吹き抜ける。不気味に溶け落ちていくような表情を浮かべて、建物がジェの動きを監視するように見下ろしている。ジェは自分の人生がなぜこうなってしまったのかと考えた。いつだったか、人生は自分にも友好的だった。夢見ればすべてそのとおりになる甘い日々も確かに存在した。すべて手が届きそうなほど近くにあった。さほど昔のことではなかったが、同時にはるか昔のことだった。

ジェは建物が一切見えないところでゴンドラを止めた。もうオールを漕ぐ力は残っていない。霧に包まれた周囲はカーボンブラックを塗ったように真っ暗だ。ジェの頭上で、ひびのように細く描かれた繊月《せんげつ》が、闇の中でネープルスイエロー色に輝くばかりだった。その周りを月暈《げつうん》が、オーレオリン色の絵の具をスポンジで叩き塗ったように、ほのかに闇を染めている。目に映るものが何もなく、ジェはそこが島からかけ離れた海だと信じた。ジェは手袋をはめてミヨンの足を結ぶと、旧型テレビをくくりつけた。十年前、初めてヴェネツィアにやってきたユンとジェがワンルームに住んでいたころに買ったもの。テレビなど必要ないと思っていたジェとは違い、ユンはすべからく家というものには、一番大きく立派なテレビが真ん中に置かれるべきだと言い張った。ヨーロッパに新婚の家を構えるとは夢にも思わなかったと言いながら、狭いワンルームの床をぴかぴかに磨き上げていたユンの頬は赤く上気していた。紐を結ぶジェの手がぶるぶる震えた。心臓は早鐘を打ち続けている。呆れたことに笑いがこぼれた。かすかな月明かりに、黒い波が、まき散らしたチタニウムの欠片のように輝いた。ジェはミヨンを海へ突き落とした。その拍子にゴンドラが揺れてひっくり返りそうになった。ジェはかろうじてバランスを取りながらゴンドラの床にひれ伏した。これで終わった。ジェはずっと呼吸を止めていた人のように、激しく息をした。背中を汗がつたたって落ちた。ここで初めて、ジェは自分が薄い綿Tシャツにトランクス姿であることに、十一月の陰湿な夜気が冷たいことに気付いた。ジェはゴンドラの床に身を横たえた。ジェが横たわると、小さなゴンドラがいっぱいになった。腐敗のにおいが鼻を突く水の真ん中に横たわり、ジェは自分の熱い心臓を感じた。棺の中のように真っ暗な空の下、彼はまったく久しぶりに生きていることを実感した。彼は生きていた。そして生きたかった。

*

ジェのもとに一通のメールが届いた。ジュノだった。先輩へ、で始まるメールには、無事帰国したと書かれていた。メールを読み終えたジェは長靴を履いて家を出た。ジュノはヴェネツィアで一緒に過ごした時間はとても楽しく、旅の中でつらく苦しいことも多かったけれど、学んだことのほうが多いと書いていた。まだ進路を決めきれずにいるが、旅から得た前向きなパワーをもとに、もう少し勇気を持って夢を叶えるために挑戦したいと。そしてメールの末尾には、ミヨンもよろしく伝えてくれと言ってます、と添えられていた。

「また出かけるの?」

ユンがジェの背後から怒鳴りつけた。パンティー一枚でリビングをうろつくユンの太ももが、歩くたびにだぶついた。汚れた薄暗い階段を下り、ようやく重たい門を開けると、潮のにおいと腐敗臭のする水がどっと建物の中に流れ込んだ。ジェはゆっくりと水をかきわけながら進んだ。主を失ったゴンドラが、どこからかゴミと一緒に流れてきた。ペンキが剝げてまだらに見えるゴンドラだった。あの日もし。蛇口を開き切ったかのように、周りの建物の配水管から水がザアザアほとばしっている。あの日もし、ミヨンが現実に死んでいたら。ジェは時折考えた。

ジェはゆっくりとサンマルコ広場の前へ向かった。十二世紀から十七世紀にかけて描かれたという大聖堂の壁画を見に来た観光客たちは、浸水による閉鎖で肩透かしを食らって踵を返していく。聖堂の職員たちは無駄なことだと知りつつも、海水を外へ汲み出していた。ゆっくりと海水に侵食されているのは大聖堂の壁面だけではないことを、彼らは知らないわけではない。ジェは聖堂のほうへ泳ぐようにして進んだ。胸元まで溢れる水の上を、死んだネズミが流れてきた。ジェは水の中を一歩ずつ歩んだ。華やかだった聖堂の金箔装飾が長い年月で洗い流され、彼方に見えるかつて灯台として使われていた赤い鐘楼の下部は海水で朽ちていった。銀の仮面を付けた踊り子たちがいた場所はすっかり水に沈んだ。ナポレオンがこの世で一番美しい応接間と呼んだ広場の上に、露天カフェの黄色や青色のプラスチック椅子がぷかぷか漂っている。その輝きは永遠かと思われた瞬間は去り、すべてが最後には老い患って終わるのが人生だと知り尽くしているかのように、人々は疲れた顔で黙々と、家に流れ込んだ水をバケツいっぱいにすくっては窓の外へ捨てた。ユンは美しかったあのころの姿を取り戻せないだろうし、ジェもやはりすべてが可能だった時代に戻ることはできないだろう。ジェは肌に染み入るような寒気を感じながら、「生は数多くの屈辱と敗北をもたらすだろうが、その最中にもごくまれに、永遠への期待を持たせもし、まれにごくまれに、美への希望を抱かせてくれるだろう」という文章を思い浮かべたのだが、それはジェが卒業展示会のパンフレットのはしがきとして書いたものだった。短期間で大金を稼いだ中国人の観光客がゴンドラの上で雨に降られながら、瞬間を永遠に留めようと写真撮影をしている。西部訛りのアメリカ人高校生が、汚い水をかきわけながら中国人のカメラに向かって手を振った。

ジェは水の跡でまだらになっていく都市のど真ん中で、どこへ向かうべきかわからないまま立ち尽くしていた。そして水に濡れてまるでネズミのように見える一匹のハトが、渇きに耐え切れず頭を突っ込んで、せわしげに塩水を飲む姿をいつまでも見つめていた。

北西の港

あなたは私の知る最も孤独で、最も温かく、最も美しい人です。

駅員に起こされた。かばんからもぞもぞと切符を取り出して渡し、何気なく窓の外へ視線を投げる。大きな積乱雲が空の左側に掛かっている。幾重にも垂直に重なる巨大な白雲。その下にどこまでも広がる畑は浅緑色をしている。麦畑だろうか。まだ朝の八時半なのに辺りは明るい。真っ青な空、透き通るほどに白い雲、薄緑の地平線。医者は、色とは光を吸収し、反射する割合によって決まるものだと言った。僕は永遠に溶けない雪山に似た雲をもう一度見た。だがあれは雪山でなく、凝結した巨大な水蒸気の塊に過ぎず、じきに消えてしまうだろう。積乱雲は間もなく雨がやってくることを知らせるものだが、今のところ雨粒は落ちていない。つかめそうでつかめない雲が、汽車と変わらないスピードで反対方向へ流れていく。汽車は一定のリズムで揺れながら北西へ走った。あと一時間半。まだ早いからだろうか、乗客はさほどいない。客室のどこかに赤ん坊がいるのか、泣き声だけが途切れ途切れに響く。青々としたチョウセンブナの林が、もう何度か窓の外を過ぎていった。汽車がハンブルクに着いたのは朝十時のことだった。

駅は混雑していた。どこからか香辛料の混じった油のにおいが漂ってくる。僕は駅を横切って歩いた。迎える人もない見知らぬ駅を突っ切り、駅舎内の観光案内所に向かう。四方はずっと昔に読み方だけ習った外国語のみ。僕は案内所の係員からハンブルク市内の地図を一枚もらい、待ち合わせ場所であるハンブルク市庁までの道を教えてもらった。そこを待ち合わせ場所に選んだのはレナというドイツ人女性だった。数日前に送った僕のメールに返信しながら、ハンブルクは初めてだという僕を気遣い、探しやすい場所を待ち合わせ場所に決めてくれた。三日しかないベルリン出張の中で、無理して日帰りのハンブルク行きを決心したのだった。道に迷ったりすれ違ったりして時間をむだにしたくはなかった。長距離飛行の余波と時差のせいで、体はひどく疲れている。僕は駅前の小さなカフェでコーヒーを一杯買い、表へ出た。

父の入院がなければ、無理してハンブルクまで来る理由はなかった。旅が好きなわけでも、ハンブルクに知り合いがいるわけでもないからだ。父が突然入院することになったのは半年前。トイレから出る際に足を滑らせ、仙骨を折ったせいで自由に動けなくなったのだ。仙骨を折る前から父の入院を勧めていた姉たちは、ここぞとばかりに入院の手続きを取った。父の視力が急激に落ち、姉たちは両親がふたりだけで住むのはこれ以上不可能ではないかと言い始めた。母ひとりで父の面倒を見るのは無理だというのだ。姉たちにそう言われるたび、ふたりを引き取れという意味に聞こえて心苦しかった僕は、それに同調することも反対することもできないまま、優柔不断な態度を取るしかなかった。かといって心配しなかったわけではない。父の視力はますます悪くなっていた。医者は、遠からず父は失明するだろうと言った。母ひとりで目の見えない父の世話をするのは、事実上不可能だった。まだいくらでもひとりで生活できるとむやみに動き回るだろう父の性格は承知していたため、母の苦労は目に見えていた。だが父を引き取るということばはなかなか出なかった。姉たちの誰も、では私がと言い出さないのも自分と同じ理由からではないのかと、夜ごと自分に言い聞かせながら少しでも罪悪感を振り払おうとした。

真っ昼間にトイレから出ようとした父が足を滑らせて尻餅をついたと連絡してきたのは、母だった。僕は四人きょうだいの末っ子、それも姉たちとは年の離れた末っ子であるにも関わらず、息子という理由だけで母に頼りにされた。僕はそれを、幼いころから重苦しく厭わしく感じていた。母が僕に、そばにいない夫の代わりを期待していると気付いた十一歳ごろ、僕は家の前の路地にしゃがみこんで黄色い胃液を吐いた。いつも不在の父にも、あまりに多くの期待をかけてくる母にも、あからさまな母の差別に妬みの目を向けてくる姉たちにも耐えられなかった。あの夜、病衣に着替えた父が幼子のような顔で、何も、何も見えない、と言いながら泣いていたあの夜、いつまでも寝付けなかった僕はベッドを出て、少しばかり泣いた。ベランダに立ち尽くして。向かいの建物の明かりを受け、窓ガラスに誰かの姿がちらついた。父のように丸い肩をしたその男が誰か、僕は知っていた。背を丸めて窓辺にもたれている僕のそばに、目を覚ました妻が近付いてきた。どうして泣いてるの。妻が僕の肩を抱きながら訊いた。親父のことを何一つ知らないんだ。僕が答えた。

本当に、僕は父についてあまりに知らなかった。もちろん、大抵の父と息子の関係がそうであることはわかっている。僕たちの関係が特別悪いわけではないだろうが、かといって仲良しなわけでもない。父を思うとき、いつも真っ先に思い浮かぶのは海のにおいだ。父は僕が生まれる前から船に乗っていた。波止場で働く荷役が船に乗る必要はないのに、父はしばしば船で遠くまで出ていき、海風のにおいをまとって時折、家に帰ってきた。記憶の中の母はしょっちゅう泣いていた。母が言うには、母は未亡人と変わりない暮らしをしてきた。そのわりには四人も子どもを産んだじゃない。ぼくは母の愚痴を聞くのがいやでそう言ったが、夫は外を出歩くばかり、四人もいる子どもをひとりで育てるのはひと苦労だったろう。見てくれに惚れて反対を押し切り、八歳も年上の男と結婚した代償とも言えた。僕と十歳差の長姉はよく母の肩を持ったが、僕は男という自覚が芽生えてからは父側に付けたらと思っていた。だが父は、味方になるには問題の多い人だった。父が酒のにおいと海のにおいを同時にまとってふっと家に戻ってくると、姉たちと僕は部屋で息を殺した。年を取るにつれて、父の味方になる気などすっかり失せた。友人たちの父親にくらべて、僕の父はずっと老けてみすぼらしかった。貿易が減り工場が閉鎖して仕事がなくなるまで、父は長いあいだ、幽霊のようにその波止場をさ迷っていた。

エメラルド色の屋根と華やかな壁の装飾が印象的なハンブルク市庁舎が遠くに見え始めると、徐々に緊張し始めた。約束の時間まであと三十分ほど。ハンブルクは初めてなのだからしばし周辺の名所を観光しながら待つこともできたが、そんな気にはならなかった。どっちみちこの都市を訪れた目的は観光ではない。しかもひどく疲れていた。僕はそのまま、市庁前の広場のベンチに腰掛けた。人々は一日の始まりに奔走している。食べ物を売る露店を組み立てる人々。何もなかった空間に、ソーセージやドリンクのメニューが書かれた小さなスタンドが、ゆっくりと骨格を形づくっていく。レナは東洋人の外貌を備えた僕を、比較的簡単に見付けられるはずだと言った。ハンブルクに降りてこのかた東洋人はまったく見ていないから、ひょっとするとレナの言うとおり、僕は目に留まりやすいかもしれないと思った。レナの外見については何一つ知らなかった。

広場の片隅に誰かがうずくまり、トランプカードで家を建てている。また一方ではふたりの男がパントマイムを始めた。金髪の女性が二度もこちらに向かってきたため、レナだと思って近寄ったが、どちらも違った。約束の時間を十五分過ぎると、もしや場所を間違えたのではと不安になり始めた。先日のメールには、確かに市庁前と書いてあった。観光案内所の青年がくれた地図を見直そうとかばんに手を伸ばしたとき、誰かが僕の前で立ち止まった。暗い色の髪とグレーの目をした彼女の顔は、どこか奇妙だった。自分をレナだと紹介した女は、ドイツ語訛りの韓国語で僕の名前を確認した。そのとき初めて、その名前からついつい金髪の女性を想像していたが、自分と会う約束をしていた人がゲルマン族の顔をしているはずがないことに気付いた。僕が待っていた人は、僕のように東洋人の顔をしているか、でなければ混血の顔であるはずだった。レナはシム・スノクの娘なのだから。握手を求めてレナが差し出した手を握った。レナの手は少し熱かった。あるいは緊張のせいで僕の手が冷たかったか。空は晴れ、風が吹いていた。コーヒーでも飲みますか？　レナが僕に訊いた。僕たちは市庁前の広場を横切った。運河脇の回廊に並ぶテラスは人で賑わっていた。レナと僕はテラスに席を取り、ビールを頼んだ。ビールが入ると、やっと少し緊張がほぐれた。

ハンブルクという都市について最初に触れたのは妻だった。ベルリン出張が決まったことを伝えた直後に。父が入院し僕が少しだけ泣いた日から数週間後の週末だったろうか。父の見舞いから戻る車の中で、妻はシム・スノクの話を持ち出した。

「あなた、お父さんの初恋について知ってる?」

デパートのセール期間で、車が渋滞していた。制服姿の駐車案内員がホイッスルを吹き鳴らしながら、駐車場に入る車と直進する車の流れを取り仕切っていた。この道に入るんじゃなかったと苛立ちを感じ始めていたところだった。父の初恋ということばは、週末の真っ昼間、渋滞した道路の上で聞くには、あまりにおぼろげでリアリティがなかった。父にも初恋はあっただろうが、そんなものを想像したことはただの一度もない。父が誰かを愛することのできる人だなんて。

「去年の春にね、お父さんが何日かうちにいたとき、一度尋ねてみたのよ」

僕は父が一週間わが家に泊まった昨春を思い浮かべた。母とけんかして突然うちに押しかけてきたのだ。こんなに突然来られても。僕は妻からの連絡に驚き、無理して定時に会社を出た。父はそこがわが家ででもあるかのように、ソファに横になってニュースを見ながら、酔っ払いのように大声で文句を並べ立てていた。妻の手前恥ずかしくもあり、済まなくもあって、僕は父にいつも以上に怒って見せた。父がいた一週間のあいだ、毎日のように夜中に目が覚めた。父が早朝からトイレに行き、冷蔵庫を漁って何かを落としたりこぼしたりするのが常だったからだ。父はいっそわが家に居座りたい様子だった。妻も僕も出勤してしまえば家は空なのに何がそんなに厄介なのかというのだった。だが父は、僕が妻と家を買い入れるとき、ただの一銭も出さなかった人間だった。いや、家はおろか、大学時代や就職活動の際に小遣いをくれたこともない。僕はその図々しさに鬼のように怒りながら、ほとんど追い出すように父の背中を押した。あんなに壮絶な一週間だったのに、妻は一体いつの間に父の初恋について尋ねたのか。父のことを何も知らないと妻の前で泣いて以来、妻は父について知っていることを思い出すたびに僕に話すと決めたらしい。お父さん、テンジャンで和えたブタクサのナムルが好きなの知ってる？　お父さんの耳とあなたの耳ってそっくりよね？　といった具合に。

車のクラクションが響く。手信号を送る駐車案内員のベージュ色の袖が、空中で力なく揺れた。僕は前方の車の動きに従って、ただブレーキを踏んだり離したりをだらだらとくり返しながら、なんて突拍子もない話だろうと思った。父の初恋だって？

テラス横の運河には二羽の白鳥が浮かんでいた。どこか悪いように見える白鳥たちは薄汚れていて、首が短すぎた。フードジャケットを着た子どもたちが、パンをちぎって白鳥に与えている。真夏なのに、風は韓国の秋のように冷たい。どう話を切り出すべきかわからず、僕はしばし躊躇した。会ってくれてありがとう、と言うと、レナが笑った。母親の初恋について聞く機会なんてあまりないでしょう？　と付け加えながら。僕はレナの顔の中にシム・スノクの面影を探そうとした。

僕の推測が当たっていれば、ずっと昔に、僕はレナにもシム・スノクにも会っている。一度だけ。その日に限って、父は靴を履いた。茶色い、父の歩き方どおりにかかとの擦れた靴。父が前を歩き、幼い僕は父の影に触れないぐらいの距離を置いて、半ば走るようにあとに従った。行き先は知らなかった。父はいつものように黙りこくっていた。華僑が営む中華料理屋の前まで来たとき、漂ってくるチャジャン麺の香りで口いっぱいに唾が溜まった。テーブルに着いてからも、父は長いあいだ何も注文しなかった。中国人の店には金運を願うお札が壁のあちこちに貼られていたが、僕は漢字が読めなかった。解読できない文字を目で追うのにも退屈してきたころ、ドアが開いてひとりの女と少女が入ってきた。上気していた父の表情。父は最後まで彼女の正体を教えてくれなかったが、記憶の中の父の表情からすると、彼女がシム・スノクで、その横にくっ付いて入ってきた、目の大きなやせっぽちの女の子がレナではなかったろうか。


「何か誤解があったみたい。母の名前はキム・チャンスクで、シム・スノクじゃないわ」

レナがテーブルにグラスを置きながら、うろたえた声で言った。僕は自分の顔の筋肉が、目の前の顔と同じぐらい当惑で固まっていくのを感じた。

「そんなはずが。僕がハンブルクの韓国人教会の牧師に頼んだのは、シム・スノクさんかシム・スノクさんのご家族の連絡先です」

「どこかで手違いがあったみたいね」

レナがやはり当惑気味な声で言った。

「私も牧師さんから、母のことでぜひ会いたがってる人がいるって聞いたのだけれど、私の母の名前はキム・チャンスクなの」

レナはバッグから携帯電話を取り出してどこかへ電話をかけた。一体何がどうなっているのだろう。レナはしばらく待っていたが、ドイツ語でぼそぼそと聞き取れないことばをつぶやいてから電話を切った。

「出ないわ。どうしましょう。母の友人や私の知る教会の人たちの中にも、シム・スノクという名前の人はいないはずだけど……」

レナの困惑が深まれば深まるほど、ぼくの戸惑いも大きくなった。ひとまず目の前の人間に何を言えばいいのかわからなくなり、シム・スノクに会えないことを実感すると、次に思ったのは、疲れて死にそうなのに寝る間も惜しんで何しにこの都市にやってきたのかということだった。僕はとんでもないミスを犯した牧師に一瞬怒りを覚えたが、すぐに、衝動的に父の初恋の人に会ってみたいと思った自分自身が情けなくなった。今さら父の初恋の相手に会うことに何の意味があるのか。僕が黙っていると、レナは申し訳なく思ったのか、またあちこちに電話をかけ始めた。だが結果は同じだった。

「何日かハンブルクに滞在するなら、ハンブルク病院にでも電話してシム・スノクさんを探してみることはできるけど……今夜戻るのよね?」

レナが気の毒そうな声で訊いた。

「お気遣いなく。今日六時の汽車でベルリンに戻ります。明日の昼には、ベルリンから飛行機で帰国するんです」

僕の声は自分で聞くに堪えないほど打ちひしがれていた。僕たちはしばらく無言で座っていた。レナがシム・スノクの娘でないなら、これ以上尋ねることも聞くこともないのだから帰っても構わないと言うべきか悩んだが、彼女がいなくなればこの見知らぬ街で残る時間をどう埋め合わせればいいか心許なかった。すべてが滅茶苦茶だ。体は重く、頭の中は真っ白だった。一体この状況をどう整理すればいいだろう、じっと頭を巡らせていると、レナが言った。

「よければ一緒にお昼を食べませんか？　今日はどうせ、予定を一日空けてあったんです」

当惑する僕を気遣うことばだったのだろう。思い返せば、朝から少量のビール以外何も口にしていない。

僕たちはビール代を払って一緒に席を立った。この間に、広場にはさらに多くの露店が出ていた。レナの背は僕と変わらなかった。ひょっとするとドイツ人の遺伝子のせいかもしれないと思った。それにしても、シム・スノクはドイツ人と結婚したのだろうか？　僕は突然、盗み読みしたシム・スノクの手紙の内容がおぼつかなくなった。

「もしかしたら、ハンブルクで働いていなかったんじゃないかしら？」

注文した料理が出てくるのを待つあいだ、レナが言った。レナが連れていってくれたのは、観光客よりも地元の客が多いというドイツ料理店だった。僕はレナが勧めてくれた、川魚とじゃがいもの料理を頼んだ。店内は混雑していた。有色人種はどこにも見当たらない。

「封筒には確かにハンブルクと書いてあったんです」

「確かに」だって？　そう言ってはみたものの、僕は今や、自分が見た封筒の表にハンブルクという字が書かれていたかどうかさえよくわからなくなっていた。一体どこから狂ってしまったというのだろう。

「そうね、ハンブルクの私立病院で働いていたからってみなが知り合いというわけじゃないだろうし。時期がずれてた可能性もあるわね。一時は働いていたけど別の場所に移ったかもしれないし。そうでしょう？」

レナが訊いた。僕は頷きながらビールを流し込んだ。

「面倒をかけて申し訳ないけど、お母様にもう一度だけ訊いてもらえませんか。シム・スノクさんという方をご存じないか」

シム・スノクに会わなければという気持ちは萎えて久しかった。だがやはり少しだけ、ここまで来た自分の苦労がもったいない気がした。シム・スノクに会うことはできなくても、彼女についてて何かささいなことでも聞くことができれば、この街まではるばるやってきた甲斐を感じられそうだった。レナが握っていたフォークとナイフを置いた。そしてテーブルの上の炭酸水の瓶を手にとって注ぎ、ひと口飲んだ。

「そうできればいいのだけれど、母はアルツハイマーを患っていて」

レナがごく小さな微笑を浮かべた。僕たちの目がほんの一瞬合った。そして互いに視線をそらした。

ひとりの男が視力を失い、ひとりの女が記憶を失くすのに必要な歳月の、想像しがたい厚み。

「つまり、あなたが探しているシム・スノクさんはお父様の初恋の人というわけね?」

話題を変えるためか、レナがやや明るいトーンで訊いた。

「ええ、僕の把握しているところでは」

僕は、自分の知っていることと知らないことをこれ以上区別できないところまで来ていた。テーブルに置かれた花瓶には色とりどりの花。黄色、紫色、赤色の花。そしていつかは枯れてしまうはずのピンク色の花。

「でも、お父様の初恋の人を見つけて、どうするの?」

彼女が訊いた。

「そうだね」

僕が答えた。


手紙は父の私物を整理しているときに見つかった。父の入院が数カ月では済まないという判断に至ったとき、母は家を処分すると言い出した。口には出さなかったが、わが家で同居したがっている様子だった。だが僕は、母の意中にわざと気付かない振りをした。僕が快く同居を申し出ないでいると、母はそのすべてを妻のせいにした。僕にずっと、医者のように戦争の最中でも重宝される技術を身に付けなければならないと言っていた母は、僕がちっぽけな会社に入社したときに一度失望し、母の基準では僕以上にこれといった取り得のない妻と結婚したときにもう一度失望した。母は大抵の義母がそうであるように、あらゆる不幸を妻のせいにし始めた。母と僕の葛藤を見守っていた妻は、わが家の近くに小さなマンションを買ってはどうかと折衷案を提示した。


手紙の束は引越しの前日、整理していた父のたんすの一番奥から出てきた。父の私的な手紙を読む権利はないと一瞬思ったが、好奇心が良心の呵責に勝った。封筒に書かれていた「Sun-Ok Shim」という名と「Hamburg」という地名のためだった。

「お父さんの初恋はシム・スノクっていう方だったんですって」

妻はその日、混雑していたデパート前の道でそう言った。僕は渋滞のせいで神経が昂ぶっていた。妻は僕の気分などおかまいなしに、明るい口調で言った。シム・スノクは父と同じ街に住む友人の、末の妹だったらしい。「お互いとても好き合ってたみたい。でも、スノクさんがドイツ派遣看護師（一九六〇～七〇年代にかけ、失業問題解消のため当時看護師不足だったドイツに派遣された女性看護師）に志願することになって別れたんですって。もともとは一年の予定だったスノクさんの滞在が延びて、結局は疎遠になってしまったみたい」父の恋愛話になど興味がなかった。父が誰かを愛せる人だとも思えなかったが、仮に愛したとして僕に何の関係があるだろう。僕は、病衣を着てわびしげに横たわる父を思った。そうやってしょんぼり横たわるのなら、僕に頼り切った表情で「何も、何も見えない」と涙ぐんで言うのなら、若く血気盛んだったころ、もう少し僕にやさしくしてくれても良かったではないかと。気のせいか、ハンドルを握る僕の目の前の事物が歪んでいるように見えた。まだだ、そんなわけない。僕は瞬きした。医者によれば、症状が現れるのはおおかた五、六十代だという。

その日僕が見つけた手紙は、計十一通。ひと月に一度の手紙を集めたものかと思いきや、手紙はずいぶん長い歳月に渡って書かれていた。父が手紙を大事に取っておいたことが、僕にとってはあまりに思いがけなかった。父が何かを大事に取っておける人だったとは。僕は衝動的に父の手紙を読んだ。シム・スノクは父をボムジュさんと呼んでいた。ボムジュさん。僕はシム・スノクの初恋の相手だった父を知りたいと思った。

注文した料理が順に運ばれてきた。僕たちはビールをもう一杯ずつ頼んだ。酒は控えたほうがいいという医者のアドバイスを思い出してノンアルコールビールを頼んだのだが、アルコールの入っていないビールは何とも味気なかった。レナはハンブルクを初めて訪れた僕のために、この都市と僕たちが頼んだ料理についてあれこれ説明してくれた。薄黄色のマスタードソースがかかった魚料理は、以前から港の労働者たちに好んで食べられてきた郷土料理だという。レナは親切でやさしかったが、僕たちの会話はたびたび途切れた。レナが大学の東アジア言語学科で韓国語を研究していることや、僕は高校時代にドイツ語を学んだけれど今は挨拶しかできないという話を交わしたものの、会話は続かず空回りした。余計な時間を使わせているようで、レナに申し訳ない気がした。何でもいいから、話を続ける口実が必要だった。

「レナさんのお母様も、ドイツに派遣された看護師だったんですよね？」

僕はやっとのことで話題を見つけた。どのみち僕たちをつなげてくれるのはそれしかなかった。

「母は一九七五年にドイツに渡りました」レナが答えた。

「貧困から抜け出したいと思っていたところへ、偶然新聞でドイツ派遣看護師の募集広告を目にしたんですって。だから勇気を出して海を渡ったんだけど、船員事故の多い港町の私立病院に配属されたらしいの」

レナがナイフで魚を切りながらことばを継いだ。レナの肩には小さいが鮮やかな青いタトゥーが入っていた。レナの髪は茶色、瞳もグレーに近い茶色。動くたびに、空色の半袖ブラウスがかすかに揺れた。波のように。どこかへ流れてゆく水面のように。

「お母様は長らくその病院に勤められたんですか？」

僕が訊いた。

「いいえ、それほど長くはいませんでした」

レナがいたずらっぽく目を輝かせた。

「母は画家になったんです」

「画家？」

僕は驚いてナイフを持つ手を止め、レナを見つめた。レナが笑った。

レナは母親が看護師時代、海外での生活に寂しさから趣味で絵を描いたという話を聞かせてくれた。美術道具を買う余裕もなく、そこらの紙に鉛筆で描いていたのだが、温かく接してくれたドイツ人看護師にお礼として肖像画を描いてあげたのがきっかけとなり、美術関係者の目に留まることになったのだという。

「才能があるにはあったみたいで。そうするうちに正式に学ぶチャンスまで手に入れたんです。これだけ聞くと、まるでおとぎ話でしょう？」

まさにそうだった。貧しさから抜け出そうと看護師として異国の地を訪れ、美大生になった女の人生など聞いたことがない。

「母はラッキーなケースです。でも、当時の仕事がどれだけつらかったかという話はよく聞かされました。休みの日に別の病院でも働いたとか、夜勤を買って出た話なんかは、母のようなドイツ派遣看護師に会うと必ず聞きます」

そういった話なら僕も知っている。父が大事にしまっていたシム・スノクの手紙の中にもそんな内容があった。夜通し新生児病棟で赤ん坊のおしめを替え、風呂に入れたという話。ドイツの看護師が月に七百マルク稼いでいるとき、彼女は別の病院で夜勤までしてその二倍近い手当てをもらっているとあった。周りから貪欲だと囁かれているようだけど、かまわないわ。手紙の末尾にはいつも、会いたいと書かれていた。誰に？　僕の父に？　本当に、僕の父に？　慕い疲れ泣き疲れて、花びらは赤く染まったの（ハン・サンド作詞、ペク・ヨンホ作曲の、イ・ミジャが歌う「椿娘」の歌詞）。いつか再び会えたら、そのときは二度と別れないでいましょうね。

「お母様の絵をいつか一度、見てみたいですね」

食事が終わるころ、僕が言った。ウェイターが勘定書を持ってくると、食事代を出そうとするレナを押し留めて僕が代金を支払った。レストランの前で僕たちは別れの挨拶をした。汽車の時間までまだ四時間も残っている。こうなったら気持ちを入れ替えて、出発時間を早めようかと思いながら踵を返して歩いていると、レナが僕を呼び止めた。振り返ると、レナは道路の先に危うげに立っていた。

「本当に母の絵を見たいなら、うちに来ませんか？」

記憶の中のレナは、いや、彼女の名前はレナではないのだろうが、仮に引き続きレナと呼ぶなら、韓国人のようにしか見えなかった。もちろん、幼かった当時の僕には混血や外国人などという概念もろくになかった。髪も目も黒かったためかもしれない。僕たちはことばは通じなかったが、子どもにとってそれはさして重要なことではなかった。

記憶の中で、彼女の母親と僕の父が話しているあいだ、僕たちはチャジャン麺を急いで平らげると、隣の駄菓子屋でアイスクリームを一つずつ食べた。店の前の花壇にしゃがんで。色素のせいで僕たちの舌は濃い紫色に染まった。僕たちがことばも交わさず、熱い陽射しに溶け落ちるアイスクリームを舐めているあいだ、彼女の母親と僕の父は手ぐらいつなげただろうか。あの日のことは、ほかに全く思い出せない。そもそもあの日に限って、なぜ父と一緒に市内へ出かけたのか。母はそのとき何をしていたのか。ただその日の帰り道、銭湯に寄り、最初で最後に父と風呂に入ったことは覚えている。その日家に帰りながら、自分にも父親がいるのだ、と思った。「母さんには銭湯に行って来たとだけ言うんだぞ」と父に言われたような気もするが、違うかもしれない。真偽を判断するにはあまりに昔の出来事だ。ひょっとすると本能的に察したのかもしれない。あの日の外出と、溶けてべたついていたアイスクリームについて母に言ってはいけないことを。それとも僕が事実を言ってしまって、母と父がけんかしたにも関わらずその記憶をすっかり忘れてしまったのかも。

レナの家は市庁からさほど遠くない距離にあった。僕たちはバスで彼女の家まで行った。窓の外は雨。閑散とした通りには「セール」の文字が至るところに見える。道路沿いの建物の軒下はどこも人でいっぱいだ。傘を差している人や、差していない人がバスに乗り込んでいく。第二次世界大戦の折り、むごたらしい爆撃によってことごとく破壊された都市に、今はもうその悲劇の痕跡を探すことはできない。自転車に乗って信号を待つ白髪の老人の後ろ姿。葉の色がそれぞれ異なる大きな街路樹は、空を覆えそうなほど高くそびえている。

　レナの家は路地の奥にある建物の三階にあった。レナに付いて階段を上りながら、初めて会う女性の家にまで訪ねていってよいものかといささか心配になった。だが、気まずく身の置きどころのない僕とは裏腹に、レナはいっこう平気な様子であっさりと玄関を開けた。一匹の大きな犬がレナに駆け寄ってきた。大丈夫、噛んだりしないわ。レナが言った。大きく忠実そうな犬は黒い鼻をしていた。僕は靴を脱ぐべきか否か、玄関の前でしばし悩んだ。家は窓が大きく天井が高い。家のあちこちに韓国語の本があった。僕たちはコーヒーを一杯ずつ飲んだ。キム・チャンスクさんが描いたという絵は、応接室の廊下に掛かっていた。

「母の絵の中で、これが一番好きなの」

　いつの間に雨がやんだのか陽光が少しずつ差し始めたが、僕たちは絵を鑑賞するために明かりを点けた。初めて絵の前に立ったとき、僕は当然それが木版画なのだと思った。しかし明かりにさらされたそれは、木版の質感を連想させるよう表面を細やかに塗った油絵だった。その上に、似ているようで互いに異なる色と形の小さな模様が無数に描かれている。

「すてきな作品ですね。この作品が一番好きな理由は何ですか？」

　長いあいだ絵を眺めてから、僕が尋ねた。レナが答えるまでしばらくの沈黙があった。

「ずっと前、母と初めて韓国に行ったときのことよ」

　レナの声は小さく低かった。

　もしやそれは二十七年前のことじゃありませんか。僕は訊きたかった。二十七年前の、港のある街じゃありませんでしたか？

「たぶん夏休みのあいだだったから、二カ月ほど滞在したのかしら？　すごく暑くて、我慢できないほど汗が出たわ。みんなすぐに大声を上げるし、人を押しのけながら歩いてた。韓国は今もそうでしょう？」

レナが小さく笑った。

そしてレナが聞かせてくれたのは、おおかた次のようなものだった。ある日母親が友人に会っているあいだ、彼女は店の前にしゃがんで母親が出てくるのを待っていた。しばらく経ったとき、通りすがりの老人が彼女の目の前でいきなり犬を蹴り始めた。黒い毛の、茶色い目をした小犬だったのだが、犬が死ぬほど鳴こうが喚こうが、酒に酔った老人は犬を蹴り続けた。彼女は驚きのあまり、口を押さえてがばっと立ち上がった。そして、母親がとっとと友人と別れて彼女を連れに来ることだけを、そうしてかんかん照りの中でじっと待った。電線と物干しロープが野放図に張り巡らされた路地からはゴミのにおいがした。ついに彼女の母親が店から出てきた。彼女は母親と手をつないで路地を歩いた。太陽はすでに沈みかけている時刻、低い屋根の上では唐辛子が乾いてゆき、坂になった狭い路地は工事中なのか砂土が掘られていた。彼女の胸に急に悲しみが込み上げてきた。ママ、私、ここが、韓国が嫌い。ドイツに連れて帰って。そこまで話してから、レナは一度ことばを切った。雨雲がすっかり晴れたのか、大きな窓に一気に陽射しが押し寄せ、室内は一瞬にして明るくなった。

「そんなふうにぐずっていたら、突然ぴたっと立ち止まった母が私をじっと見つめてこう言うの。そう、こんな見知らぬ国で過ごすのはつらいでしょう？　でもあなたは、ドイツでのママがどんな思いでいるか考えたことある？」

　レナは僕のほうを見ていなかった。僕は絵だけに視線を注いでいるレナの横顔を見つめた。彼女の頬骨と彫りの深い目。西洋人の特徴と東洋人の特徴がちょうど良く混じった彼女の顔を。

「母は発音も文法も間違ったドイツ語で私に言ったの。普段は韓国語を混用していたのに、そのときだけは最初から最後までドイツ語で」

　レナは知っているだろうか。彼女の韓国語はこの上なく流暢だが、彼女のことばには書きことばにふさわしい漢字語がしょっちゅう混ざっていることを。

　僕は幼い娘の手をぎゅっと握りしめて、文法も発音も滅茶苦茶なドイツ語を口にする女の顔を想像してみた。夕陽が傾き、家ごとに赤い唐辛子が乾いてゆき、小便臭いにおいが漂う路地の風景は、どこか僕が子どものころ住んでいた港町の外れを思い出させた。幼いレナとその母親はいつしか、僕が知り尽くしているその風景の中へすうっと入り込み、向き合ってじっと佇んでいた。そして彼らが立っている坂の向こうには、銭湯から出てきたばかりの頬をほてらせた少年が、はるか彼方にいる父親を見逃がすまいと息切れしそうなほどの早足で歩いていた。

「母はどんな気持ちでこの絵を描いたんでしょう？」

　レナの質問に、僕はもう一度ゆっくり絵を見た。そうしてみると、決して重なることのないめいめいに異なる模様は、まるで宙を漂っているように見えた。どこかへ飛んでいっているようでもあり、降りてきているようでもある模様。

「おかしいでしょう。この絵を見るといつも、あの日の母のことばを思い出すの」

しばし口をつぐんでいたレナが口を開いた。

「風に飛ばされていた唐辛子の種のように降ってきた母のことば。私の中に永遠に沁み入ることなく、滑るようにしてどこかへ舞い散っていた、不可能だとはぼんやり知りながらも、どうしてもつかみたかったあの日のことばを」

レナが話し終えると、僕たちのあいだに数秒の静寂が流れた。そしてとうとう絵から視線を離したレナは、僕のほうを振り向いた。あたかも、これで答えになったかしら？ と尋ねるように。

「少し座ってから行きませんか？」

レナが訊いた。駅に向かう前に最後に港を見たいという僕を、レナが港まで連れてきてくれたのだ。

「こうして風に当たるのはどれくらいぶりかしら」

風が吹き、レナの短い髪がぐしゃぐしゃに散った。チェック柄のスカートが波打った。僕もまた、こんなふうにのんびりと港を歩いたことはあったろうかと思っていたところだった。カップルのように見える男女がキスをしながら僕たちの脇を通り過ぎた。暑い日で、水面がきらめいていた。「まったく気まぐれな天気だな」と僕は思った。一体どうしてここにあるのか不思議に思われるへんてこなインディアン像を過ぎ、僕たちは港の入り口とおぼしき地点にやってきた。サングラスをかけた観光客が階段に腰掛け、ぼんやりと水平線を見ている。僕たちもまた雨が乾いた場所を見つけ、階段に座った。水辺にはヨットらしき小船が泊まっている。それより大きな船は水平線の近くに。

「もう少し行けば、もっと大きな港に出るんでしょうね?」

僕のことばにレナが頷いた。

「そこまで行ってみます?」

僕はちょっと悩んでから言った。

「いえ、ここにもう少し座っていましょう」

無数の色に砕ける水面を見下ろしながら、僕は脚を伸ばしてかばんを置いた。観光案内所の係員はぜひ訪れるべきスポットの一つとして移民博物館に印を付けながら、ハンブルクは一八五〇年から一九三九年にかけてヨーロッパから新世界へ旅立った五百万人の移民の関所だったと説明した。彼らは一体何を求めて国境を越えたのだろう。

「きれいでしょう?」

レナがしばらくぶりに口を開いた。数多の船舶を見つめるレナの顔は恍惚としていた。むき出しのマストが象形文字のように青空の上で絡まり合っている。すぐ隣で空を見上げるレナの顔は、歳月の波に洗われた跡はあるもののよく手入れされていて、彼女からは落ち着いた花の香りがした。あの中華料理屋の前、やせっぽちだった少女もこれくらいの年になっているだろう。最後にシム・スノクの行方を突き止めるため、もう一度あちこちに電話をかけてくれていたレナは、家を出る前にサンダルを履きながら、今彼女と同僚たちは政府の支援を受けて、韓国のある大学研究チームとともに新たに韓独辞典をつくっているのだと言った。南北朝鮮語と東西ドイツ語がすべて含まれる辞典だと。そしてこうも言った。「アルツハイマーにかかってから、母はドイツ語をすっかり忘れてしまったのか韓国語しか話さないんです。ところが、こんなに長いあいだ学校で韓国語を学んでいるのに、やっぱり母の話す韓国語の中には私が聞き取れないことばがたくさんあるの」そして若干の間を置いてから、やっと聞き取れる声で言った。「母の初恋はどんな人だったのかしら？」子どもに返ってしまった彼女の母親に残されていることばは、一体どんなものだろう。

僕はレナから視線を外し、たゆたう水面を見た。父が入院したのち、医者は僕もまた父のように、いつか視力を失うかもしれないと言った。事物の縁がかすみ、歪んで見えるのが症状の始まりだと。何も、何も見えない。父はあの当時、なぜあんなにも船に乗ったのか。船に乗って行きたかったのはどこだったのか。

母があまりに泣くので、無駄足になると知りながらも父を捜しに、すでに遠い昔に衰退してしまった波止場に出かけた日々を思い出す。父のようにずっと昔、戦争の最中に親もなくたったひとりで見知らぬ地へ流れ着いた少年が新たな街でできることは、波止場の荷役仕事ぐらいだったに違いない。かつてあらゆる干物を売る露台が立ち並んでいたという路地を過ぎると、海の彼方には木材や鉄鋼などを積んで運ぶ真っ黒い船。干潟のせいで陸に近付けないまま、工場排水のように黒い水に浮いていたそれらの船。漁船でいっぱいだったという波止場は、幼い目にもすでに廃れかけていた。灰色の工場が視界をふさぐ港の入り口に、廃墟のように残っていた立ち呑み屋。ひしめき合っていた原色のトタン屋根と、ルーフィングを被せただけのさらに粗末な屋根。塀の前に並べて立てかけられた茶色いゴムだらいは大きさもまちまちで、空の鉢植えには花の代わりに白いサザエの殻が刺さっていた。宵闇が迫ると、海からやさしい耳を持つ、疲れた獣のなだらかな息遣いが聞こえてきた。海風のせいで顔に塩気を感じた。シム・スノクも父のように越境した、あの街の多くの移住者のひとりだったのだろうか。それともその誰かの娘？　もしそうなら、彼女は何を夢見て国境を越え、またも移住を決心したのだろうか。

「私たちが最後に会った日のことを、いつまでも忘れません」父がしまっていたシム・スノクからの最後の手紙は、こう始まっていた。そしてその手紙はこう締めくくられていた。「あなたは私の知る最も孤独で、最も温かく、最も美しい人です」

まだ青年だった父とシム・スノクが別れた港町の、今は消え去った薄汚い路地を頭に描いた。野良猫が夜のベールに身を潜め、外灯さえも割れた狭苦しい路地で彼らが交わした口づけ。互いの目にはこの世で一番輝いていた青春の男女。どこかでけたたましい汽笛が響いた。はるか遠い時間の地層を突き抜けて上ってくるような音。大きな貨物船の煙突から、量感と質感を備えた物体のように煙が立ち昇った。いや、玲瓏と光る巨大な泡のように。互いに異なる色のうろこを持つ魚のように水面が飛び跳ねた。頭の中には、生涯別の女性を思い続けた夫の代わりに息子にばかり執着する老いた母も、ベッドの上でちっぽけにやせ細っていく盲目の父の顔も浮かぶことはなかった。何ものも侵すことのできない瞬間の美しさだけが、もっぱら僕の心をつかんでいた。本当にきれいだ。僕はため息をつくように囁いた。僕たちはしばらくのあいだ、じっと口をつぐんでいた。

途上の友たち

無情で不可解なことだらけなのが人生であると悟り、一瞬で老いてしまったと感じた季節について。

私たちは最果てを目指すことにした。

この数年、友人と旅行を計画したことはあるが、一度も実行できたことはない。友人がひとり、ふたりと結婚し、子どもを産み、人生が家族中心に回り始めると、優先順位が変わるからだ。季節ごとに陽射しの濃度が変化するように、私はこのあらゆる変化も自然なことと受け止めていた。けれど、今度もうやむやになると思っていた旅行が目の前の現実として迫ってきたとき、自分がどれほどこういったことを恋しがっていたのかに気付いた。大きなリュックに服と化粧品サンプルを詰め込みながら、たかだか二泊三日の地方旅行にも浮かれどおしなのだった。

今回の旅が実現したのは、新聞に掲載された一編の作品のためだといえば飛躍しすぎだろうか? 私は今年、冴えない短編小説で新春文芸に当選した。当選後、特に暮らしぶりの変化はなかったが、一つだけはっきりしたことがある。それは、私の小説を当選させてくれた新聞の購読層が予想以上に広いという事実だ。連絡が途絶えていた遠い昔の知人たちから、様々な手段でお祝いのことばが届いた。中には過去に少しだけ交際していた男もいたし、高校時代に片想いしていた国語の先生もいた。そういった連絡の多くは嬉しいものだったが、いくつか短いことばを交わせばそれで終わってしまうのだった。そして三月を過ぎると、そんな連絡をもらうことさえほとんどなくなった。

ミナが連絡してきたのはそれからずっとのちの十月末。当選からほぼ一年が過ぎたころだった。ミナと電話で話したのはずいぶん久しぶりだった。大学時代は仲良しだったが、ミナが夫の仕事の都合で木浦《モッポ》に引っ越してしまうと、交流はほぼ途絶えた。ミナは当選の話を聞き、遅ればせながらお祝いのことばを伝えようと電話したという。「こんなおめでたいこと、私に知らせないなんてありえる？」ミナは心底さみしそうに言った。「子育てで大変かと思って」これまたある程度は私の本心だった。他愛もないおしゃべりの最後に、再会も兼ねて一緒に旅行に行く気はないかと誘われた。「作家先生になってどんなふうに変わったのか見てみたいから、忙しくても絶対一緒に来てほしい」ミナとふたりで会うのは本当に久しぶりだったし、ふたりきりの旅行は初めてだった。普段はその場のノリで即決したり面倒臭そうなことには消極的な私だったが、親しかった友人との旅行を考えると意外にもわくわくした。あらかじめ入選を知らせなかったことへの申し訳なさも多少は影響したのだろう。「それで、行き先は？」笑い交じりの私の問いにミナは少しためらってから、おそるおそる「海南《ヘナム》はどう？」と訊いた。

海南に到着したのは、高速道路を五時間走ったあとだった。私たちは海南総合バスターミナルで待ち合わせていた。ミナは自分の車でやってくるという。私たちは海南で一泊してから、木浦にあるミナの家でもう一日遊ぶことに決めていた。私はバスを降りる前に、コンパクトを取り出して軽くメイクを直した。秋らしくない暖かい天気。ターミナルは自販機の甘ったるいコーヒーのにおいがした。日当たりのいい窓際ではポリエステルのジャンパーを着た男が、土の付いたさつまいもと自ら摘んで日干しにしたという山わらびを箱で売っている。私はきょろきょろしながらターミナルの中を歩いた。チケット売り場の前のベンチに座っていた誰かが、こちらを見て手を上げた。髪が短くて見分けるのに時間がかかったが、ミナだった。

ミナの車は白のSUVだった。素人目にもかなり高そうな車に見えた。車の後部座席にはチャイルドシート。車内は、ミナが結婚六年目にしてやっと授かった子どものパウダーのにおいがした。車に乗り込みながら、私たちは再会の喜びを伝え合った。ミナの外見がすっかり様変わりしたように思えたが、それも時間の経過のためだろう。

ミナはエンジンをかけ、「長旅でお腹空いたでしょ?」と、私のために持ってきたというバナナを差し出した。バナナが絶滅するかもしれないというニュースを聞いたから、絶滅する前にたくさん食べておくんだと言い、そのいかにも真剣な口振りが私を笑わせた。ミナは紫の布袋も渡してきた。見るとガラス瓶に、いちじくのジャムと梅エキスが入っている。「手作りなんだけど、プレゼントに持ってきたの。砂糖控えめだから、好きなだけ食べて」いちじくの果肉がのぞくジャムと、市販のものより色も濃度もずっと高い梅エキス。何か生ぬるくすぐったいものが袖から忍び込んでくるような気がし、私はお礼の代わりに「それなら木浦に着いてからくれても遅くないじゃない」と軽口を叩いた。「そう言われればそうね。もうダメ。あんたも子ども産んだらわかるわよ」私はミナにもらったいちじくジャムを指ですくって食べてみた。早朝から長距離移動で疲れてはいたけれど、友人が昨晩時間をかけて煮詰めてくれたジャムはひときわ甘かった。来てよかった。友人とともに心地よい時間を過ごしながら、これまで誰にも言えなかった話を分かち合えそうな気がした。車が走り出すと、窓の隙間から少しずつ風が入り込んできた。窓越しに、季節外れの真っ青なねぎ畑があっという間に通り過ぎた。およそ十年ぶりに訪れる海南の風景は、見知らぬようでいて、見慣れたものだった。ミナが点けたラジオから、秋には手紙を書くわ、というリリカルな曲が流れてきた。シートにもたれながら、私は改めてこの数年間の孤独を感じた。

そして、
ソンがここにいたならどれほどよかっただろう、と思った。

私たちが初めて海南を訪れたのは、大学卒業を控えたころのことだ。その年、私とミナは卒業が決まっていて、ソンは休学していたせいであと数学期を残していた。三人での旅行を計画するとき、海南行きを提案したのはソンだった。何より「最果ての村《タンックッマウル》」がその理由だった。私たちはできるだけ遠くまで行きたいと思い、「最果ての村」はそのころ最も手頃な費用で行ける最も遠い場所だった。

性格も見た目もてんでばらばらの私たちが親しくなれたのは、大学時代のサークル活動のおかげだ。今は文学サークルなんてもの自体が絶滅しているが、当時もまた文学サークルに入る新入生はかなり珍しかった。サークル内に同期は三人しかおらず、私たちは自然と仲良くなるしかなかった。サークルの活動にこれといったものはなく、詩や小説を書いて文集を編むことぐらいが先輩たちの重き伝統だった。趣味が読書という単純な理由で文学サークルに入り、詩や小説を嫌々書いていたミナや私にくらべ、ソンは真剣に小説を書いた。私はタイトルしか知らない『失われた時を求めて』や『アンナ・カレーニナ』といった小説を、ソンは高校時代に読んだと聞き、気後れしたことを覚えている。一体全体どうしたらそんな本を読む気になるの、といつだったか尋ねたとき、ソンはもったいぶる様子もなく、ひとりの時間がありすぎたから、と答えた。

自分のことはあまり話さなかったため、ソンがどんな環境で育ったのかわからない。ソンが時折口にすることばから、水踰里《スユリ》の辺りにある普通科高校の出で、高校のころに父親が亡くなったのではないかと推測されるだけだった。好き嫌いはほとんどないがフライドチキンだけは別で、どうやらソンが育った環境に関係しているようだった。ソンの家族がチキン屋をやっていたんじゃないか。新入生のころかその翌年か、ソンはおらずミナとふたりだけのいつか、オリーブオイルで揚げたというわりにオリーブの香りがしないチキンにかぶりつきながら想像したことがある。ソウルの外れ、フランチャイズではなく、店名もぱっとしない粗末なチキン屋で、使い古した油でべとべとになったプラスチックの椅子に制服姿で座り、トルストイを読んでいるソン。そんな勝手な想像がどれほど暴力的なことなのかにも当時は思い至らず、私はそんなソンを思い描きながらやたら胸を痛めた。無表情でいるときはずいぶん冷たく見えたため、親しくなるまでに時間がかかったが、ソンには意外に純粋なところがあった。純粋でなければ、嘲笑を買うかもしれないあんなことばを口にはしなかっただろうと、私は今も思う。雨が降りしきる日、ふた坪あまりの部室で焼酎瓶の中に咲いたカビの花を見ながら、ソンはミナと私に言った。秘密を打ち明けるように。小説家になりたいと。

私たちは町で昼食を食べてから、以前と同じく最果ての村を目指すことにした。「前みたいに、あそこの展望台で日の入りを見て、あのとき泊まった民宿に一泊しよう」そのことばだけで、私たちは当時に戻ったようにときめいた。知らない振りをすれば、私たちのあいだに多くの時間が流れたという事実がなくなるとでもいうように。私たちは、その年に私たちがしたすべてのことを進んでなぞろうとした。ひょっとすると、ミナもまた私のように挽回、したかったのかもしれない。

まずはあの冬にお昼を食べた店を見つけて腹ごしらえをしてから、最果ての地に向かうことにした。店は伝統市場の近くにあったが、その日はちょうど市の立つ日で、車を停める場所を探してずいぶんさ迷った。色とりどりのパラソルが立ち並ぶ市場は海水浴場のように見えた。波が打ち寄せては返すように、カラフルなキルト服を着たおばさんたちが大きなビニール袋を引きずるようにして、押し寄せては返していった。人波をくぐってやっとたどり着いた店に、客はほとんどいなかった。

私たちはメニューを見て料理を注文した。間もなくしてつややかなテーブルの上に、ごま油で和えた数種類のナムルと、小さな壺に入ったよく熟したキムチが運ばれてきた。さっぱりしてておいしいね。店のテレビではリポーターが、天日塩の代わりに中国産の精製塩で白菜を漬けた業者を告発していた。

「ああいう奴らのせいで私たちが損をするんだからねえ」

店主のおばさんは注文したトッカルビをテーブルに置きながら、ひとり言のようにつぶやいた。聞くと、塩漬け白菜（キムチを漬ける手間を省くため、近年はこれに各家庭の味をプラスして仕上げることも多い）のほとんどが海南産なのだが、ああいった非良心的な業者のせいでここの商売人にまで被害が及んではかなわない、という話だった。

「みんな自分のことばかりですね」

私たちはできるだけ控えめな口調で店主に応えながら、料理を食べた。

「ところで、このあいだテレビで観たんだけど、患者の残飯を再利用する病院も多いそうよ」

店主がいなくなると、ミナが声を低くして言った。

「小さな病院だと、栄養管理士を置かなきゃいけないって法が適用されないからだって」

ミナは重要な秘密を明かすかのように深刻な顔だ。

「大きな病院に通えるよう、保険にはちゃんと入ってる？　親の保険も、必要なのは入っておいた？」

ミナの夫は保険会社に勤めてたんだっけ？　急に疲れを感じた。

「子どもができてからは病院にもしょっちゅう行くようになって、他人事じゃなくなってきたのよねえ」

そう言うと、ミナは箸を置いて携帯電話を取り出し、子どもの動画を見せてくれた。頭に大きなリボンを付けてお尻を揺らしているミナの娘は、結婚式の日に見た新郎の顔にそっくりだった。子どもがカメラに向かって笑うと、ミナも子どもと一緒に笑った。子の母になったミナ。ミナは流行に敏感で、私たちの中で一番現実に即して生きていた。ふた月に一度は美容室に行き、シーズンごとに流行りのコスメを必ずゲットしていた子。

「ごめん」

突然の私の謝罪に、ミナは何のことだというふうに私を見た。そして携帯電話をテーブルに置くと、ごはんを匙いっぱいにすくいながら、ふと思い出したように言った。

「そうだ、最果ての地に行く途中で、あのときのお寺に寄ってみない？」

私たちは美黄寺《ミファンサ》の駐車場に車を停めて降りた。オフシーズンのためか、駐車場に車はなかった。美黄寺は十年ほど前に海南を訪れたとき、交通が不便で寄るのをあきらめた寺だった。

「車を持ってきたおかげで、ようやくここにも来られたね」私たちは寺の入り口で、新羅景徳王《シンラキョンドクワン》八年、インドからの経典と仏像を運んでいた牛が横たわった場所に、義照《ウィジョ》和尚がこの寺を建てたという説話を読んだ。寺はこぢんまりとしていて、塀の近くには大きな柿の木があった。誰も取らないのか、花のつぼみのように鮮やかな柿が枝がたわむほど実っている。寺の裏側には達磨山《タルマサン》の裾野が広がっている。ミナはジャンパーのポケットから取り出したカメラで寺の写真を撮った。ミナの薄手のジャンパーが風にふわりと、落下傘のように膨らんだ。

「そっちに立ってみて」

私はややぎこちないポーズでカメラの前に立った。木の葉がどんどん落ちてくる。真っ黄色い銀杏の葉。ミナが形のよい、表面のつるつるした葉を一枚渡してきた。私はそれを手帳のあいだに大事に挟んだ。私たちはふたりでミナのカメラに向き合った。画面にふたり同時に収めるのはそう容易くなかった。ふたりのうちひとりがアングルから外れてしまったり、どちらかの顔が切れたりして。

美黄寺をひと通り見て回り、ミナが達磨山を散策してはどうかと言い出したときから、私は内心気が進まなかった。山登りはもともと計画になかったたし、私はスニーカーを履いていた。けれど美黄寺は想像よりも小さく、ミナは少しばかり残念そうだった。

「最果ての地で日の入りを見るのに間に合うかな？」と言うと、ミナは登山路があるという表示板を見たということばで私の説得にかかった。「ちょっとだけ登ってすぐ下りればいいじゃない」

ミナが先を歩き、あとに私が続いた。表示板に描かれた道をたどっていったが、期待していたような登山路がありそうには見えなかった。道は思ったより狭く、地面はごつごつしている。山岳会が通った印に枝に結んだ色褪せたリボンが、物寂しげに風に揺れた。

登るにつれ、私は足首が心配になった。ミナはまったく気にならないのか、ずんずん先を進んでいく。

「ところで、印税や原稿料ってどのくらいもらえるの？」

足早に歩いていたミナが、ふと思い出したように尋ねた。

ミナの口振りが少しも攻撃的でないことはわかっていたが、私は多少たじろいだ。私の説明を聞いたミナは「それで食べていけるの？」とまたも質問してきた。ミナが心から心配してくれていることはわかっていた。

「結婚はいつ？　子どもは？　結婚しなきゃ人生の半分も知ったことにならないのに、いい作品なんて書けないでしょ？」

ミナはいつもこうだった。

私は折れた枝を踏んだ。ミナは昔から頑固一徹で、無神経なところがあり、わがままだった。忘れていたけれど、そういえばミナと私は昔から色んな場面でちょこちょこぶつかっていた。私たちがささいなことでけんかしたり仲違いするたびに、大人びた態度で仲裁役を買って出たのはソンだった。浪人したせいで私たちより一つ年上だったからだけではない。似たような家庭事情のミナと私にくらべ、ソンは早くから学費のためにアルバイトをしてきたからかもしれない。ソンは何度も休学し、そのため私たちには、授業を一緒に聴いたり空きコマに一緒に食事した記憶がさほどない。休学中のソンがアルバイトしている塾まで押しかけて、三人でバースデーパーティーをしたこともある。その学期、ソンは平日は永登浦《ヨンドゥンポ》辺りの学習塾で英語講師をし、週末は靖陵《チョンヌン》辺りで国語を教えていた。ソンの誕生日だった土曜日、私たちはソンを驚かせようとケーキを買い、やみくもに靖陵に向かった。古びた塾の外壁に雷のような大きなひびが入っていて驚いた記憶。入り口でソンを待ち伏せしながら、この暑さで生クリームが腐ったらどうしようとおろおろしていた記憶。塾の近くに適当な店がなく、結局、看板もないサムギョプサル屋のステンレスの丸テーブルにケーキを置いた。五人前食べてもお腹が膨れない不思議なサムギョプサルを汗だくになりながら焼き続けたあと、私たちは季節とは無関係にキウイ、ぶどう、いちごが載ったケーキにろうそくを灯した。「歌おっか？」お祝いの歌も歌った。いつも疲れて見えたソンの顔がろうそくの炎の向こうで一瞬、明るく輝いていたような記憶。

私たちは坂道を登り続けた。道は狭く、これといった分かれ道もなく続いていた。道の両側はぼうぼうに伸びた草と蔓《つる》に覆われている。靴底が薄く、小石を踏むたびに足の裏が痛くなった。まだ時間は早く、太陽は空に浮かんでいたが、背高の木のせいで辺りはどんどん暗くなっていった。夜の訪れが早い季節だった。日暮れ前に最果ての地にたどり着けるだろうか。

「そろそろ引き返さない？」

前を行くミナに呼びかけた。

「もう少しで頂上じゃない？　ここからは何も見えないでしょ」

ミナが振り向きもせずに言った。木々に阻まれ、確かに何も見晴らせない。もう少しだけ登ってみるか。ともかく私たちは久しぶりに会ったのだし、私は友人と何でもないことでぶつかりたくなかった。実のところ、海南で日の入りと日の出を見たがったのはソンだった。「日の出も日の入りも見られるんだって。すてきでしょ？」ソンがあんなにもはしゃぐ姿は、あとにも先にもなかった。始まり。終わり。そんな類のことばに不敵にも魅惑を感じていた、そんな時代もあった。

どれだけ歩き続けても、ミナが望んでいた頂上は現れなかった。代わりに、空気の感触が変わり闇のきめが密になり始めたころ、どこからかバサバサッという音が聞こえた。

「何、今の？」

私が恐れおののいて叫んだ。

「鳥じゃない？」

私たちは立ち止まって周囲を見回した。辺りは静けさを取り戻していた。ミナはまた歩を進めた。鳥？　ミナはそう思い込んでいるようだった。鳥なら空へ飛んでいくべきじゃない？　音は明らかに低いところから聞こえてきた。陽の当たらないそこには、黒々とした雑草が暗がりで絡み合っていた。

道はどこまでも続いていた。坂は急になったり緩やかになったりをくり返した。ミナの頭の後ろを見ながらあえぎあえぎあとを追うあいだ、時折道しるべが現れたが、正しい道を進んでいるのかはわからなかった。頂上まで登るのはあきらめて、これ以上暗くなる前に下山すべきではないか。気のせいか、空気も徐々に冷たくなってきた。行くべきところから遠ざかっている気分だった。生い茂る木々のあいだからは光が入ってこなかった。怯えた目で辺りを見回すたびに、何か危険なもの、得体の知れない致命的なものが闇の中でかっと目をむいてうずくまっているような気がしてならなかった。そのときまたもバサバサッという音が聞こえた。すぐそばで。びっくりしすぎて悲鳴がこぼれた。

ミナが驚いたように足を止めて、私のほうを見下ろした。

「もう下りようよ」

私はしゃがんだままミナを見上げた。声には図らずも苛立ちがにじんでいた。

坂を下りながら、私たちはふたりとも黙り込んでいた。ずいぶん登った気がしたのに、下るのにさほど時間はかからなかった。思ったほど高みまで登っていなかったのだ。登山口には誰に踏まれたのか、つぶれた柿から甘く渋いにおいが漂っていた。黙って車に乗り込んだ私たちは、ラジオも点けずに走った。でこぼこした路面で車が跳ねるたび、足元に置いた袋の中のガラス瓶がぶつかり合い、ガチャガチャと耳障りな音を立てた。ミナは唇をかみしめたまま、ずっと正面を凝視している。私はどことなく神経が逆立っていた。陽が沈みかけ、今回は最果ての地で日没を見られないのだと思うと悲しくなった。最果ての村に着いたとき、太陽はすでに姿を消していた。潮の引いた最果ての地は記憶と異なっていた。私たちは以前泊まった民宿を探し回ったが、どうしても見つからなかった。あとでわかったことだが、そこには今、刺身屋が建っていた。「仕方ないわね、ひとまず夕食にしましょ」夕食の時間をずいぶん過ぎていた。

食事を終えると気力が尽き、私たちは手っとり早く、店の隣の大きなモーテルに泊まることにした。あまり客がいないのか静かなモーテルの中には、ナフタレンとたばこのにおいが漂っている。疲れが押し寄せ、早く横になりたい一心だった。部屋は狭く、キングサイズのベッドが部屋のほとんどを占めていた。私はさっさとベッドに腰掛けた。ミナは部屋に入るなりベッドシーツを確かめ、トイレの衛生状態をチェックし始めた。そして渋々といった表情でベッドの端に座り、「こういうところに泊まるの、ほんとに久しぶり」とため息交じりに言った。棚の上には緑色の蚊取り線香と、他人の髪の毛が絡まったプラスチックのくしが置かれていた。恥ずかしがる理由など一つもないのに、私は掛け布団を引っ張って、擦り切れたシーツをさっと隠した。

私たちはとてつもなく気まずい顔で、ベッドの端に並んで座っていた。焼酎でも買ってこようか。何かすべきじゃないかと話しかけようとしたとき、ミナがどこかへ電話をかけた。「うん、うん、あなた。ヨンドゥは寝かせた？」電話をかける夫も、寝かせたか確かめる子どももいないため、私は仕方なく旧型テレビのプラグを探してコンセントを挿し、テレビを点けた。バババッという音とともに画面が明るくなり、テレビから公開収録のお笑い番組が流れてきたが、私はなかなかテレビに集中することができなかった。

やっと寝入ったと思ったら、目を開けると陽はもう高かった。ミナはベッドで本を読んでいた。今度も日の出は見られずじまい。手帳に挟んだ銀杏の葉はこなごなになっていた。

空は晴れ、気持ちは静まり返っていた。

私たちは荷物をまとめてモーテルを出た。明るい陽射しの下で見ると、ミナの車はどこか村とそぐわなかった。朝食を兼ねた昼食を食べるため、私たちは手近な店に入った。席に着くとナプキンを折って相手の前に置き、その上に箸と匙を並べ、コップに水を注ぐ。私たちを取り囲むよそよそしい空気が気になった。こんなことならどうして旅行になんて誘ったの。私は店主のおばさんが網で焼いてくれた魚を食べながら、勇気を出して言った。「展望台に上ってから、最果ての塔に行ってみない？」最果ての地の展望台に上るには、モノレールに乗る方法と歩いていく方法があった。思ったより自分の声が無愛想に聞こえてちょっと慌てたが、ミナが「今回はモノレールで行こう」と笑顔で答えた。ミナなりの仲直りの印だった。「ううん、歩いて行ってもいいよ」

今度は私が笑った。

ずっと前、まだ三人だったとき、私たちは二度、最果ての展望台に上ろうと試みた。一度は日の入りを見るため、もう一度は翌日の日の出を見るため。そのとき三人で歩いた道を、今はふたりで静かに歩いている。昨日のように黙々と、前をミナが、その後ろを私が。右手には山、左手には海。大きなリュックを背負った男たちが私たちを追い抜いていく。永遠を誓う恋人たちの名が刻まれた南京錠が危うげにフェンスにぶら下がっていた。

汗がにじむ。風が吹く。

ずいぶん歩いた末に到着した展望台の前には、以前と同じくベンチがあった。私たちは展望台の前で、しばらくじっと海を眺めた。私たちがまだ若かったころ、世界に対して恐れるものが今ほどなかったころ、守るべきものより守ってくれるもののほうがもう少し多かったころ、三人が同じ方向を向いて座っていると信じていたあのベンチに座って。丸い太陽が昇り、沈む場所。始まりと終わりが相俟《あいま》う地。晴れた日には漢拏山《ハルラサン》の頂が見えるという展望台には、入場料を払ってまで入ることはしなかった。高みから見晴らす海ははるか遠くまで続いていた。

あの年、私たちは日の入りを見ることには成功したが、展望台からの日の出はとうとう見られなかった。

それでも、あの日の明け方を忘れてはいない。夜明け前、明かりの一つもない真っ暗な路地の風景。路地のどこからか聞こえてきた猫の鳴き声。

「あのときのこと、覚えてる?」

ベンチに座って私が訊いた。

「もちろん、覚えてる」

ミナが答えた。

あの日、私たちは寒さに震えながら暗い路地を歩いた。「戻ろっか?」誰かが言い、「せっかく来たんだから、日の出を見なきゃ」別の誰かが答えた。ミナと私は怖くて手を握り合った。ソンも怖いに違いなかったが、自分が誘ったことに責任を感じていたのか、平気な振りをして先頭を歩いた。私たちは結局、展望台にはたどり着けなかった。最果ての塔にも行き着けなかった。展望台へ向かう階段にたどり着く前に太陽が昇ろうとしていたために。私たちはただ道端に立ち尽くし、海のほうを見つめて立っていた。とても寒い日だった。

「あのとき、急にいなくなったと思ったら、ダンボールを持って帰ってきたよね」

ミナが記憶をたどるような口振りで言った。

そう。ここで待つようにと言い残して姿を消したソンが、空っぽのダンボール箱を拾ってきた。今にも陽が昇りそうに辺りが白み始める中、ソンはライターでダンボールに火を点けた。風があり、火は点きそうで、点きそうで、なかなか点かなかった。「もういいじゃない。もうすぐ日の出だから、空を見ようよ」ミナがソンの腕を引っ張った。私はミナに寄り添い腕を組んだ。そのとき、太陽が水平線から顔をのぞかせ、火はパチパチと音を立てながらやっと燃え移った。

「ダンボールからすごいにおいがしたよね」

魚でも入っていたのか、火の点いたダンボールから生臭いにおいが漂ってきた。風に舞う火の粉が、宇宙の涯にぽつんと浮かぶ星に降る初雪のようにきらめいた。私たちの顔の上で燃え盛っていた炎。熱く、美しく、生臭かった炎。

「ねえ、カボ・ダ・ロカ（Cabo da Roca）が出てくる小説、覚えてる？」

半島の最南端のシンボルである最果ての塔にやってきたとき、ミナが訊いた。

「うん、もちろん」

ミナがその小説を覚えているとは思わなかった。それはソンが、卒業間近に文集に載せた小説だった。去年の今ごろ、新春文芸に投稿する小説の書き出しを幾度となく書き直していたとき、ベッドの下に突っ込んでいた文集を取り出して読んでいた私は、その小説を覚えていた。ソンの小説の中で、主人公Kはようやく訪れたカボ・ダ・ロカから、数行の文章を納めたガラス瓶を海へ投げ入れる。小説のラストは、おおよそ次のような文章からなっていた。そこはアメリカ大陸が発見されるまで、ヨーロッパ人にとって大陸の最西端の地とされていた場所だという。大陸の西の果て。だが果てに行き着いた人は知る。果てだと思っていたそこが決して果てではないことを。果てにたどり着くと道は新たに始まる。ただ、果てを見るまでは誰もそれを想像できないだけで。崖っぷちに立たされ、名前まで変えて縁もゆかりもない地に赴き、ひとりぼっちでそこへ住み着く人物が登場するソンの小説は、大抵がこういったやたら楽観的で希望に満ちたことばで締めくくられた。虚無にすがることのほうがむしろ容易いのだと、ソンはいつも私に言っていた。

たぶん、ミナの結婚式の案内状をもらいに三人で集まった日だったと思う。式には出られそうにないから代わりに渡してくれと、ソンに五万ウォンを手渡された日。ずいぶん久しぶりに会ったソンの顔には、血の気がまったくなかった。当時私はインターンとして働いていた雑誌社で正式採用に至らず、気持ちにまったく余裕がなかった。ソンはあいかわらず各種のアルバイトを転々としながら習作を書いていた。そのころ、ソンは嗜眠《しみん》病にかかった人のようにところかまわず眠ってしまうのだと言った。

「何それ?」と訊くと、ソンはきまり悪そうな顔をしながら、その代わり頻繁に、ぎょっとして目覚めるのだと言った。悪夢を見るからだった。夢を見るあいだ手をぎゅっと握りすぎて、起きると手の平に爪跡がくっきり残っているのだと。「どこか悪いんじゃない?」下血が数カ月続いていると言った。「放っとかないで産婦人科に行くべきだよ」私が言った。「万が一病気が見つかったら困るでしょ」幸せそうなミナと別れ、私たちはバス停に立ってバスが来るのを待っているところだった。「そしたら治療しないと」バスは来ず、ソンはアイボリー色の紙を金箔で縁取った案内状をしばらく見つめていた。「手術が必要だなんて言われたら、今以上にバイトを増やさなきゃならないでしょ。そういうのって怖すぎる」と言っていたソン。

あの日、小説なんかもう書くのやめなよ、そう言っていたら何か違っていただろうか。手術を要するなら使ってくれと、下ろしたお金を握らせていたなら。

ソンという名前を、あえて、口にするのを避けていたため、私たちの会話にはどこか少しずつ穴が開いていた。それをミナも私も、同じように感じていたはずなのに、ミナも私も、ともにその事実に気付かない振りをした。そうしているときだけ、私たちの関係が持続することがわかっていたから。新しい関係をつくりながら生きてゆけることがわかっていたから。

「ここから瓶を投げたら、カボ・ダ・ロカの誰かが拾う確率はどのくらいかな？」

波が暗礁にぶつかりながら、泡となって砕け散った。

「そんなの、奇跡に近いんじゃない？」

ソンが私の人生から消えたのち、もう一度読み返した彼女の小説の中で、Kは海風の音より激しい息をしながら、世界の果てに向かって歩いていった。雲が厚く垂れ込めた空の下の荒涼たる海。残影の中に廃墟のような姿を現した、崖の上に建つ十字架の石塔。それを目がけて歩くぼろぼろになった男の熱い息、一方に傾いた足取り、ひとりぼっちで歩き続けた者ならではの体臭、孤独、悔恨、熱望といった感情。自分は決して行ったことのないだろう、世界の裏側の果てをかたちにするため、ソンが幾度となく消してはまた消しただろう文章を想うと、どこか寂しくなった。

「小説家になってくれて嬉しい」

ミナが一瞬、ひどく真剣な顔になり、私はいつもの調子で、まだ小説家じゃないよ、と言い返せなかった。

「これからも頑張って書いてね」

人生に生老病死の四苦があるように、人との関係にも生老病死があると聞いたことがある。そのことばはかつて慰めにもなったが、今思うと初めてそう言った人は、あらゆる関係が生老病死を経て自然死するわけではないことを知らなかったに違いない。私はすぐそこで、私たちに届きそうで、届きそうで、押し寄せては虚しく砕け散る波を見ながら、未必の故意による事故死に終わる数多の関係について思った。ふと、思いもよらず、死滅する関係について。

最果ての塔からミナの車が停まっている船着き場までの海は、傾いた陽射しを受けて塩田のように輝いていた。海辺には片方の肩だけがすり減った船たち。船着き場近くのコンクリートの地面に敷かれた群青色の防水シートの上で、銀色のカタクチイワシがきらめきながら干上がっていく。私たちには次の予定がなかった。行ったことのない遺跡を見て回ってもいいし、あるいは手軽に早めの夕食を摂って海南をあとにしてもよかった。私たちが迷っているあいだに、一台の高速バスが船着き場に入ってきた。入り口の簡易チケット売り場には甫吉島《ポギルド》行きの切符を販売していると書かれている。

「島に行く?」

ミナが訊いた。

「船には乗りたくない」

私が言った。

「よね?」

ミナが言った。

どうしてこんなふうになってしまったのだろう。

海面は紛うことなく美しかった。落ち葉のような赤や黄のジャンパーを着た中年の男女が真っ白い船へ続々と乗り込んだ。二度と会えない人のように。なぜか胸が詰まり、私たちは、ノアの箱舟に乗る動物のように対になって甲板に上がる彼らから顔を背けた。


車内で、私たちは口をつぐんだまま、めいめいの思いにふけっていた。収穫を終えたがらんどうの草原の上に、ぽつりぽつりと民宿が見えた。ふと、風に揺らめく木を見ているような錯覚を覚えた。理由はわからないが、私は何かが終わりつつあると感じた。引き止めることのできない何かが。するとにわかに、これまで誰にも言えなかったことを打ち明けたい衝動に駆られた。いつからかたびたび私を蝕んでいた恐怖について話したい衝動。何か一番大切なもの、一番清らかできれいだったものが粉々に砕け散ってしまったような気がしてぎょっと驚いていた時間。無情で不可解なことだらけなのが人生であると悟り、一瞬で老いてしまったと感じた季節について。でも私は何も口にしなかった。先に沈黙を破ったのはミナだった。

「何年か前、実際にカボ・ダ・ロカに行ってみようと思って、ポルトガルに行ったことがあるの」

ミナの声は海の底から聞こえてくるかのように沈んでいた。

ミナが、カボ・ダ・ロカに?

「安ホテルに泊まったんだけど、ほら、下水溝からポマードみたいなにおいがするホテル、わかる？」

ミナは返事を待ちながら運転していて、私はそんなホテルを想像できるという意味で頷いた。

「カボ・ダ・ロカが見たくて、手持ちのお金をはたいて飛行機で何時間もかけて行ったのに、眠くてたまらないのよ。丸々二日間ホテルで寝たわ」

私は隣に座っているミナを見たが、ミナがどこを見ているのかわからなかった。

「三日目に、これじゃだめだと思った。起きて三日振りにお風呂に入って、身支度をしたわ。髪をといて、メイクもして。さあ出かけようってときに、ヨーロッパには無料の公衆トイレがないことを、よりによってそのとき思い出したの。トイレに行ってから出かけなきゃと思って、バッグをドアの前に置いてトイレに入った。ところが、用を足して外へ出ようとしたら、ドアが開かないのよ」

ミナは笑い話をするかのように、いたずらっぽい声で小さく笑った。私もつられて笑った。

「ドアを揺さぶっても、体で押しても、トイレのドアが開かないの。初めはすぐに開くだろうと思ったけど、いくら揺さぶっても開かなくて、だんだん怖くなった」

ミナの声がしだいに差し迫ってきた。私は膝を覆っているセーターのちくちくする部分を指でなぞった。

「私はトイレにひとりぼっちで閉じ込められていて、誰も私がここに閉じ込められてるとは知らない。一体いつここから出られるんだろうって思いで頭がいっぱいだった。携帯があればフロントに連絡できただろうけど、悪いことに携帯も外のバッグの中にあった。狂ったようにドアを叩いて大声で叫んだけど、誰の耳にも届かないみたいだった。外の音も聞こえないし。ドアを叩いて、腕がものすごく痛くて、大丈夫だとわかっていてもすごく怖くて。落ち着かなきゃと思っても、怖いのよ。ヨーロッパのトイレは浴室と別になってることが多いの。倉庫みたいに狭い空間に便器だけ、窓もない、そんなトイレ」

○○商会、○○理髪店といった看板を下げた一階建ての建物が私たちの脇をびゅんと過ぎていく。犬がキャン、キャン、と吠えた。

「それが、最初はとにかく出たかったのに、だんだん、この先どれくらい閉じ込められているかわからないから落ち着かなきゃって思うようになったの。窒息しちゃいけないからあまり興奮しないようにしよう、水だけはあるからどうなってもしばらくはもつだろうって。ところが、トイレの電気にセンサーが付いていて、人が動かないと明かりが消えちゃうの。明かりが消えると、辺りは本当に真っ暗だった。完全に闇なの。完全に」

ミナは完全に、という副詞に力をこめた。

「だから私、明かりを点けるために起き上がっては、また便器に座って、起き上がっては、また座って」

暗くなるたびに大急ぎで立ち上がるミナの小さな体が思い浮かんだ。ミナの壊れそうに小さな体。

「そうするうちに、突然こんな考えが浮かぶの。こうやって明かりが点いたり消えたりをくり返して電球が切れてしまったら、そのときはどうしよう？　明かりが点くって保障もなしに、私はこの中で耐えられるかしら。だからそれからは、明かりが消えても立ち上がらなかった。電球のフィラメントが長持ちするように。それがおかしいの、辺りが漆黒の闇に包まれると、かえって気持ちが落ち着いたのよ。早ければ今日の午後、でなければ明日にでも掃除係が入ってくるだろう、何より、いっそここでこんなふうに死んでしまいたいって思ったのよ」

私は驚いてミナの顔を見つめた。

「そう、そう思ったの。トイレの便器にしゃがみこんで、ひとりしか入れない、棺のように狭く長細いトイレ、ドアの下のわずかな隙間から少しずつ入ってくるその光を見ながら。陽が暮れればあの光さえも消えてしまうだろうって思いながら。あの光が消えていく速度と同じくらい、ゆっくりと、誰にも見つからず、このまましてこうして少しずつ、少しずつ、人知れずこうして死んでいきたいって」

短い沈黙。

「闇の中でそうやって、便器にもたれて目を閉じていると、突然部屋のドアを開ける音が聞こえて、廊下で騒ぐ声が聞こえてくる。人々が大声で、ポルトガル語で話してた。部屋の中へずかずか入ってくる物音。私は思わずがばっと立ち上がって、トイレのドアを叩いた。ポルトガル語を知らないから、とにかく英語や韓国語で思わず、助けて、出してくれって叫ぶの。それを聞きつけたのか、女がトイレのドアを引っ張って、開かないことがわかると何か言って、男が来て、ドアをまた揺さぶって、英語で少しだけ待ってくれって。それから、半日はかかる、日曜だから修理工がやってくるまでに少し時間がかかるんだって私に謝った。そうしてずいぶん待ってから、ついにドアが開くと、人々は私を取り囲んで、大丈夫かって訊くんだけど、私はわっと泣き出した。もう大丈夫、心配いらない、私を取り囲む人々が英語で言った。でも、涙は一向に止まらなかった」

ミナは話を終えて、口をつぐんだ。ミナは幸い生き延びたから、死なずに済んだから泣いたのだろうか。それとも、また生き続けなければならないことが恐ろしくて泣いたのだろうか。私たちの周りに、再び沈黙が流れた。私は隣に座っているミナを見た。一文一文を吐き出すたび、苦しげに揺れていたミナの顔を。明るく、大げさに感じるほど堂々としていても、いつかは誰かが振るう暴力を耐えしのいだこともありそうな人の顔を。私は何でもいいから、ミナにことばをかけなければと思った。でも、どんなことばがふさわしいのか、すぐには判断がつかなかった。私はただ、自分の膝の先を見つめたまま、じっと座っているばかりだった。

そこへ、黄金色の陽射しがウインドウガラスに降り注ぎ始めた。私たちは思わず、一斉に窓の外へ視線を向けた。

「車を止めて」

ミナがブレーキを踏んだ。窓越しに、海の上で大きな太陽が沈みかけていた。陽射しのために、かすかにのぞくミナの横顔が、半透明に見える光の輪に覆われた。光の中で、私は、ハンドルを握るミナの手を追った。陽射しが揺らめくミナの爪は短く切られていた。私は少しばかり安心した。そして、人生は引き返せないもの、過ぎさったものでできているのかもしれないと思った。今度の旅が終われば、私たちも完全な他人になってしまうかもしれないとも。一度も会ったことのない人のように、人生において一点も交わったことのない人のように、いつかは私たちが、そうして互いから消えてしまうことだってありうる。けれどミナの爪は短く、だからミナがもしも悪夢を見たとしても、彼女の手の平には傷のような爪跡が残ることはないはずだ。私は海のどこかに浮かんでいるかもしれないガラス瓶を想った。そしてその瓶が、ここに届くといいと思った。あるいはカボ・デ・ロカに。辺りを金色に染めながら、大きな太陽が荘厳とした様子で二つの岩のあいだへ身を隠すのを、私たちは一車線の道路の上に車を停めたまま見つめた。もう少しだけ。どのみち、あとから来たほかの車にクラクションで急かされれば、私たちはまた走らなければならないのだ。せめてそれまで。私は窓の外を見やりながら、自分の心無さによって守りきれなかったあらゆるもののことを考えた。まぶしいほどに燦爛たる陽光が、私たちが乗っている車をやさしい波のように呑み込んだ。

＊パブロ・ネルーダの詩「Friends on the Road」（一九二一）よりタイトルを拝借した。

国境の夜

十四になるまでママの子宮の中にいたのは、すべて私がひどい臆病者だからだ。

ママとパパが四十代前半で初めてヨーロッパの地を踏んだとき、私は数えで十四歳、まだママのお腹の中にいた。ママとパパは生まれて初めて国際線の飛行機に乗り、シベリアとウラル山脈を越え、フランクフルト空港に到着した。そのとき私は思春期の少女の顔をして、胎児よりも小さな体をこごめたまま、ママの子宮の一番暖かい場所にじっと居座っていた。ママとパパの顔は明らかに、初めての海外旅行にどきどきわくわくしていた。ふたりよりずっと臆病な私は、だからいっそう険しい顔をしていた。十四年前、細胞ほどのサイズの受精卵だった私がどんどん年を取って、十四になるまでママの子宮の中にいたのは、すべて私がひどい臆病者だからだ。妊娠を初めて知ったとき、ママは私がこれほど臆病だとは知るわけもなく、そのために十四年間も妊娠していなければならないというとんでもない事態に置かれるなんて夢にも思わなかった。お腹がぽっこり膨れ、少しずつ固くなってきたころ、ママは大抵の妊婦がそうであるように、嬉しくはやる気持ちだったろうけれど、十カ月を過ぎ、二十カ月を過ぎても私がこの世に出てくる気配を見せないでいると、結局このすべてに慣れるしかなかった。私との同居はたちまち、当たり前の日常になった。ママを診察していたお医者さんは、どうして子どもが成長を止めたのか不思議がった。帝王切開で無理やり取り出すには途方もなく小さく、思いきって堕《お》ろしてしまうにはすでにあまりに人の形をした胎児の心臓が、子宮の中で何カ月も何年も止まらず動き続けているなんてこれまで一度も経験したことのない奇妙な現象だと、分厚いめがねの奥の目を丸くして言った。
ママはどうすることもできず、やがて私の存在を自分の体の一部として受け入れた。妊婦姿のママはしだいに誰の目にもごく自然なものとなり、たんに以前よりちょっぴり太った女性のように見えた。私によって変化したママの体の一部は要らないぜい肉のように膨れていて、取り除くべきだったたこのようにいつもカチカチだった。私は自分の存在自体がママのお荷物になってしまったような気がして、だからどうしてこんなに臆病なんだろうとむしゃくしゃしたけれど、それでも図太い神経で、お手上げ状態のママのお腹で年を取っていった。私はしばしば、ママに申し訳なく思った。たとえば、ママが私が入ったお腹を抱えて、ラッシュアワーの満員電車に揺られながら腰痛に苦しむとき。だけど私はそのたび、罪悪感に打ち勝つため、自分がここまで外の世界を恐れるようになったのは、半分以上ママのせいだと自分に言い聞かせた。

実際、このあらゆる事態の原因がママにあるというのはまったくの間違いじゃない。ママが私を身ごもったことを知ったのは、そう、一九八一年の春だった。正確にはその一年前、ある都市でたくさんの人々を虐殺した人間が、九〇・三パーセントの得票率で再び大統領になって三カ月を過ぎたころ。ママとパパは十八年間権力を振りかざしていた独裁者が暗殺された年に婚約し、その一年後に結婚したのだが、ハネムーンに行ってくるあいだも激烈だったデモは、私がママの子宮に初めて収まるころには恐怖に口を閉ざしていた。そのせいか、ママは産婦人科を出ながらそっとお腹に両手をのせて、こんなに恐ろしい世の中でこの子をちゃんと育てられるかしら、とつぶやいた。春の陽は暖かく、ママは普段食べない冷麺が食べたくなった。それはともかく、ママが春光に眉をしかめながらつぶやいたのはとても小さなひとり言で、決して私に恐怖を植え付けようとしたのではなかったが、問題は私が今も昔も、よりによって耳がよく勘の鋭い子だったこと。私はママのため息交じりのことばから、外はなんとも生きにくい世界だと察し、その瞬間、できるだけゆっくり成長してママのお腹に長く留まろうと決心した。お腹の中にいるあいだ、ママとパパは私がふたりの会話をそっくり聞いているとは露知らず何でもかんでも口にしたため、私は肉体的な成長はのろくても、胎児にしては多くを知っていった。ママの子宮の底で丸まっているあいだ、外の世界でありとあらゆるおぞましいことが起こっていると知り、ついに外へ出ることをあきらめた私は成長するのをやめた。しばらく鳴りを潜めていたデモは再び勢いを増し、地球の裏側ではレーガンが反共を掲げて低強度紛争に明け暮れ、サッチャーリズムやレーガノミクスという名の新自由主義の流れの中で不平等が進んでいた。まだ二十代後半だったママとパパは毎晩ベッドの上で、一体世界はどうなっていくのかと案じた。私はママのお腹の中でうずくまったまま、いっそうひどくなっていく世界を想像しながら恐怖に身を震わせた。

世界の安否を心配していたママとパパが生まれて初めて計画した海外旅行の行程は、フランクフルトから出発し、ドイツを横断してベルリンまで行くというものだった。その年パパは一週間の休暇を取ってようやく八泊九日の旅行スケジュールを組んだのだが、本当のところ、この旅の一番の目的はベルリンを見ることだった。時は一九九五年、ベルリンの壁が崩壊してから六年後のことだった。その十年前の一九八五年、旧ソ連のゴルバチョフが「ペレストロイカ・グラスノスチ」を掲げて体制を解放して以来、東欧のいくつもの社会主義国家が順に崩壊し始めたため、遠からずベルリンの壁が崩れるだろうことは多くの人々が予想していた。けれどママとパパは、ベルリンの壁の崩壊に少なからずショックを受けた。きっと、生涯を分断国家で生きてきたためだろう。ママとパパは、大勢の人々が歓声を上げながら大きなハンマーで壁を壊し、壁に上って旗を振る様子をニュースで見た夜、この旅行を計画した。その夜ふたりが焼き栗をむいて食べたため、部屋には香ばしいにおいが漂っていた。「いつか必ずベルリンに行こう」ママとパパはそう決心し、翌日さっそく家の前の銀行に赴いて、五年満期の貯金通帳をつくった。まだかなり金利の高い時代だった。「僕たちがベルリンに行く前に、この国も統一できるかな?」パパは浮かれた気分でママに訊いた。「ひょっとしたらね」ママの胸がドクンドクンと高鳴り、私の胸もドクンドクンと高鳴った。通りではいまだデモがくり返されていたけれど、ママの胸がこんなに高鳴るのなら外の世界へ出てもいい日が近付いているのかもしれないと、私はしわだらけの手を丸めて目をこすりながら思っていたような気もする。

ママとパパはフランクフルトで二泊した。それからガイドブックにあるとおり、市内にあるレンタカーの店を訪ねていって、ドイツ製のエメラルド色の車を借りた。英語に長けたレンタカー屋のドイツ人社員は「ジャパニーズ?」と、親切そうな顔でママとパパに訊いた。ふたりは大きな地図を交代に見ながら北東へ、北東へと向かった。両側に果てしなく広がる平原をひた走った。

長距離運転で疲れたものの、ベルリンに近付くにつれ、ママとパパの顔はどきどきとわくわくで輝いた。

辺りはまだ明るかったが、夕食の時間も近く、ママとパパはライプツィヒからそう遠くない田舎の小さな村でひと晩泊まることにした。観光地でもないのに絵本から飛び出してきたかのような美しさだと、ママとパパは感嘆詞を連発した。ふたりは長いあいだ、彼らが白髪になってからも、あの日の晩を想うとすべてが嘘のように平和で美しかったと言ったものだ。私はというと、冷戦の末に生まれた極東人があの夜感じた感情の大きさや質感について、皆目見当がつかなかった。だからママとパパがあの日を回想するたび、私は自分の知る一番魔法めいた瞬間を静かに思い浮かべるのだった。

ママとパパは村の入り口の宿に部屋を取り、荷を解いた。そして近所の小さな屋外レストランでビールとソーセージを食べた。小川にかかった橋を渡るときには、こぼれるような星空に酔いしれてキスをした。どこから現れたのか、楽士たちが塀のそばでアコーディオンとギターの演奏を始めた。風景のせいだろうか、パパは汽車の中で初めてママを見かけた一九七六年のように、ママをきれいだと思った。ママとパパが楽士たちの演奏を聴きながらつま先でリズムを取っていると、ふいに現れたひとりの老婆がママの手相を見てやると近付いてきた。老婆は背が低く、左右の目の色が異なっていた。いつものママは見知らぬ他人に気軽に手を出したりしない。でもその晩はママとパパにとって特別だった。ママはムードに酔って、老婆に手の平を差し出した。ママの手をじっと見ていた老婆は、聞き取れないドイツ語で占いの結果を述べた。「何て言ってます？」ママは通りすがりの若いドイツ人夫婦をつかまえて尋ねた。夫婦は老婆の話を快く通訳してくれた。「あなたは風をはらんでるって」風？「あなた方の先祖は遊牧民ですか？」ママとパパはドイツ人夫婦の英語を疑った。風って何？遊牧民って？

ママとパパはもう一時間ほど夜の散歩をした。村はとても小さかった。外側の窓を開け放したままの窓の隙間から明かりが漏れてきた。ママとパパは、窓の奥に見えるドイツ人の家をひそかに見学した。旧東ドイツ地域だったせいかフランクフルトよりは粗末に見えたが、映画の中でしか見られなかったような、食器類が整然と並ぶテーブルや暖炉《カミン》といったものを、ママとパパは好奇心あふれる目で見つめた。窓ごとに置かれたゼラニウムの鉢植えから芳しい香りが漂ってきた。カーペットが敷かれ、木製の本棚いっぱいに本が並ぶ応接室を見ながら、パパはいつか必ずあんな書斎を持ちたいとママに言った。

宿に戻り、硬いベッドに身を横たえたのは十一時ごろだった。ママとパパは買ってきたビールをもう一杯ずつ飲んでから、寝支度をした。小さなランプの黄色い明かりが、窓の外の真っ暗闇を背景に明るく映えた。

「あなた、さっきのあの占い師だけど」

パパがランプを消そうとしたとき、ママが突然口を開いた。

「うん」

パパがママのほうへ寝返った。

「私たちはモンゴル人でもないし、先祖が遊牧民のはずはもちろんないけど、ひょっとしてあのことばは、私たちの先祖が流浪の民だったたって意味じゃないかしら?」

ママが真剣な表情で訊いた。

「自分たちの先祖にそんな人がいたかどうかも、僕たちはよく知らないじゃないか」

パパが軽く返して、再びランプのほうへ向き直った。

「いいえ。あなたの両親も私の両親も遠くから来た人たちだから、流浪したも同じでしょ」

占いをすると、いつもその結果をより前のめりに解釈するママのことばが終わる前に、パパはランプの電源をパチッと切った。闇が小さな部屋を一瞬で包んだ。ママはずっと占いについて考えていた。

「あのおばあちゃんのことばをもう少し聞いておけばよかったわ。この子について何か言ってくれたかも知れないのに」

ママが私の存在をまだ記憶していたことが嬉しかった。ママは宿のてっぺんの部屋の暗がりで、私は子宮の中の暗がりで、老婆ののろく耳馴染みのない調子のことばをじっくり反芻してみた。

もしかするとママの言うとおりかもしれない、と私は思った。

ママの両親は戦後、はるか南方の小さな村から北へ北へと移動し、パパの両親は戦争の最中にはるか北方から南へ南へと下って見知らぬ港町に腰を落ち着けたというから、ひょっとすると老婆の言う遊牧民とは彼らを指しているのかもしれない。ママとパパが生まれ育った町に生粋の生え抜きは一握りしかおらず、ほとんどがよそから流れてきた人だった。故郷を失った貧しい人々。私はその町で生を授かった。年がら年中、空気から排水混じりの海風のにおいがする町で、若かったパパとそれ以上に若かったママが体を交えた——ママとパパを思い浮かべながら「体を交えた」だなんて、こっぱずかしい。そんなの親に対して使うべきことばじゃない。でもママとパパが「愛し合った」と遠回しに表現したところで不謹慎なことには変わりないし、正直愛し合うことは誰とでもできる上、受精卵は体を交えて初めてつくられるのだから、私は仕方なしに、恥を捨てて、不届きにも、もう一度、若かったパパとさらに若かったママが「体を交えた」と言うほかない。そしてその晩、ママとパパが体を交えた結果、蒼白い闇の中で私が生を受けた。老婆のことばどおり、私は風なんだろうか。それは知るすべもないけれど、私ができた瞬間最初に感じた、風のように冷ややかで孤独な感覚だけはありありと記憶している。

正直に言うと、私やママ、パパについては何一つ話したくなかった。ああだこうだと何かについて語ることはとどのつまり、真実を歪めることに過ぎないということを私は経験上知っている。ある日コウノトリが赤ん坊の私をくわえてわが家の前に降り立ったの。私は小人たちに助けられながら『ジャックと豆の木』の豆の木みたいにすくすく育ったのよ。こう言えたらどんなにいいだろう。けれど事実はそうじゃないから、私の話をしようと思えば結局ママとパパについて多少なりとも話さねばならない。それは本当にものすごく、ものすごくという副詞を使うのは好きじゃないけど、ブルーなことに違いない。

ママとパパは翌朝起きると、再び車に乗り込み北東を目指した。北東に近付くほど空は曇り、風が吹いた。バッハが愛した都市だというライプツィヒで昼食を摂り、彼らはとうとうベルリンにやってきた。ついにベルリンを目の当たりにしたママとパパの感情について一つひとつ説明する必要はないだろう。ただし、天に届きそうなほど高く育った、その街の木々についてはちょっとだけ言及しておきたい。かつて経験しただろう空襲の中でも焼けることなく生き残った、のっぽでたくましい木々の深く青々とした色については。

ママとパパはあらかじめガイドブックで見ておいたとおり、クロイツベルク地区のホテルを訪ねて荷を解いた。ホテルは手狭で部屋は肌寒かったが、そこはママとパパに与えられたわずかな予算で泊まれる最良の宿だった。疲れてはいたものの、残る日にちはわずかだったため、彼らは急いで市内へ出かけた。ママとパパはこんなに遠い外国にいつまた来られるかわからないと考え、そのためせっかく来たのだから一つでも多くを見なければならなかったのだ。彼らはガイドブックでチェックした順番どおりに名所を見て回り、壁の残骸を長いあいだ見つめていた。観光客はさほどいなかったが、すでに観光地となってしまったかつての国境検問所、チェックポイント・チャーリーを見ながら、ママとパパは黙ってしっかと手を取り合った。

ママとパパがベルリンで何を見たかったのか、せいぜい十四にしかならない私には知る由もなかった。ママとパパにとってベルリンがどういう意味を持つのかはなおさらだ。私はただ、ママとパパが午後いっぱい街を歩き回り、遺跡の前で写真を撮っているとき、じっとママのお腹の中にいただけ。時が経つにつれ、ママの足取りが重くなり口数も減ってくるのが感じられた。ママがかつて東ベルリンに区分されていたみすぼらしい通りで無言で立ち止まるときや、ソビエトの兵士を追悼する奇怪な記念塔を疲れた目で見つめて立っているとき、私はママが心配になった。東西を問わずウェイターたちは露骨にチップを要求し、道ですれ違う人々はしばしばママとパパに「チャイニーズ?」と問いかけた。彼らのほとんどは英語がぺらぺらで、文法には詳しくとも会話に不慣れなママとパパは、英会話となるとわけもなく気後れした。「チャイニーズ?」と訊かれるたび「いいえ」と答えながら、ママとパパは疲れた顔で首を振った。毎度のように「コリアン」と答えるパパの声はやけに悲壮に聞こえた。サウス(South)かノース(North)かはあえて付け足さなかった。

ママとパパがベルリン自由大学まで見学してクロイツベルク地区に戻ったとき、時刻は夜八時だった。陽はまだ完全に沈んだわけではなかったが、ベルリンは北に位置しているため、空は案外どんよりと暗く、夏なのにひどく肌寒かった。「何か温かいものが食べたいわ」ママが言った。「チャイニーズレストランでも探そうか?」ともあれすでに何日もドイツ料理を食べていたママとパパは、東洋料理がちょっぴり恋しくなっていた。

ふたりはガイドブックの中にチャイニーズレストランを一つ見つけた。路地の奥にあるこぢんまりとしたレストランで、台湾から来たのか中国から来たのかわからないが、中国語を話す夫婦が営む店だった。ドイツ語ばかりのメニューの中から漢字を見つけ出し、ママとパパは広東風チャーハンとワンタンスープを注文した。お皿を半分以上空けると、ママとパパの体がじわじわぬくもってきた。そしてママとパパは初めて、店が客で埋まっていることに気付いた。ほとんどが地元の人のようだったが、彼らは慣れない手つきで箸を操りながら中華料理を食べ、ビールを飲んでいた。周囲の会話はドイツ語だらけで、ママとパパには何一つ聞き取れなかった。東洋人は店の夫婦とママとパパ、四人だけのようだった。パパは、気のせいかもしれないが、そこで唯一の東洋人客であるママとパパをみながじろじろ見ているようだと、警戒するような口振りで言った。密閉空間にいる少数のアジア人だとわかっているせいだろうか、それとも周囲のことばを少しも聞き取れないためだろうか。客たちが大声で笑ったり叫んだりするたびに、ママとパパは原因不明の奇妙な恐怖を感じた。

そろそろ出たほうがいいと思い、目の前のグラスをそそくさと空けていたママの耳に、荒削りの英語が飛び込んできた。ママは振り向いて、声のするほうを窺った。パパもママにつられてそちらへ視線を投げた。カウンター近くのテーブルで外国人が英語で会話していた。観光客らしく、大きなリュックがテーブルの脇に置かれている。英語圏の人ではないのか、彼らの英語はたどたどしかった。おかげで彼らの会話は聞き取りやすかった。酔っているのか、ずいぶん声が大きい。ママとパパは荷物を手に取りながら、彼らの話に耳を傾けた。

「あっちのふたりはフランス人みたいだけど、もうひとりはさっぱりわからないわね」

韓国語を聞き取れそうな人はいなかったが、ママはパパに向かって、本能的に小声で囁いた。ママがフランス人と見定めた人は、カールのかかった茶色い髪の若い青年と、はげ頭の中年男だった。似た顔立ちの彼らは親子らしく、ドイツ人とおぼしきもうひとりの西洋人と、数カ月前にあったフランスの大統領選について論じ合っていた。十四年ぶりの政権交代でド・ゴール主義者が大統領になってから、わずか二カ月しか経っていなかった。青年は、この五月にコンコルド広場でラ・マルセイエーズを喉が裂けんばかりに歌ったことを誇らしげに語った。

「そんなに新大統領がいいのか?」

男の向かいに座っていた、きれいな顔立ちのめがねの男が訊いた。

「当然だろ」

彼は確信に満ちた声で答えた。

「これで旧体制は崩壊して、新しい時代が来るんだから」

青年が言うと、中年男が聞き取れないことばで何やらつぶやいた。悪態だったのか、それを聞いた青年は大声で早口に、何やらわからないことばを中年男に浴びせながらテーブルを殴った。するとそれが合図であるかのように、中年男も声を荒げた。聞き取れないことばで怒声が飛び交い、突然の騒ぎに人々の視線が集中した。数人のドイツ人が彼らに向かって、静かにしろと怒鳴っているようだった。若いフランス人が怒りをこらえきれずにがばっと立ち上がると、椅子がけたたましい音を立てて後ろへ倒れた。オオ、隣のテーブルの客が叫び、中国人か台湾人かわからない店主が怒った口調で、癖の強いドイツ語をわめきながら近寄った。若いフランス人の前に座っていためがねの男が、彼をなだめながら席に着かせた。いきなりの騒動にママとパパはすっかり腰が引けてしまった。そして席を立とうと、バッグを手に取った。はげ頭の中年男が間違いだらけの英語で、めがねの男に向かって言い渡す声が聞こえた。

「一九八一年五月にバスティーユ広場を沸き立たせたあの熱気こそが、真のフランス精神ってものだ」

中年男の顔は悲痛に見え、ママとパパが注文したビールはすっかり炭酸が抜けていた。

ママとパパは怒っている人のように、宿へ戻るあいだじっと黙り込んでいた。陽の沈んだ通りはひっそりと静まり返っている。商店が早くに店じまいをする通りは、夜間外出禁止令の敷かれていたソウルの夜のように物寂しい。かつては無人地帯だったが、壁の崩壊後、ベルリン一の商業地区がつくられる予定だと言われたポッダマープラッツの辺りには、大きなショベルカーやクレーンなどの重機が並んでいる。闇の落ちた建設現場は幽霊の森のように見えた。鉄筋ばかりの寒々しいビルが、崩れゆく廃墟のようにそびえている。鉄筋の合間を風が吹き抜けると、ウウウと泣き声がした。ママとパパは狭い路地を何度も折れた末に、古いホテルの部屋にたどり着いた。夏なのにベッドはしんと冷たく、シーツの中に横たわろうとしたママの体は震えた。ベルリンでの最初の夜であり、ドイツでの四日目の夜だった。

「あなた」

ママが暗闇の中でパパを呼んだ。

「うん?」

パパが寝返りを打った。

ママはしばらく何も言わず、一日中何もしなかったはずの私はひどく疲れていた。

「あなた」

私は暗闇の中でこくり、こくりと寝入りそうになりながらママの次のことばを待った。

「昔、汽車で釜山に行ったの、覚えてる？」

長い沈黙を破ってママが始めた話は、いささか突拍子のないものだった。ママはどういうわけか、ハネムーンのときのことを思い出していたのだ。それは全国的にデモが盛んだった五月のこと。ママの記憶によれば、春の海はこの上なく静やかだったらしい。港に停泊していた船たちは、何かを積んではるか遠くへ旅立っていった。それ以上遠くへいけなかったママとパパは（韓国の海外旅行自由化は一九八九年）、五日後にソウルへ戻った。ハネムーンなのだから、ママとパパはきっとうきうきしていたはずだ。いつか私たちにも子どもができて、その子が大きくなったとき、そのときは釜山からパリまで汽車で行けるかしら？　ママがパパの肩にもたれながら言った。青灰色のスーツを着込んだパパと淡いピンクのツーピースでおしゃれしたママがはにかみながら汽車から降りる姿を、私はママのお腹の中で思い描いてみるのだった。靴も服も想像できるのに、表情だけはうまく思い描けなかったけれど。花のようにあでやかな、二十代のママとパパ。

「あなた、明日はもう少し遠くまで行ってみない？」

ママが布団を引っ張り上げながら言った。

「うん、うん」

パパが夢うつつに答えた。

「この子にはこれよりもっと広い世界を見せてやりたいの」

パパの返事はない。

「チェコ、チェコはどう？　プラハはとっても美しいそうよ」

ママが暗闇の中でパパのほうへ寝返った。パパはこの間に、深い眠りに就いていた。だからパパへ向かおうとしていたことばは、宇宙のようにだだっ広い暗闇の中をあてもなく漂い、やむなく私に届いた。

チェコ。

聞きなれない国名が私の小さな鼓膜を打った。


翌朝、ママとパパは動線を確かめるため、英語で書かれたガイドブックと大きな地図を新たに買い入れた。ヨーロッパでは車でほかの国に行けると聞いてはいたものの、実はドイツ以外の国を訪れる予定はふたりのスケジュールになかった。けれど一度チェコに行ってみようと思いついたママは、いよいよ絶対に行くべきだという気持ちになった。実際は、必ずしもチェコである必要はなかったけれど。ママは単純に、どこかとても遠いところへ行ってみたかっただけだから。ふたりはベルリン市内を見学して回りながら、ちょこちょことチェコ旅行の計画を立てた。チェコへ発つことを考えているせいか、ベルリン見学はふたりにとってどこか退屈に感じられた。そしてその日の午後、ママとパパは近所のカフェで熱いコーヒーとアプフェルシュトゥルーデルを食べかけたまま、どうせ行くと決めたならすぐに出発したほうがいいのではないかという結論を下した。誰しも人生において一度ぐらい、何かにとりつかれたように衝動的な冒険に出る瞬間があるとしたら、ママとパパにとってはこの瞬間こそがまさにそのときだったわけだ。

「でも国境を越えるのに、こんなに何の準備もなくていいのかな?」

チェコに向かうため車に乗り込みながら、パパが心配そうに尋ねた。

国境。

私は急に怖くなって、お腹の中でしゃっくりをした。ママもまた深刻な表情だった。

「本に書いてあるとおりなら問題ないんだし、大丈夫よ」

パパは緊張の面持ちでエンジンをかけた。車は再び南へ、南へとひた走った。高速道路A13号線に乗ってドレスデンの外周に沿って走るコースだ。都市を離れるにつれ、辺りは荒涼としていった。走る車の中でママは換金してきたお金を整理し、ガイドブックからカフカの生家や、プラハの春でデモ隊と占領軍が衝突し多くの死者が出たヴァーツラフ広場などを見つけてページの角を折った。

「あなた、それでも世界は、だんだん生きやすくなってるのよね?」

すこぶる平和に見える窓の外を見やりながらママが言った。

ソウル市内の大きなデパートが崩壊したその年は、文民政府が成立して三年目となる年で、その年の夏には民族抹殺政策を掲げた帝国主義者によって植民地時代に建てられた総督府の建物が民族の名の下に爆破される、そんな夏だった。

「もちろんだよ」

嘘。

私はママの子宮の一番暖かいところで、あいかわらず首を振りながら疑っていた。もしママとパパのことばが本当なら、国境検問所が近付くにつれてママの鼓動が早くなるはずがないのだから。実際、国境が近付いてくると、ママとパパは輪をかけて緊張し始めた。どちらにせよ、ママとパパは国境を知らない人たちだった。彼らの知る国境とは休戦ラインであり、休戦とはことばどおり、戦争を一時停止するという意味だった。そして国境の向こうには、いつでも敵軍しかいないのだった。

ママとパパはドイツ領土を出る前、最後にサービスエリアに寄った。給油と、軽い食事を摂るために。レストランにあまり人はおらず、有色人種はなおさらいなかった。再び出発する際にはママが運転を代わり、パパは助手席に座った。ママとパパは車に乗ると、もう一度ふたりのパスポートと国際免許証、そして万一に備えて持ってきた国内免許証と車両登録証、保険証といった書類をひとそろいまとめた。ふたりは、数日前に初めて外国の領土に入国したときのことを思い浮かべた。

「緊張することないさ。僕たちはただの観光客だろ」

パパが言った。けれど、パパもやはり緊張していた。

チェコまであと数キロという表示板。

道路には年式の古い小型車の数が徐々に増えてきた。

彼方に国境検問所が見えた。

検問所の片側には、コンテナ車両がエンジンをかけたまま並んでいる。

「何かあったんじゃない？」

ママが声を低くして言った。

ママはゆっくりと、国境検問所に向かって進んだ。ママが極度に緊張しているせいで、ママより何倍も臆病な私は心臓が縮み上がるようだった。険しい表情の警官たちが国境検問所の前に立っていた。私はあまりの恐ろしさにぎゅっと目をつぶった。

「あらあなた、私たちもうチェコにいるんですって」

ほどなくママが驚いた声で言った。私はママのことばに、つぶっていた目を開けた。本当に、私たちの車は国境検問所を過ぎていた。

「ほんとだ、とっくに通り過ぎてたんだな」

パパがママのことばに同調しながら、不思議そうに四方を見回した。

えっ。

私は肝をつぶした。

国境を越えた？

こんなふうに普通に、何事もなく、一瞬で国境を越えちゃうなんて。私はもう少し怖くて複雑な国境を想像していたのに。

車窓から、ドイツとはがらりと違う風景が見えた。気のせいか道路はいささか狭くなり、古い車が増えたようだ。文字どおりあっという間の出来事で、国境を越えたのかどうかまったく実感がなかったけれど、こちらはあちらにくらべて整備に使う経費がないのか、ともかく道路脇の木々が目に見えて伸び放題になっていたため、私たちが国境を越えたことだけは確かなようだと私は思った。

あらま、本当に国境を越えたんだ。

すると、こんなものが国境なら国境なんてものすごくくだらないものだと思え、それなら、前へ前へと進めば世界中の子どもたちに、私は十四歳だからもう子どもではないけれど、みんなに会うことだってできるんじゃないかという思いに駆られ、それなら、これは本当に平和な世界のようだから、私はついに、ママの懐を抜け出して外の世界へ出てみたい気持ちになった。

そ、と、へ、で、て、み、よ、う、か？

そう思うと、私の鼓動は徐々に早くなった。十四年振りに、ついにお腹の外へ出たいと思った瞬間、私は再び、少しずつ成長し始めた。トン、トン、トン。私は勇気を出してママの子宮壁を叩いた。運転していたママが腰を屈めながら、はっと顔をしかめた。

「どうした？」

パパが訊いた。

「ううん、この子がお腹を蹴ったの」

蹴ったんじゃなく叩いたのだけれど、それはともかく、ママが私の合図に気付いてくれて嬉しかった。

「そんなの、昨日今日のことじゃないだろ」

パパがそっけない口調で言った。

パパの反応はちょっぴり物足りなかったけれど、私の気分などおかまいなしに、体はさらに早い速度で成長し始めた。ママの子宮の面積より自分の体が大きくなってしまうのではないかと怖気づいた私は、慌ててママのお腹を叩いた。

「違う、今日は本当に変なの。今まで一度もなかった痛みよ」

ママが慌てて路肩に車を停め、ハザードランプを点けながら言った。ママがお腹を抱えた。すると初めてパパが心配そうな顔でママを見た。

「何だ、まさか今になって、こんなところで、産まれそうなのか？」

パパはあたふたとドアを開け、外へ出た。病院の場所はおろか、今いる場所がどこなのかさえもわからない、国境近くのどこかだった。パパは遭難した人たちがするように、通り抜けてゆく車に向かってぶんぶん両手を振った。ママは私のせいで痛むお腹を抱えたまま、体を屈めていた。

パパの差し迫った様子に、国境検問所の警官が私たちのエメラルド色の車に近付いてきた。

「どうしました？」

チェコ語訛りの英語だった。

怪しい気配に、ドイツの警官もこちらへやってきた。

「だからその、子どもが、子どもが産まれそうなんです」

パパがおろおろしながら、いかにも韓国風の英語で言った。ドイツ人とチェコ人は初めは何のことやら理解できないでいたが、パパの言う「ベイビー」という単語を聞き、車内で冷や汗を流しているママを見ると、やっと状況を理解したのか慌て始めた。

そのあいだも私はすくすく育った。これまでの時間を取り戻そうとするかのように猛烈な勢いで、ママを慌てふためかせているとも知らずにふてぶてしく。

「病院は、この近くだとどこにありますか?」

「救急車を呼びましょう」

善意ある外国人が電話をかけるために走っていった。

「とにもかくにも、おめでとうございます」

あどけない顔の外国の青年が、ママに向かって上気した顔で言った。

おめでとう?

果たして私が生まれることが私と世界にとっておめでたいことなのかはわからなかったが、私は成長し続けた。その二年後に通貨危機が起こり、さらにもう少し経つと都心のど真ん中にあるビルに飛行機が突き刺さり、イラク戦争が勃発し、イスラエルがガザ地区を空爆し、またまた誰かが誰かを攻撃し、テロをし、虐殺して、世界中を不安に貶める経済危機の中で、数年後、そのときの私より少しばかり年上の子どもたちが海の底に葬られる日が来るとはつゆとも知らずに。

「おめでとうございます」

また別の青年が、自国語訛りの祝いのことばをかけた。そのぎこちない発音に、ママはかすかに微笑を浮かべた。

卑怯にも、何も知らないがために不敵にも、外国人に祝われながら、私は外へ出る体勢を取った。やってくる未来にひたすら胸をときめかせて。すると可笑しなことに、私はどうあってもママとパパにてんこもりの迷惑をかけながら生きる人間になりそうだという不吉な予感がした。だけどそうだとしても、もう引き返すには遅すぎたため、私はなるようになれという心持ちで「生」へと「出」ていくために思いきり体を伸ばした。遠くから救急車のサイレンが聞こえてくる。どこからか吹き寄せる風に乗って、エゾマツの香りがしきりに運ばれてくる。エゾマツにも香りがあっただろうか。本当のところはわからないが、それはさておき。それまで「ことば」を持たなかった私は、いつか自分にことばが生まれたら、迫り来る夜を埋め尽くす音と香りについて誰かに伝えられたらと思った。私は勇気を出して、ぐにゃぐにゃと暖かい闇を破るために頭を押し込んだ。突然降り注ぐ、決して私のものではないように思える慣れない光に、思いきり顔をしかめながら。一九九五年、国境でのある宵の口のことだった。

著者あとがき

この短編集にはしばしば港が登場します。港という単語が昔から好きだったのですが、それは、港を想うと必ずと言っていいほど切ない口笛の調べが聞こえてくるからです。空港、ということばにくらべて、港には永遠の別れを想わせる部分があります。水平線の彼方へ黄金を求めて旅立っていった野心満々な冒険家たちもいたことでしょうが、港、とつぶやいてみると戻れる保証のない人々、世界の端っこに追いやられる人々、戻るはずが波に呑み込まれてついに戻れなかった人々がいち早く思い浮かびます。私という人間はどうしようもなく、明るく軽快なメロディより悲しいメロディに引き寄せられてしまいます。楽観よりは、何事もすぐに悲観するタイプです。信じるより先に疑い、幸せな人より不幸な人に心を委ねがちです。

この短編集を書いていた一年半あまりの時間、惨憺たる気分を感じることがたくさんありました。世界がますます悲惨になっていくからなのか、それとも私が軟弱だからなのか、たびたびわからなくなりました。ともかくその間、愛する人々は去り、至るところに哀悼すべき死が積み重なっていきました。私は知らぬ間に、またも誰かに取り返しのつかない傷を負わせたことでしょう。あるものは変わり、あるものは変わらぬままですが、大抵がそうであるように、変わったものは永遠であってほしかったものであり、変わらないものは変化が急がれるものです。

思えば、自分のせいではないと反論したくても、自分のせいだととわかっていたせいで眠れなかったそんな夜に、これらの小説を書きました。小説に何らかの救いがあると信じたわけではなく、小説とは何かを知っているからではなおさらありませんが。小説を書くことは日増しにつらくなり、私はいつも書き終えたあらゆる文章を後悔するほうですが、それでも振り返ってみれば、小説を書いていたからこそ耐えられた時間があるようにも思えるのです。

この本が出来上がるまでには、たくさんの方々の助けがありました。私を一番近くで見守り信じてくれる方々に、感謝とお詫びの気持ちを送ります。そして、愛情をもって解説を書いてくださった評論家のヤン・ギョンオン氏（韓国語版のみ）、忙しい中こころよく推薦のことばを書いてくださったキム・ヨンス先生、多方面でお世話になった出版社チャンビの関係者の皆様、中でも、優柔不断なくせに頑固な作家のせいでご迷惑をおかけした編集のパク・ジヨン氏に感謝のことばを捧げます。この短編集の構成に良い点があるとしたら、それは編集者の方のおかげであり、至らない点があるとしたら、それはすべて愚かな作家のせいです。

十編のうち、ある小説は誰かが聞かせてくれた夢の一場面に始まり、ある小説は友人たちとの短い会話に始まりました。画家になった派遣看護師についての短い記事や、歌の歌詞、詩の数節、戯曲や小説のある文章がきっかけになっているものもあります。人の住まない廃墟に、すっかり私のものとは言えないことばと文章を積み重ねてみると、こんなかたちになっていました。これを私のものと呼べるかはわかりませんが、願わくは誰かにとって美しいものになってくれれば幸いです。小説を書くたび、あいかわらず道に迷ってばかりですが、みなが旅立ってしまったあとに久しく留まって、去っていった人々を記憶し、彼らの痕跡をやるせない気持ちで拾い集める人になりたいと、しばしば思うのです。

二〇一六年　夏の正午を過ぎながら、

ペク・スリン

訳者あとがき

置き去りにされた感情を宝物のようにいつくしむ人。それが作家ペク・スリンの作品を初めて読んだときの私の感想だ。小説というかたちをとって、当時はそこにあっても気付けなかった、あるいは気付いていてもとらえることのできなかった感情を振り返る作家。それは大抵の場合、孤独や悲しみや切なさであり、しかも、作品に出てくる登場人物自体はその言語化に必ずしも成功していない。けれど不思議なことに、それらの感情はみるみる読み手に伝染し、読み手はいつの間にか、かつて自分の中にあったはずのいたいけな感情に「放ったらかしにしていてごめんね」と手を差し伸べているはずだ。

本作はペク・スリンの二冊目の短編集である。二〇一一年に短編「嘘の練習」でデビューした彼女は、二〇一五年、「夏の正午」での文学村若き作家賞を皮切りに多数の文学賞を受賞し、既存の作家や評論家たちから「期待の新鋭」として絶大な支持を受けている。作風は決して華やかではないが、彼女は現代を生きる作家としてはっきりとした使命感を持っている。

「以前の小説家は世論を導いたり社会的な発言をしたりしながら『重厚な知識人』としての役割を果たしてきましたが、今は媒体の種類も増え、小説家の役割が少し変わってきたように思われます。大事なのは、他者の生に少しでも耳を傾ける余裕をもたらせ、忘れていた感受性を取り戻させることではないでしょうか」

「この世界にある苦しみから目をそらさず、それを自分なりのやり方で描いて見せるのが作家の仕事だと思っています」（『女性朝鮮』著者インタビューより）

「ストロベリー・フィールド」を始め、この短編集にはたびたび、光と闇の対比、人間の生や死、心というものの測りがたさなどが描かれている。「時差」ではそれぞれの過去に閉じ込められた人たちを、「夏の正午」ではあえて前進せずそこに留まることを選んだ人々を描いている。前者は死んだも同じだった心の時間が再び動き出す瞬間をとらえた作品、後者は人は生きているからこそ一時停止できる、そしてそれでもいいのだという慰めにも思える作品だ。「初恋」では雪のように跡形もなく溶けて消えていく淡い恋心をややシニカルに描き、「中国人の祖母」では誰かが口にしなければその存在さえも不確かになっていたかもしれない異邦人について語られている。本書に外国を背景にした物語が多いことについて、著者は次のように語っている。

「異邦人はどこかに属すことができないという点から、人間本来の姿がよく現れている状態だと思います。私たちは基本的に、みな異邦人だと言えます。登場人物を外国人という設定にすれば、そういった心の機微をうまく表現できるのではないかと考えました。それに、今は世界中の人々が影響を与え合う時代です。韓国だけでなく、全ての人々の心に届く作品を書きたいと思っています」（『連合ニュース』著者インタビューより）

表題作「惨憺たる光」はそんな彼女の思いが存分に発揮された作品と言えるだろう。国籍の異なる男女が、おそらくは一度きりになるだろう出会いの中で、女は「恐怖」について語り、男はそれを聞きながら自分を振り返る。恐怖は国境を超え、時間の枠をも超えて、痛いほどの光の中で初めて男に迫ってくる。光を苦しみや悲しみのイメージとして描いた理由については、次のように述べている。

「あまりに強烈な光を見ると、とても悲しい気持ちになります。光も幸せもそうですが、何かとてつもなく強烈な瞬間であるほど、それが今にも壊れてしまうのではないかと不安になるんです。つまり、強烈な光は私にとって、むしろ暴力的なもの。光は闇との対比においてのみ美しく感じられる。私の小説はほとんどが孤独や苦しみについての話なので、そういったものをくっきりと浮かび上がらせるために光と闇の対比を使うようになったのではないで

しょうか」(『連合ニュース』著者インタビューより)

「途上の友たち」もまた、「振り返ること」の意味を考えさせられる作品だ。全ての物事には始まりと終わりがあるけれど、私たちはいつも何かしらの途上に立たされている。そしてときに、ちゃんと後悔するために後ろを振り向く。一方、「氾濫のとき」と「国境の夜」は作風は違えど共にファンタジー感のある作品だ。「氾濫のとき」の冒頭にある「sto distruggendomi」はイタリア人の友人に尋ねたところ、「自分を破壊している」という意味だというから、ある意味結末を予想させる呪いのことばでもある。「国境の夜」は、唯一「生」と「光」にかすかではあるが希望を抱ける作品。主人公である「十四歳の胎児」がやっと「生」と「光」に向かって出ていく。

この本を手に取った読者の方々には、願わくば、振り返ってあげられなかった自分に今こそ対面してほしい。そうすれば、その瞬間に救ってあげられなかった過去の自分が、今後はいつくしむべき一番の親友に感じられるかもしれない。すでに過ぎ去ったものであり、今があるからこそ、その心のひだをそっといとおしんであげられるはず。そうすることによって、私たちは以前よりもっとやさしく、過去にさよならを伝えられるだろう。

二〇一九年初夏

カン・バンファ

■著者プロフィール
ペク・スリン（白秀麟）
1982年仁川生まれ。延世大学仏文科卒。西江大学大学院、リヨン第2大学で仏文科博士課程修了。短編小説「嘘の練習」(2011年京郷新聞新春文藝）でデビュー。2015年、2017年、2019年文学村若き作家賞、2018年文知文学賞、李海朝文学賞。短編集に『ポール・イン・ポール』『惨憺たる光』、中編小説に『親愛なる、親愛なる』がある。

■訳者プロフィール
カン・バンファ（姜芳華）
岡山県倉敷市生まれ。岡山商科大学法律学科、梨花女子大学通訳翻訳大学院卒、高麗大学文芸創作科博士課程修了。梨花女子大学通訳翻訳大学院、漢陽女子大学日本語通翻訳科、韓国文学翻訳院翻訳アカデミー日本語科、ハンギョレ教育文化センター絵本翻訳教室などで教える。韓国文学翻訳院翻訳新人賞受賞。訳書にチョン・ユジョン『七年の夜』『種の起源』、ピョン・ヘヨン『ホール』がある。

Woman's Best 9 韓国女性文学シリーズ6

惨憺たる光　참담한 빛

2019年7月3日　第1版第1刷発行

著　者　ペク・スリン
翻訳者　カン・バンファ
発行者　田島安江
発行所　株式会社 書肆侃侃房（しょしかんかんぼう）
〒810-0041
福岡市中央区大名2-8-18-501
TEL 092-735-2802　FAX 092-735-2792
http://www.kankanbou.com
info@kankanbou.com

編　集　田島安江／池田雪
装　幀　成原亜美
DTP　黒木留実
印刷・製本　シナノ書籍印刷株式会社

ISBN978-4-86385-367-6 C0097

日本音楽著作権協会（出）許諾第1906156-901号

Woman's Best 4　韓国女性文学シリーズ①

『アンニョン、エレナ』안녕, 엘레나

キム・インスク／著　和田景子／訳

四六判／並製／240ページ／定価：本体1600円＋税
ISBN978-4-86385-233-4

**韓国で最も権威ある文学賞、李箱文学賞など数々の賞に輝く
キム・インスクの日本初出版**

遠洋漁船に乗っていた父から港、港にエレナという子どもがいると聞かされた主人公は、その子らの人生が気になり旅に出る友人に自分の姉妹を探してくれるように頼む「アンニョン、エレナ」。生涯自分の取り分を得ることができなかった双子の兄と、何も望むことなく誰の妻になることもなく一人で生きる妹。その間ですべての幸せを手にしたかに見えながらも揺れ動く心情を抱えて生きる女性の物語「ある晴れやかな日の午後に」のほか珠玉の短編、7作品。

Woman's Best 5　韓国女性文学シリーズ②

『優しい嘘』우아한 거짓말

キム・リョリョン／著　キム・ナヒョン／訳

四六判／並製／264ページ／定価：本体1600円＋税
ISBN978-4-86385-266-2

**一人の少女の死が、残された者たちに
残した優しい嘘。ラストページ、
静かな悲しみに包まれる。**

「明日を迎えるはずだったチョンジが、今日、死んだ。」とつぜん命を絶った妹チョンジ。遺された母ヒョンスクと姉のマンジ。なぜ素直でいい子だったチョンジが自殺という決断をしたのかふたりは途方に暮れる。死の真相を探るうちに、妹の心の闇を知ることになる。韓国で80万部のベストセラーとなり映画も大ヒットの『ワンドゥギ』につづく映画化2作目。

韓国の現代《いま》を生きる女性たちは、どんな時代を生き、どんな思いで暮らしているのでしょうか。女性作家の文学を通して、韓国の光と闇を照射するシリーズです。

Woman's Best 6　韓国女性文学シリーズ③

『七年の夜』7년의밤

チョン・ユジョン／著　カン・バンファ／訳

四六判／並製／560ページ／定価: 本体2200円＋税
ISBN978-4-86385-283-9

ぼくは自分の父親の死刑執行人である―韓国のスティーブン・キングと呼ばれる作家の傑作ミステリー

死刑囚の息子として社会から疎外されるソウォン。その息子を救うために父は自分の命をかける――人間の本質は「悪」なのか？　２年間を費やして執筆され、韓国では50万部を超えるミステリーがついに日本上陸。「王になった男」のチュ･チャンミン監督に、リュ･スンリョンとチャン･ドンゴンのダブル主演で映画化された。

Woman's Best 7　韓国女性文学シリーズ④

『春の宵』안녕 주정뱅이

クォン・ヨソン／著　橋本智保／訳

四六判／並製／248ページ／定価: 本体1800円＋税
ISBN978-4-86385-317-1

苦悩や悲しみが癒されるわけでもないのに酒を飲まずにいられない人々。切ないまでの愛と絶望を綴る。

生きる希望を失った主人公が、しだいにアルコールに依存し、自らを破滅に追い込む「春の宵」。別れた恋人の姉と酒を飲みながら、彼のその後を知ることになる「カメラ」。アルコール依存症の新人作家と、視力を失いつつある元翻訳家が出会う「逆光」など、韓国文学の今に迫る短編集。初邦訳。

Woman's Best 8　韓国女性文学シリーズ⑤

『ホール』홀

ピョン・ヘヨン／著　カン・バンファ／訳

四六判／並製／200ページ／定価: 本体1600円＋税
ISBN978-4-86385-343-0

**アメリカの文学賞、シャーリイ・ジャクスン賞 2017、
韓国の小説家で初の長編部門受賞作**

交通事故により、病院でめざめたオギを待っていたのは、混乱・絶望・諦め……。不安と恐怖の中で、オギはいやおうなく過去を一つひとつ検証していくことになる。それとともに事故へ至る軌跡が少しずつ読者に明かされていくのだが。わずかに残された希望の光が見えたとき、オギは——。映画「ミザリー」を彷彿とさせる息もつかせぬ傑作ミステリー。

『ある作為の世界』어떤 작위의 세계

チョン・ヨンムン／著　キ・チョンシュウ／訳

四六判／並製／304ページ／定価: 本体1600円＋税
ISBN978-4-86385-226-6

**荒涼たる原野ロサンゼルスから霧のサンフランシスコへ
韓国で３つの文学賞を受賞した「小説のための小説」**

詩集『満ち潮の時間』밀물의 시간

ト・ジョンファン／著　ユン・ヨンシュク、田島安江／編訳

四六判／並製／256ページ／定価: 本体2000円＋税
ISBN978-4-86385-285-3

すべての存在が抱える悲しみに対する深い愛情と憐憫